P.-J. STAHL ET DE WAILLY

MARY-BELL

WILLIAM ET LAFAINE

ILLUSTRATIONS PAR L. FRŒLICH

BIBLIOTHÈQUE
D'ÉDUCATION ET DE RÉCRÉATION

J. HETZEL ET Cⁱᵉ, 18, RUE JACOB, PARIS

MARY BELL

WILLIAM ET LAFAINE

LA VIE DES ENFANTS EN AMÉRIQUE

MARY BELL, WILLIAM ET LAFAINE.

COLLECTION HETZEL

MARY BELL

WILLIAM ET LAFAINE

LA VIE DES ENFANTS
EN AMÉRIQUE

ADAPTÉ DE L'ANGLAIS

Par P.-J. STAHL et DE WAILLY

ILLUSTRATIONS DE L. FRŒLICH

BIBLIOTHÈQUE
D'ÉDUCATION ET DE RÉCRÉATION
J. HETZEL ET Cie, 18, RUE JACOB
PARIS
Tous droits de traduction et de reproduction réservés

PRINCIPAUX PERSONNAGES

MADELEINE, petite fille de New-York, envoyée à la campagne pour sa santé; âgée de six ans.

WILLIAM, son frère, collégien qui vient passer ses vacances avec Madeleine.

FRÉDÉRIC, surnommé RIQUET, cousin de Madeleine; âgé de neuf ans.

MADAME HENRY, mère de Riquet et tante de Madeleine et de William.

ANTOINE DELAFAINERIE, que les enfants ont surnommé, par abréviation, LAFAINE, jeune garçon français, venant du Canada, et servant chez Madame Henry.

MARY BELL, douce et aimable jeune fille, demeurant seule avec sa mère non loin de Madame Henry; âgée de onze ans.

CAROLINE, jeune fille intelligente et bien élevée, habitant le village; âgée de douze ans.

LIEU OU SE PASSE L'HISTOIRE

Les scènes de ce récit se passent dans un vallon de la Franconie, dans l'Amérique du Nord.

MARY BELL, WILLIAM

LAFAINE

I

LA LECTURE

Par une charmante matinée d'été, William était assis dans l'alcôve où il étudiait d'ordinaire. Il avait devant lui un gros livre et un cahier, où il écrivait de temps en temps. Le gros livre était un volume d'une encyclopédie dont les autres volumes occupaient plusieurs rayons de la bibliothèque.

William était donc à travailler, la fenêtre ouverte, et les oiseaux chantaient joyeusement au dehors, quand Riquet entra dans la chambre. Il était venu prier William d'aller avec lui à la rivière prendre un bateau et pêcher. Sa cousine Madeleine le suivait. Dès que Riquet eut ouvert la porte, il se retourna et dit à Madeleine :

« Oui, nous pouvons lui parler, les rideaux sont tirés. »

Riquet et Madeleine se dirigèrent vers la table.

Riquet s'accouda dessus et regarda le cahier où écrivait William ; il y vit un dessin représentant une machine. Madeleine alla s'asseoir sur le dernier échelon d'un marchepied qui servait à William pour atteindre ses livres.

Quand Riquet vit combien son cousin était occupé à travailler, il désespéra de jamais le faire aller à la pêche.

« Ah ! Dieu ! dit Riquet en poussant un profond soupir, cela me ferait bien plaisir, William, si tu n'aimais pas tant à étudier. »

William sourit, mais continua à mesurer avec un compas une partie de la machine qu'il copiait.

« Et je pense que cela te ferait plaisir à toi, si, moi, j'aimais un peu plus à étudier, ajouta Riquet.

— Oh ! non, dit William, pas du tout, j'ai toujours peur pour la santé d'un trop jeune enfant, quand je le vois trop aimer l'étude.

— Et pourquoi, s'écria Riquet, qui n'en revenait pas d'entendre William exprimer une semblable opinion, pourquoi as-tu peur ?

— Parce que l'étude exige le repos du corps, et que la santé exige, au contraire, que le corps se développe par le jeu et l'exercice.

— Je sais que, pour ma part, je préfère infiniment jouer, alors je ne suis pas inquiet de ma santé, dit Riquet.

— Eh bien ! j'en suis fort aise, fit William.

— Mais moi, dit timidement Madeleine, j'aime beaucoup à lire des histoires.

— Oh ! reprit Riquet, on n'appelle pas cela précisément étudier.

— Le vrai devoir pour un enfant, jusqu'à l'âge de

huit ou même de dix ans, dit William, c'est de jouer
et de courir ; du moins, c'est ce qu'il doit préférer.
C'est là ce qui le rendra robuste et fort. Mais dès qu'il
a dix ans, il faut qu'il commence à aimer le travail.

— Je compte dire cela à maman, dit Riquet, et alors
elle me laissera jouer tout le temps.

— Non, je n'ai pas dit que tu ne devais pas étudier,
mais que je ne tenais pas à te voir trop tôt aimer
l'étude. Il est bon que les garçons commencent à
apprendre longtemps avant d'avoir dix ans, et pour
apprendre, il faut étudier ; mais je crois que, tant
qu'ils sont petits, la récréation sera plus avantageuse
pour eux que l'éducation. »

Les yeux de Riquet se fixèrent par hasard sur ce
qu'on appelle le titre courant du gros livre que tenait William ; il y lut ces mots : « Culture de la canne
à sucre. Sucreries. »

« Qu'est-ce que c'est que des sucreries ? demanda
Riquet.

— Ce sont des propriétés, très nombreuses aux
Antilles, où l'on fabrique du sucre. Je lisais cela
parce que j'ai envie de savoir tout ce qui s'y rapporte.

— Pourquoi as-tu envie de savoir cela ? dit Riquet.
Tu ne comptes pas aller fabriquer du sucre sur une
propriété aux Antilles, n'est-ce pas ?

— Non, dit William, mais je compte être un homme
d'affaires, et pour cela il faut que je sache un peu de
tout ce qui se fait dans le monde. Cela me servira un
jour ou l'autre.

— Je ne vois pas, dit Riquet, à quoi cela pourra te
servir, si tu ne dois jamais fabriquer de sucre.

— Mais, dit William, suppose que je sois avocat,
et qu'un grand fabricant sucrier vienne me trouver

et me remette entre les mains un procès relatif à sa propriété, ne serais-je pas alors bien heureux de savoir quelque chose à ce sujet?

— Je ne vois pas pourquoi tu ne l'apprendrais pas tout aussi bien alors ; tu pourrais avoir une encyclopédie dans ton cabinet et la lire.

— Oui, dit William, mais cela me coûterait probablement 100 francs.

— Non, dit Riquet, je crois que cela ne te coûterait rien du tout que la peine de prendre le livre et de le lire.

— A ce compte, dit William, on se contenterait d'acheter des livres, et on ne les ouvrirait jamais qu'au moment même où on aurait besoin de savoir ce qu'ils contiennent. Cependant, s'il faut une réponse prompte au client, s'il n'a pas le temps d'attendre que son avocat s'instruise, qu'est-ce qu'il fera? Il s'en ira et dira partout : « Ne consultez pas l'avocat un tel, il ne sait rien. » Et l'avocat un tel, outre qu'il sera inutile aux autres, sera inutile à lui-même, et ne gagnera pas de quoi payer ses livres trop tard ouverts. »

Il y eut un moment de silence. Riquet réfléchissait à ce que son cousin venait de lui dire.

« Mais, William, je croyais que tu étudiais pour ton plaisir et pas pour de l'argent?

— Certainement, c'est pour mon plaisir dans un certain sens, dit William, et je l'y trouve parce que je sais combien cela me sera utile.

— Sais-tu, William, dit Riquet après un moment de silence, que Madeleine et moi nous savons faire du sucre. N'est-ce pas, Madeleine?

— Oui, une fois nous en avons fabriqué un peu, dit Madeleine.

« — Nous avons employé du jus d'érable, dit Riquet.

— Et combien en avez-vous fait ? demanda William.

— Voilà ! le premier jour nous l'avons tout mangé en le goûtant pendant qu'il cuisait ; mais le lendemain nous en avons fait que nous avons rapporté à la maison.

— Était-il bon ? demanda William.

— Oui, dit Riquet, seulement c'était plutôt du candi que du sucre ; et puis il était bien un peu amer, parce que nous l'avions laissé brûler. »

Riquet disait tout cela, avec une figure très sérieuse, qui prit même une expression des plus lamentables quand il en vint à se rappeler le désespoir qu'il avait éprouvé en voyant que le candi était brûlé. William fit son possible pour ne pas rire, mais il n'y put réussir.

« Aux Antilles, dit-il, on n'obtient pas le sucre au moyen d'incisions dans les arbres, comme ici. On le tire du jus des cannes à sucre, qu'on broie dans de grands moulins. »

Et en même temps, William rechercha dans l'encyclopédie les gravures qui représentaient ces moulins, et les montra à Riquet et à Madeleine. La machine était très compliquée et Riquet n'y comprit pas grand'chose ; quant à Madeleine, elle n'y vit absolument rien. Riquet trouva qu'il valait infiniment mieux pratiquer des incisions. S'il vivait, lui, dans les Antilles, et qu'il eût une propriété, il ferait certainement des incisions dans les cannes à sucre, et il attraperait le jus dans des bouteilles, au lieu d'avoir toutes ces machines que personne ne peut comprendre.

William prit alors son cahier et leur montra les

figures qu'il avait exécutées et qui étaient beaucoup
plus simples que celles du livre; car elles ne représentaient que les parties les plus essentielles de la
machine, telles que les rouleaux entre lesquels les
cannes sont broyées, et les roues dentées qui donnent
le mouvement à ces rouleaux. Riquet comprit mieux
cette fois, mais il dit à William qu'il ne trouvait pas
qu'il dessinât très bien.

« Lafaine, ajouta-t-il, sait faire des croquis beaucoup plus jolis que ceux-là.

— Je voudrais bien savoir mieux dessiner, répondit William. J'ai entendu dire en effet que Lafaine
s'en tirait très bien. Où a-t-il appris?

— A Paris.

— A Paris, vraiment! Il peut bien dessiner alors,
car à Paris ils sont fameux pour leurs dessins. Je
voudrais beaucoup en voir; en as-tu?

— Non, dit Riquet, mais je peux lui demander de
m'en faire un; veux-tu tout de suite?

— Oui, vas-y; tu me feras plaisir.

— A une condition, dit Riquet.

— Laquelle?

— C'est que tu iras à la pêche avec moi.

— A la pêche! répéta William. Il tira sa montre,
réfléchit un instant, et déclara qu'il irait si le dessin
était bien fait.

— Mais qui est-ce qui décidera cela? demanda
Riquet.

— Ce sera moi, proposa William ; ou bien, non, ce
sera Madeleine qui décidera. Seulement il faut que Lafaine fasse son dessin sans hésiter, comme il le fait d'habitude; surtout qu'il ne sache pas que c'est pour moi.

— C'est bon, dit Riquet, il est au jardin, je vais

le trouver ; donne-moi du papier, une plume, un crayon et de l'encre.

— Tu n'as pas besoin d'un crayon et d'une plume ; dit William.

— Mais si ; il commence toujours par faire une petite esquisse au crayon, qu'il termine ensuite à l'encre. »

William donna à Riquet un morceau de papier blanc, très épais et très lisse, qu'il eut soin de mettre entre les feuillets d'un livre, afin qu'il ne se chiffonnât pas en route ; il lui confia également un crayon, une plume et un petit encrier de poche qui se fermait avec un ressort. Madeleine voulut avoir quelque chose à porter, et Riquet lui remit le livre.

Les deux enfants descendirent au jardin avec tout cet attirail. Ils trouvèrent Lafaine ratissant une des allées du parterre. Riquet lui dit qu'il venait le prier de faire un dessin, et Lafaine y consentit à la condition que Madeleine et Riquet continueraient sa besogne. Le pacte fut conclu. Lafaine s'assit sur un banc de pierre, et disposa à côté de lui les objets que les enfants avaient apportés.

« Que faut-il que je vous dessine ? demanda Lafaine en taillant son crayon.

— Oh ! ce que vous voudrez ; inventez-nous quelque chose. »

Lafaine se mit à jouer du crayon tandis que Riquet maniait le râteau. Au bout d'un petit quart d'heure, Lafaine appela les enfants et leur annonça que le travail était fini.

Riquet et Madeleine quittèrent le râteau et accoururent. Le dessin représentait une vieille femme qui portait un panier tout plein d'enfants qu'elle étendait sur une corde, comme elle l'aurait fait d'une lessive.

Sous le dessin, Lafaine avait écrit : « Madame Tatillon, » et au-dessous encore le couplet suivant :

> Lorsqu'ils étaient débarbouillés,
> Elle les mettait en bataille
> A sécher contre la muraille,
> Pensant que, s'ils restaient mouillés,
> Ils s'enrhumeraient à la ronde
> Et s'en iraient dans l'autre monde.

Les deux enfants examinèrent la composition très
attentivement; puis, ayant lu les vers, ils rirent de
tout leur cœur et partirent au galop pour la montrer
à William.

Madeleine décida que c'était très réussi, et William
dit qu'il irait pêcher. Il mettait le dessin dans son
tiroir, quand Riquet le réclama comme lui appartenant.

« Non, dit William, il est à moi, puisque je te le
paie en allant pêcher avec toi.

— Non, je n'ai jamais dit qu'il devait t'appartenir;
j'ai seulement dit que j'irais le chercher et que je te
le montrerais, dit Riquet.

— Eh bien, pour le moment, pendant que nous
sommes à la pêche, je le mets dans ce tiroir, dit William; nous déciderons cette question une autre fois. »

Et ils se dirigèrent vers la rivière.

II

LES INVITATIONS

Madeleine devait offrir une fête à ses petites amies;
mais elle ne savait comment se procurer des invita-

« MADAME TATILLON » (P. 8.)

tions écrites. Sa tante lui avait proposé de faire atteler
la charrette ; Riquet la conduirait aux maisons de
toutes les petites filles qu'elle voulait engager, et
elle pourrait alors les inviter de vive voix. Madeleine
tenait énormément aux invitations écrites ; elle aurait bien aimé à les distribuer elle-même en charrette.

« Eh bien, dit Mme Henry, il faut que Riquet et
toi vous les fassiez.

— Mais je ne sais pas écrire assez bien, dit Madeleine, vous devriez bien, ma tante, les rédiger pour
nous, seulement cette petite fois.

— Ce serait avec plaisir, si j'en avais le temps, dit
Mme Henry, mais j'ai à m'occuper de beaucoup de
choses pour votre fête, et de choses infiniment plus
importantes que des invitations écrites.

— Ça ne fait rien, dit Riquet, qui assistait à cette
conversation ; viens avec moi, Madeleine, je te donnerai un coup de main. »

Riquet proposa à Madeleine de descendre au salon
pour préparer leurs lettres. C'était une vaste et charmante pièce qui se trouvait à l'arrière de la maison ; elle avait plusieurs fenêtres qui s'ouvraient sur
une jolie cour verte précédant un grand jardin.
Cette pièce était très agréable en toute saison ; pendant l'hiver, un grand feu de bois flambait dans
l'âtre, et l'été, le foyer était fermé par un devant de
cheminée formé par un très joli tableau. Une porte-
fenêtre permettait aux enfants de sortir et rentrer
à volonté. Dans la cour, il y avait un banc tout près
de la maison ; mais, pour Riquet et Madeleine, c'était
une table d'une hauteur tout juste convenable, et ils
s'asseyaient sur deux petits escabeaux. Cet endroit

jouait toujours un grand rôle dans les amusements des deux enfants pendant les soirées d'été.

Je dois dire que, cette fois, ils n'y allèrent pas tout de suite et commencèrent par disposer tout leur attirail d'écriture sur une table au salon. Leur encrier était fixé au centre d'une large soucoupe et ne pouvait se renverser; en outre, Mme Henry avait pris la précaution de n'y pas mettre d'encre liquide, mais simplement du coton imbibé; en appuyant la plume sur ce coton on en retirait bien de l'encre, mais autrement il n'en coulait pas une goutte, même si on tenait l'encrier à l'envers. Il était entendu aussi que les enfants devaient toujours étendre un journal sur la table avant de commencer à écrire; alors, s'ils faisaient des taches, il n'y avait que demi-mal.

Madeleine et Riquet étalèrent donc un journal sur la table et posèrent leur encrier au milieu; ils prirent du papier à billet, et deux plumes, ensuite deux chaises, et puis ils se mirent à l'ouvrage.

Madeleine trempa sa plume dans l'encrier; mais, elle pressa si fort le coton qu'en la retirant, elle fit un pâté sur son papier.

« Voilà! dit-elle, mon invitation est gâtée!

— Il faut prendre une autre feuille, dit Riquet, et ne plus enfoncer autant la plume. »

Madeleine essaya de nouveau, et cette fois elle évita de prendre trop d'encre; mais elle eut tant d'autres désastres qu'elle perdit courage et abandonna à Riquet le soin de continuer. Riquet travaillait depuis assez longtemps, et Madeleine le pria enfin de lui lire ce qu'il avait écrit.

« Oui, fit Madeleine, c'est très bien, seulement je veux que tu dises à nos invitées de venir aussitôt que possible.

— Bon, j'ajouterai ça. »

Et il reprit sa besogne; puis, il lut à haute voix toute l'invitation, du commencement jusqu'à la fin. Elle était ainsi conçue :

« Mademoiselle Madeleine prie Augusta de lui faire l'honneur de sa société demain. Et de venir le plus tôt qu'elle le pourra. »

Riquet rédigea encore une ou deux lettres, avec peut-être quelque variante dans la forme, mais le fond était toujours le même. Il se sentit fatigué avant d'en avoir fait seulement la moitié de ce qu'il fallait, et il pensa que c'était parce que la table était trop haute. Il transporta donc avec Madeleine toutes leurs affaires du salon sur le banc de la cour, et se remit à travailler. Riquet écrivit encore une ou deux invitations, puis il proposa à Madeleine de monter tous deux chez William, pour voir s'il ne leur viendrait pas en aide.

« Bien, dit Madeleine, allons-y. »

Et ils y allèrent. Ils trouvèrent William, comme à l'ordinaire, derrière ses rideaux. Quand William entendit venir les enfants, il releva les tentures, car il supposa que ceux-ci avaient quelque chose à lui dire, et il était tout disposé à les écouter. Ils racontèrent à William ce qu'ils voulaient de lui.

« Nous en avons fait six, dit Riquet en montrant les billets qui étaient parfaitement pliés.

— Et combien vous en faut-il de plus? demanda William.

— Voilà, il y a encore Mary Bell, et Caroline, et

puis une, deux, trois, quatre, cinq encore, dit Riquet
en regardant sa liste.

— C'est bien, dit William, j'en écrirai une pour
Mary Bell.

— Et une pour Caroline aussi, n'est-ce pas? dit Madeleine; nous voudrions quelque chose de bien pour Mary
Bell et Caroline, parce qu'elles sont les plus grandes

— J'en écrirai une pour Mary Bell, dit William,
mais il faut vous adresser à un autre pour celle de
Caroline. »

William tira d'un petit buvard une feuille de papier à billet et se mit à écrire.

« Dis-lui de venir de bonne heure, dit Madeleine.

— Qu'est-ce que c'est que de bonne heure?

— Oh! qu'elle vienne à trois heures, au plus tard, »
dit Madeleine. »

William continua à écrire et lut bientôt l'invitation suivante :

« Mademoiselle Madeleine Henry prie mademoiselle Mary Bell de lui faire l'honneur de venir passer
l'après-midi chez elle, demain, à trois heures. »

« C'est parfait, » déclara Riquet.

William se mit ensuite à dessiner un petit bouquet de fleurs et de longues herbes sur le coin de la
page de gauche, à l'endroit où souvent on place de
pareils ornements.

« C'est très joli, » déclara à son tour Madeleine,
quand ce fut fini.

William ne répondit pas, mais se disposa à écrire
quelque chose très finement sur une des longues
herbes. C'était tracé si menu que Madeleine et Riquet
pouvaient à peine le lire. Enfin Riquet découvrit que
c'était : *William scripsit.*

« Qu'est-ce que ça veut dire? demanda Riquet.

— C'est du latin, répondit William.

— Mais qu'est-ce que ça veut dire?

— C'est à toi de deviner; et maintenant allez-vous-en; ne me demandez plus rien.

— Tu devrais bien en composer une seulement pour Caroline, insinua Riquet.

— Non, dit William, mais peut-être que Lafaine vous l'écrira, et il pourra y croquer un bien plus joli dessin que le mien.

— C'est ça, dit Riquet, en se tournant vers Madeleine, courons le demander à Lafaine. »

Riquet allait joindre l'invitation de Mary Bell à celles qu'il avait écrites lui-même; mais William la mit d'abord dans une enveloppe qu'il cacheta avec de la cire, et pendant que celle-ci était encore chaude, il y imprima un petit cachet. Ensuite il enveloppa la lettre dans un morceau de journal, et recommanda à Riquet de ne pas la chiffonner. Celui-ci la plaça alors avec le reste de ses invitations, et il descendit suivi de Madeleine à la recherche de Lafaine.

Comme d'habitude, ils le trouvèrent dans le jardin; à cette époque de l'année il y travaillait presque toute la journée, ayant beaucoup de plates-bandes et d'allées à y entretenir. Lafaine soignait toujours admirablement son jardin, et Madeleine et Riquet se dirigèrent vers un berceau auprès duquel le jardinier était occupé; ils lui contèrent qu'ils étaient venus le prier de leur écrire quelques invitations, et tous trois allèrent s'asseoir sous le berceau pour en causer.

« Nous en avons déjà beaucoup, » dit Riquet; et il montra à Lafaine tout le paquet de lettres. Lafaine en lut deux ou trois avec un sérieux parfait, puis il les replia et les rendit à Riquet en disant :

« Je ne vois pas trop comment je peux laisser là mon ouvrage pour écrire des invitations et, d'ailleurs, vous en avez bien assez comme cela. Invitez les autres personnes directement. Je sais une très jolie petite chanson qui s'appelle l'*Invitation*, et je pourrai vous l'apprendre quand tout votre monde sera réuni.

— Qu'est-ce que c'est? demanda Madeleine, chantez-la-nous.

— Elle est adressée à une jeune fille nommée Mary Anne, dit Lafaine, et la voici :

« Venez me voir, chère Marie,
Marie-Anne, venez me voir,
A trois heures, je vous en prie,
Et restez pour le thé, le soir.

Nous aurons des gâteaux, des poires ;
Vous verrez mes jolis oiseaux,
Et lirez mes livres d'histoires,
Qui sont tous imprimés très gros.

Venez donc, ma chère Marie,
Marie-Anne, venez me voir,
A trois heures, je vous en prie,
Et restez pour le thé, le soir. »

— Quelle jolie chanson! dit Madeleine ; je pourrais très bien envoyer cela comme invitation, seulement, je n'ai pas de poires, et pas davantage d'oiseaux.

— L'air en est très facile, dit Lafaine, vous l'apprendrez tous sans peine.

— C'est ça, dit Madeleine, et alors vous viendrez

nous l'enseigner, n'est-ce pas? quand mes amies seront là.

— Non, répondit Lafaine, il faudra que vous veniez l'apprendre ici. De tout temps, ce sont les élèves qui sont allés chez le maître, et non le maître chez les élèves. Lorsque tout votre monde aura bien joué dans la maison et qu'il sera bien en train, amenez-le ici, et je vous apprendrai cela. Je vous jouerai l'air sur mon flageolet. »

Ce plan fut très fort approuvé de Riquet et de Madeleine, et ils décidèrent que si Lafaine leur enseignait la chanson, ils le tiendraient quitte des invitations; ils iraient eux-mêmes prier les petites filles qui devaient venir, et pour que toute leur écriture ne fût pas perdue, ils prendraient avec eux les lettres qu'ils avaient et les distribueraient tant qu'il y en aurait, mais en ayant soin de toujours inviter de vive voix, pour éviter ainsi toute méprise. Ils tenaient surtout à remettre celle de Mary Bell, puisque William s'était donné tant de peine pour l'écrire.

Riquet et Madeleine eurent bien des aventures au cours de leur distribution. Ils prirent la charrette; c'était Riquet qui conduisait, mais Lafaine avait attelé et tout préparé. Riquet était à peine assez âgé pour conduire lui-même; mais comme il était très soigneux, que la route qui menait au village était large et unie, et que, surtout, il n'y avait pas besoin de tourner (car il y avait dans la localité un carrefour où aboutissaient trois routes, et Riquet, pour revenir, n'avait qu'à en faire le tour), on lui permettait de conduire la charrette, quand il ne s'agissait que d'aller au village et d'en revenir tout droit. Il pouvait, il est vrai, lui arriver quelque accident imprévu; mais ces

accidents-là menacent toute personne qui conduit.
Il y a toujours un peu plus de danger à aller en
voiture qu'à pied, fût-ce même sur la meilleure
route.

Caroline habitait une des grandes et belles maisons du village; Mary Bell, au contraire, vivait dans
une petite, mais charmante ferme de l'autre côté du
ravin. Le père de Caroline était commerçant, il
avait une famille nombreuse et il voyait beaucoup de
monde; Mary Bell ne fréquentait personne et tenait
compagnie à sa mère. Caroline aimait le monde;
Mary Bell aimait la solitude. Bien qu'elles ne se res-
semblassent nullement comme caractère, toutes les
deux étaient de bonnes et aimables jeunes filles.

Outre Caroline et Mary Bell, il y avait beaucoup
d'autres fillettes à inviter; elles demeuraient toutes à
des endroits différents, dans le village ou sur la route.
Riquet avait pris la précaution d'en dresser la liste
suivant l'ordre qui serait le plus commode pour n'oublier personne. Cette liste fut soigneusement placée
avec les invitations dans un petit panier, et quand
Madeleine fut assise sur le coussin de la charrette,
elle le prit sur ses genoux.

Riquet sortit de la cour par la grande porte et fit
tourner le cheval sur la route qui menait au village.
Le chemin suivait le bord de la rivière qui était de toute
beauté. Tantôt on voyait une plage large et sablon-
neuse, tantôt toute une frange de saules pleureurs,
ou bien encore de petites éminences qui s'avançaient
dans l'eau et que couronnaient des bouquets d'arbres.
Madeleine et Riquet suivirent cette route jusqu'auprès
du village sans faire de rencontre; alors, ils virent,
à quelque distance, une jeune fille qui arrivait vers

eux ; elle suivait un petit sentier qui côtoyait la rivière.
Dès qu'elle fut tout près, Madeleine vit qui c'était.

« Ah ! Sarah, s'écria-t-elle, je suis bien contente
que ce soit vous ; arrête un moment, Riquet ! »

Et Riquet arrêta le cheval.

« Nous étions venus vous inviter à ma fête, poursuivit Madeleine, j'ai peut-être là une invitation pour
vous dans ce panier. Je vais regarder. »

Et Madeleine chercha dans les billets si elle n'en
verrait pas un à l'adresse de Sarah.

« Quand est la fête ?

— Demain dans l'après-midi, dit Madeleine ; non,
je n'ai pas d'invitation pour vous ; nous n'avons jamais pu en écrire tant.

— Cela ne fait rien, reprit Riquet, c'est toujours la
même chose ; nous voulons que vous veniez chez nous
demain, dans l'après-midi, d'aussi bonne heure que
vous pourrez.

— Merci bien, répondit Sarah, je demanderai à ma
mère. »

Riquet et Madeleine lui dirent adieu, et reprirent
leur route.

Quand ils furent arrivés à la maison où demeurait
Caroline, ils entrèrent, par une grande grille, dans
une vaste cour qui attenait à la maison. Cette cour
était très jolie. Riquet mena le cheval jusqu'à un pô-
teau qui se trouvait sous un arbre ; il descendit de la
charrette, attacha le cheval à ce poteau, et puis aida
Madeleine à descendre aussi.

Un peu plus loin, près d'une terrasse, ils virent Caroline et d'autres jeunes filles, ses amies, qui s'amusaient
à monter un petit poney noir. Ce poney appartenait à
Caroline, et son père l'avait acheté tout exprès pour elle.

Riquet et Madeleine se dirigèrent vers le groupe d'amazones.

Caroline était montée sur le poney, bien que les autres enfants demandassent à prendre leur tour. Elle leur disait: « Tout à l'heure, » et en attendant, elle restait sur le cheval dans une pose gracieuse ; elle paraissait très contente. Quand elle vit Riquet et Madeleine, elle se dirigea vers eux.

« Oh! quel joli poney! » dit Madeleine.

Après avoir parlé très poliment à ses deux amis et leur avoir dit combien elle était heureuse de les voir, Caroline retourna du côté de la terrasse. Un peu plus tard, elle descendit de cheval et laissa la place à d'autres. Tout le monde en avait bien envie. Le poney était extrêmement doux et rien n'était plus facile que de monter dessus à l'aide des marches de la terrasse. Toutes les jeunes filles l'admiraient beaucoup ; Caroline seule disait qu'elle ne l'aimait guère. Il était trop petit pour elle ; il aurait été bien pour une petite fille.

« Je veux, dit-elle, que mon père m'achète un beau cheval de selle, un cheval blanc, tout à fait blanc. Je le tourmente pour cela tous les jours, et il a presque dit oui. »

Madeleine fit part à Caroline qu'elle était venue l'inviter à sa fête, et Caroline répondit qu'elle serait enchantée d'y aller. Madeleine chercha alors dans son panier l'invitation qui lui était destinée. Il est vrai qu'ils n'avaient pu réussir à la faire écrire à Lafaine ; mais on lui en avait fabriqué une en mettant son nom à l'extérieur de celle qui était destinée à Augusta ; Caroline étant plus âgée, ils avaient cru plus convenable de lui donner l'invitation. Madeleine avait d'abord

proposé à Riquet d'effacer le nom d'Augusta dans
l'intérieur de la lettre et de mettre à la place celui de
Caroline, afin que l'intérieur répondît à l'extérieur;
mais Riquet lui démontra que cela ferait une tache,
et que mieux valait laisser la lettre comme elle était;
cela ne faisait rien, puisqu'ils allaient voir Caroline
et pourraient lui expliquer que l'invitation était réellement pour elle.

Quand Madeleine eut délivré sa missive, donné
toutes les explications nécessaires, et invité aussi les
jeunes filles présentes, qui, heureusement, se trouvaient toutes sur la liste, Caroline lui proposa, à elle
et à deux ou trois autres petites filles, d'entrer dans
la maison pour voir son serin et la serre chaude de
sa mère. Riquet éprouva un grand plaisir à voir le
serin et à l'entendre chanter; mais Caroline ne parut
guère y tenir. Elle montra aussi la serre à ses visiteurs. C'était un petit endroit plein de fleurs et de
plantes magnifiques; elles n'étaient pas plus jolies
que d'autres, mais Caroline leur en désigna qui étaient
très chères et très rares. Toutes les pièces où entra
Madeleine étaient admirablement meublées. Sur une
table, dans le petit salon, elle vit une sorte de boîte
en ébène que Caroline lui dit contenir ses trésors.
Elle alla chercher la clef de ce nécessaire, et l'ayant
ouvert, elle tira de divers compartiments et tiroirs
une quantité de bagues, de bracelets, de chaînes et de
miniatures montées en or. Les jeunes filles semblaient
trouver un grand plaisir à voir toutes ces choses;
mais Madeleine n'y tenait en aucune façon, pas plus
qu'au serin, à la volière ou au beau mobilier. Elle
avait vu de ces choses-là à New-York.

Caroline s'aperçut bientôt que Madeleine ne s'inté-

ressait pas à ses trésors. Caroline était, ou plutôt faisait semblant d'être tout à fait indifférente à ces belles
choses, et même, disait-elle, elle n'y attachait aucun
prix ; jamais elle n'avait aimé la bijouterie. Madeleine
avait déjà remarqué que les doigts de Caroline étaient
couverts de bagues, et elle allait lui dire : « Alors
pourquoi portez-vous tant de bagues? » quand elle
réfléchit que ce ne serait peut-être pas très poli.
Après un moment de silence, Caroline se tourna vers
Madeleine et lui dit :

« Je pense que ces choses ne vous semblent pas
très belles, à vous? Vous avez mieux que cela à New-
York, n'est-ce pas?

— Oh! oui, » laissa échapper Madeleine.

Caroline n'ajouta pas un mot de plus, et prit même
un air un peu offensé, bien que Madeleine ne pût deviner pourquoi. Elle ferma son nécessaire avec beaucoup de dignité, et s'en alla. Les autres enfants la suivirent, et bientôt Riquet et Madeleine remontèrent en
charrette.

Sur leur route, ils laissèrent plusieurs invitations,
tant écrites que verbales, et enfin ils prirent le chemin qui menait à la maison de Mary Bell.

Ce chemin, bien qu'entouré de montagnes et de
précipices, était en lui-même parfaitement uni. D'un
côté, il était bordé par une large bande d'herbe sur
laquelle serpentait un petit sentier; au delà du sentier, il y avait une haie, et au delà de la haie, des
champs de blé qui ondulaient au vent. De l'autre côté
on apercevait un bois, percé de jolis petits chemins
que Madeleine mourait d'envie d'aller explorer; mais
Riquet lui représenta qu'il ne serait pas prudent de
quitter la charrette.

Bientôt ils atteignirent la maison de Mary Bell. Elle était placée un peu en arrière de la route, et sous de grands arbres; elle était en pierres grises, avec des volets verts. Une grande porte menait à la maison, mais elle était fermée, et Riquet ne put faire entrer la charrette. Il attacha le cheval à un poteau qui se trouvait près de la grande entrée; puis il aida Madeleine à descendre, et tous deux entrèrent par une petite porte, à côté de la grande.

Un joli sentier conduisait à la maison; il était bordé de hautes herbes, avec, par-ci, par-là, des touffes de roses et de lilas. Les enfants suivirent ce sentier, et bientôt ils virent Mary Bell qui venait à leur rencontre. Elle leur dit combien elle était heureuse de les voir.

Elle les conduisit derrière la maison; dans une cour, qu'égayait un joli jardinet adossé à la muraille; il était tout petit, mais plein de fleurs charmantes, et Mary Bell dit à Madeleine que c'était son jardin à elle. Il y avait surtout contre le mur un superbe rosier mousseux que Mary préférait à tout le reste. Il était couvert de boutons et de roses épanouies, et les branches surchargées de feuilles et de fleurs pendaient jusqu'à terre. Mary dit à ses amis qu'elle aurait bien voulu le palisser, mais qu'elle ne savait comment s'y prendre.

Elle regarda les roses, en soulevant toutes les branches les unes après les autres; puis elle en choisit une à demi éclose, et la coupa avec une petite paire de ciseaux qu'elle tira de sa poche. Ils se mirent tous trois à se promener dans les allées minuscules du jardin; Mary cherchait d'autres fleurs pour les joindre à la rose mousseuse qu'elle avait offerte à

Madeleine. Celle-ci prenait tant de plaisir à voir le
jardin et les plantes, qu'elle oublia tout à fait l'invitation qu'elle avait dans son petit panier. Après avoir
cueilli les fleurs qu'elle voulait, Mary Bell alla s'asseoir sur une grande pierre plate qui servait de marche à la porte de la maison ; cette pierre était très
unie, mais tout à fait irrégulière, car on l'avait placée
là telle qu'elle avait été trouvée dans le champ.

Mary Bell s'assit entre Riquet et Madeleine, et se
mit en devoir de faire un bouquet avec les fleurs
qu'elle avait cueillies.

Un sentier, pavé de pierres plates de toutes
formes, menait de la porte à un puits. De chaque
côté de ce sentier, l'herbe poussait verte et touffue ;
devant le puits, une grande pierre formait marchepied, et elle était couverte d'une mousse épaisse d'un
vert foncé ; les seaux descendaient et remontaient
à l'aide d'une poulie et d'une corde ; tout cela était
solide, mais avait une belle teinte sombre. Un saule
et quelques autres arbres ombrageaient cet endroit
et le rendaient vraiment frais et charmant.

« Quel joli puits ! dit Madeleine.

— Oui, j'en ai fait un dessin, répondit Mary,
et la maîtresse a trouvé que c'était un excellent
sujet. »

Riquet et Madeleine eurent envie de voir le dessin,
et Mary Bell les fit entrer dans la maison et monter
à sa chambre, qui était fort gentille ; il y avait des
rideaux bleus et roses au lit et à la fenêtre ; dans un
coin était une table avec un petit pupitre, et, du côté
opposé, un bureau à tiroirs surmonté d'une bibliothèque. Mary Bell ouvrit les tiroirs et montra tous
ses petits trésors à ses amis. C'étaient des souvenirs

et de menus cadeaux, des curiosités trouvées dans
les champs, des fleurs et des mousses qui avaient
été mises en presse avec beaucoup de soin, et ensuite
collées en forme de bouquets sur des feuilles de papier. Au-dessous elle avait écrit les noms des amies
qui les avaient cueillies avec elle, ou celui de l'endroit d'où provenaient les fleurs. Un des tiroirs était
plein de tout ce qu'il faut pour peindre et dessiner,
et un autre contenait une quantité de croquis faits
par elle ou par des amies.

Madeleine admira infiniment ces essais, et dit
qu'elle aimerait beaucoup à savoir en faire autant.

« Vous pouvez apprendre, dit Mary Bell. Venez
me voir un de ces après-midi, nous nous mettrons à
cette petite table, et je vous donnerai une leçon.

— Oh! cela me rappelle que j'ai une invitation pour
vous; elle est dans mon panier. »

Et Madeleine en tira l'invitation et la donna à
Mary Bell, qui s'empressa de la lire. Elle courut la
montrer à sa mère, et revint un moment après en disant qu'elle avait la permission d'accepter. Ensuite,
elle relut la lettre et examina le bouquet et le *William scripsit* avec beaucoup d'attention. Enfin elle le
serra dans un des petits tiroirs de son bureau.

Riquet et Madeleine prirent congé de Mary Bell et
partirent. Avant leur départ, Mary donna à Madeleine le dessin représentant le puits, et Madeleine le
mit en sûreté dans le panier; quant au bouquet, elle
le porta à la main.

4

III

LA FÊTE

Pendant toute la matinée du lendemain, Madeleine et Riquet furent en proie à la plus vive excitation, préparant tout pour leur fête. On avait dressé une table dans un pavillon qui donnait sur la cour. Il devait y avoir des *sandwiches*, deux espèces de gâteaux, des fraises, de la crème, et quelques autres friandises du même genre. Tout était arrangé à l'avance; seules, les fraises et la crème ne furent mises dans les plats et les jattes que quand l'heure du goûter fut arrivée. En attendant, on avait placé les fruits dans deux vases d'étain à l'endroit le plus frais du pavillon, sous un banc, et la crème était restée dans la cave.

Des bancs étaient disposés autour de la table. Quand tout fut bien en ordre, on ferma la porte à clef, afin que rien ne fût dérangé jusqu'à l'heure dite.

Vers trois heures, toutes les petites filles arrivèrent. Les deux plus âgées étaient Mary Bell et Caroline. Madeleine n'avait pu deviner pourquoi William n'avait pas voulu écrire une invitation pour Caroline aussi bien que pour Mary Bell, car elle était très gentille, très bien élevée et très aimable. Mary Bell était beaucoup plus silencieuse et plus douce que Caroline. Madeleine aimait beaucoup à entendre causer celle-ci et à l'avoir à ses

fêtes (elle mettait tant d'entrain dans les jeux!) mais,
à tout prendre, elle préférait Mary Bell, et elle
n'était jamais si heureuse qu'assise tranquillement à
son côté.

La première chose que firent les petites filles fut
de courir dans toutes les chambres qu'on leur avait
laissées ouvertes dans la maison, et de regarder les
livres à images et les joujoux que Madeleine et Riquet avaient préparés pour leur amusement. Ensuite
elles jouèrent un peu de temps dans le salon. Après
cela, Madeleine leur proposa d'aller au jardin apprendre la chanson de Lafaine.

Tous les enfants furent ravis de ce projet qui les
faisait descendre au jardin. Ils pensaient beaucoup
plus aux fleurs qu'ils allaient voir qu'à la chanson.
Madeleine se mit en tête, et tout le monde la suivit
jusqu'à la porte de l'enclos.

Mais celle-ci était fermée. Madeleine n'y comprenait rien ; elle pria Riquet de passer par-dessus la
haie et d'aller l'ouvrir. Mais Riquet pensa que si Lafaine l'avait fermée, c'était avec intention ; il se contenta donc de grimper un peu sur une barre et de
crier à Lafaine de les faire entrer. Lafaine arriva ;
mais au lieu d'ouvrir la porte, il s'accouda dessus et
regarda les petites filles avec une expression très
drôle.

« Nous voulons entrer dans le jardin, dit Caroline.

— Je ne sais pas si je puis laisser entrer tout ce
monde dans mon jardin, sans y mettre quelques conditions, dit Lafaine.

— Et lesquelles? demanda Caroline.

— Je vais vous les énumérer, dit Lafaine, et à

chacune que vous accepterez, vous direz toutes :
« Accepté ! »

— Bien, répondit Caroline, commencez.

— D'abord, reprit Lafaine, il faut que vous fassiez
bien attention de ne pas marcher sur les corbeilles
et les bordures.

— Accepté ! accepté ! crièrent tous les enfants à la
fois.

— Ensuite il ne faudra pas cueillir de fleurs. »

Il y eut quelques voix qui crièrent : « Accepté ! »
mais beaucoup d'autres gardèrent le silence.

« Nous comptons certainement que vous nous en
donnerez, alors, insinua Caroline.

— Je n'ai pas dit que je ne vous en donnerais pas ;
j'ai seulement dit que vous ne deviez pas les cueillir
vous-mêmes.

— Eh bien ! accepté ! dit Caroline, et tous les enfants répétèrent : « Accepté ! »

— Vous pouvez, ajouta Lafaine, vous choisir chacune trois fleurs dans le jardin et je vous les cueillerai, si toutefois ce ne sont pas des fleurs défendues.
Celles-là, je ne peux pas vous les donner.

— Quelles sont les fleurs défendues ? » demanda
Caroline. »

Pendant tout ce temps Madeleine se tenait en arrière avec Mary Bell ; elle était très surprise de ce
que disait Lafaine, et se penchant vers Mary, elle
lui glissa tout bas :

« Je ne crois pas qu'il y ait des fleurs défendues. »

Lafaine n'entendit pas ceci, ou tout au moins n'y
fit aucune attention, et il ne répondit qu'à la demande de Caroline.

MAIS AU LIEU D'OUVRIR LA PORTE, LAFAINE S'ACCOUDA (P. 25.)

« Je ne puis vous dire cela à l'avance, choisissez votre fleur d'abord et puis demandez-moi si elle est défendue ou non ; si elle l'est, il faudra que vous fassiez un nouveau choix ; si elle ne l'est pas, je vous la cueillerai, mais seulement quand vous quitterez le jardin. Que dites-vous de ces conditions ?

— Nous les acceptons ! dirent les enfants.

— Encore autre chose, dit Lafaine, avant de vous en aller, il faudra que vous me chantiez une chanson. »

A ceci les petites filles rirent beaucoup, mais ne dirent pas : « Accepté ! » Lafaine consentit enfin à ne pas rendre cette clause obligatoire, mais leur annonça que, si elles remplissaient toutes les autres conditions, il leur apprendrait une chanson et leur en jouerait l'air sur son flageolet. Ensuite, ayant autorisé Riquet à passer par-dessus la haie et à ouvrir la porte, il s'éloigna, et tous les enfants se répandirent dans le jardin.

A chaque instant, ils accouraient vers Lafaine lui demander de venir voir si telle ou telle fleur était défendue. Ce n'était, au fond, que pour donner aux enfants une occasion de venir continuellement lui parler, que Lafaine avait inventé l'histoire des fleurs. Il n'y avait, en réalité, pas de fleurs défendues, et il n'avait pas dit qu'il y en eût ; il avait seulement déclaré qu'il ne pouvait pas leur en donner de défendues. Il n'avait donc exprimé que la vérité, quoique, pour un temps, il eût trompé les enfants.

Lafaine avait deux raisons pour désirer que les petites vinssent lui parler. D'abord pour son propre agrément ; c'étaient toutes de gentilles fillettes, et cela lui faisait plaisir de les voir s'approcher de

lui et le questionner avec des figures où se peignaient
l'animation et l'ardeur que toutes mettaient à savoir
si telle fleur était défendue ou non ; ensuite, il voulait
qu'elles fissent toutes un peu connaissance avec lui,
afin qu'elles ne fussent pas trop intimidées quand il
voudrait les faire chanter.

Son moyen réussit admirablement. A tout moment,
les petites filles arrivaient vers lui, et quand il leur
disait que leurs fleurs étaient défendues, elles pre-
naient la chose très bien, et allaient en chercher de
nouvelles. Caroline seule fit exception ; elle se sentit
un peu piquée quand Lafaine lui dit qu'une de ses
fleurs était défendue, et elle ne voulut pas en chercher une autre pour la remplacer. Elle déclara à une
jeune fille qui se promenait avec elle que si Lafaine
n'était pas assez poli pour lui donner les fleurs
qu'elle désirait, elle n'en voulait pas du tout. Caroline
n'était pas habituée à ce qu'on lui refusât quoi que
ce soit, et, bien qu'elle fût assez généralement de bonne
humeur, tout ce qu'elle prenait pour un manque
d'égards la froissait invariablement.

Quand Lafaine crut que les enfants étaient assez
apprivoisés pour ne pas craindre de chanter devant
lui, il les appela tous sous le berceau ; puis il tira
son flageolet et joua des airs qui firent le plus grand
plaisir aux petites filles ; ensuite, il leur répéta deux
ou trois fois l'air de la chanson qu'il allait leur apprendre, puis il chanta les paroles, en les leur faisant
dire après lui, jusqu'au moment où tout le monde
les sut. Alors les enfants chantèrent, et Lafaine joua
l'accompagnement sur son flageolet.

Tout le monde, excepté Caroline, fit sa partie de
grand cœur. Elle se sentait un peu au-dessus de cela ;

il est vrai que la chanson, comme air et comme paroles, était faite pour des enfants et non pour des
demoiselles de douze et de treize ans. La majorité de
la société étant d'un âge très convenable pour l'ap-
précier, les personnes les plus raisonnables auraient
dû s'y joindre de bonne grâce et contribuer ainsi au
plaisir des plus petites. Les demoiselles qui sont
presque grandes ne devraient pas oublier qu'elles ont
été petites et qu'elles trouvaient très bon alors que
leurs grandes compagnes voulussent bien prendre
part à leurs jeux et les guider à l'occasion. C'est ce
que fit Mary Bell. Elle se tenait avec Madeleine à
l'entrée du berceau. Elle prit un vrai plaisir à entendre la chanson, bien qu'elle fût destinée à des
enfants beaucoup plus jeunes qu'elle, et elle se dit
que ce serait une très jolie chose à enseigner à ceux
qui venaient souvent la voir chez sa mère.

Caroline, au lieu de prendre part au chant, semblait déclarer par son air de dédain qu'une musique
enfantine était tout à fait au-dessous d'elle. Elle se
promenait nonchalamment dans l'allée, le long du
berceau, laissant errer sa vue sur le jardin en général. Enfin ses yeux se dirigèrent vers la maison, et
elle aperçut William qui, de son balcon, regardait
dans l'enclos. Elle fit semblant de ne pas l'avoir vu,
tout en se dirigeant doucement du côté de la maison. William n'y fit aucune attention ; il écoutait le
chant.

Quand les enfants eurent répété leur air plusieurs
fois, sous la direction de Lafaine, celui-ci les quitta
pour reprendre son ouvrage, et ils continuèrent à
chanter, avec Mary Bell à leur tête. Elle les fit mettre
en rond sur une petite place circulaire qui se trou-

5

vait devant le berceau. Un grand saule en occupait le
centre ; cet endroit était charmant pour danser une
ronde ; et le saule, tout pleureur qu'il était, fut bien
obligé de s'égayer de la joie des enfants.

Après avoir chanté et dansé jusqu'à en être fatigués, ils quittèrent le jardin pour retourner à la cour,
où ils jouèrent longtemps et s'amusèrent beaucoup.
Là, Caroline fut l'âme de tous les divertissements,
elle était pleine de vie et de gaieté. Elle imaginait
des jeux, combinait des expéditions, chantait des
chansons et racontait des histoires ; elle était entourée d'une foule qui la suivait dans ses moindres mouvements. Mary Bell était plus silencieuse et se mettait moins en avant. De temps en temps, elle se mêlait
comme les autres aux jeux de Caroline ; mais, en général, elle préférait se promener doucement en compagnie de deux ou trois amies, ou s'asseoir à côté
d'elles à l'écart sur une pierre ou sur un banc rustique.
Cependant, si une jeune fille s'approchait d'elles,
Mary Bell l'accueillait avec un sourire qui indiquait
assez que son goût pour la solitude ne provenait pas
du désir de quitter le reste de la compagnie pour
jouir égoïstement de la société de deux ou trois amies
de cœur. Même, pour éviter qu'on la soupçonnât de
faire une chose qui est à fort juste titre considérée
comme impolie dans toute espèce de réunion, elle
avait soin de toujours varier ses compagnes, de se promener tantôt avec l'une, tantôt avec l'autre, répartis-
sant ainsi également ses attentions entre toutes. C'est
là la seule conduite vraiment aimable à tenir dans
des réunions intimes.

Il est vrai qu'il est souvent bien agréable de jouir
exclusivement de la société d'un ou deux bons amis,

mais ce n'est pas le genre d'agrément que nous devons rechercher dans des parties de plaisir, et si nous le faisons, nous courons grand risque d'exciter la jalousie et de nuire au plaisir général.

Mary Bell, bien que plus disposée que beaucoup d'autres jeunes filles à aimer les plaisirs calmes, était pourtant toujours prête à prendre part aux jeux que proposaient les autres. L'après-midi se passa d'une façon charmante, et enfin l'heure de la collation arriva. Tous les invités se dirigèrent vers le pavillon, dont la porte n'était plus fermée. Les fraises étaient dans les assiettes, et le lait et la crème dans les jattes. Tout était prêt. Les enfants restèrent un instant debout autour de la table, à admirer la belle ordonnance des préparatifs ; mais bientôt chacun prit place sur les bancs qui faisaient le tour du pavillon.

« Je propose, dit Caroline, que nous ayons une reine ; je crois que ce serait bien ; elle pourra déléguer son autorité à quelqu'un qui servira les fraises et les gâteaux à la ronde.

— Oui, dit Mary Bell, c'est une bonne idée. »

Caroline ajouta :

« Que tous ceux à qui cela convient disent : « Accepté ! »

Tous les enfants crièrent : « Accepté ! » Il y en eut même qui, fort inutilement, le répétèrent deux ou trois fois.

« Je propose que Caroline soit la reine, dit Mary Bell. Que tous ceux qui sont de cet avis disent : « Accepté ! »

— Accepté ! accepté ! crièrent beaucoup de voix ; il y en eut pourtant qui dirent : « Non, Mary Bell ! que Mary Bell soit reine ! »

— Il est décidé que Caroline est la reine, dit
Mary Bell.

— Je trouve que c'est vous qui devriez être reine,
dit bien timidement une petite fille qui était assise
auprès de Mary Bell, et qui s'appelait Alice.

— Chut ! » fit Mary en lui posant le doigt sur les
lèvres ; mais elle regarda Alice avec un sourire qui
lui prouva bien que, si elle lui avait imposé silence,
du moins elle ne lui en voulait pas d'avoir parlé.

Caroline prit place au haut bout de la table et
commença à remplir ses royales fonctions ; elle
nomma des aides et leur fit servir le festin sous ses
ordres. Je dois dire qu'elle s'acquitta de son métier
de reine avec infiniment de goût et de tact, car elle
était en beaucoup de points faite pour jouer ce rôle.

Quelques petites filles furent désappointées de ce
que Mary Bell n'était pas la reine ; elles se réunirent
autour d'elle pendant que chacun était occupé avec
les fraises et les gâteaux, et lui exposèrent leur mécontentement. Le bruit des voix qui riaient et cau-
saient dans le pavillon était si continu qu'elles purent
parler tout à leur aise sans être entendues par le
reste de la compagnie. Quelques-unes même empor-
tèrent leur assiette de fraises et de gâteaux et allèrent s'asseoir à l'extérieur de la maison, sur les
marches.

« Je trouve que vous auriez dû être la reine, dit
Alice, vous êtes la plus âgée.

— Oh ! seulement de deux mois, dit Mary Bell. Non,
Caroline doit être la reine, parce que c'est elle qui a
été proposée d'abord.

— Mais c'est vous qui l'avez proposée, dit Madeleine.

— Non, dit Mary Bell, je préfère que ce soit Caroline. Je trouve... »

Ici Mary Bell s'arrêta. Elle allait dire que Caroline ferait une bien meilleure reine qu'elle, et elle le pensait vraiment ; mais elle réfléchit aussi qu'il valait autant ne pas le dire. Elle avait raison ; car s'il est malhonnête de faire son propre éloge, il est presque aussi malhonnête de se dénigrer soi-même. On a toujours l'air de demander une contradiction flatteuse.

« N'importe, dit Mary Bell, Caroline a été choisie, et elle fait une très bonne reine. Je propose que nous allions dans le jardin tresser une guirlande pour la couronner. N'en disons rien jusqu'à ce qu'elle soit prête. »

Les petites furent enchantées de ce projet, et surtout de l'idée de n'en rien dire. Mary Bell envoya Alice demander à la reine de permettre à Mary et à trois autres jeunes filles de s'absenter un peu de temps.

« Et si elle n'a pas l'air disposée à consentir, dit Mary Bell, dites-lui tout bas que c'est pour faire une couronne à la reine. »

Alice alla donc porter sa pétition, tandis que Mary et les autres petites filles l'attendaient en se promenant dans l'allée. La reine commença par déclarer qu'il lui était impossible de permettre à aucun de ses sujets de s'absenter ; mais quand Alice lui eut dit à l'oreille le but de l'expédition, elle consentit aussitôt, et fit répondre à Mary Bell qu'elle la remerciait infiniment de sa bonne pensée.

Les petites, qui allèrent avec Mary, prirent le plus grand plaisir à cueillir les fleurs et à tresser la guirlande, et quand elle fut finie et posée sur la tête de la

reine, les trois petites filles comptaient parmi les su-
jettes les plus dévouées de Sa Majesté Caroline. C'était
dans ce but que Mary Bell avait fait sa proposition.
A partir de cet instant, tout alla pour le mieux et le
plus harmonieusement du monde : le règne de Caroline fut sans nuage. Il ne faudrait pourtant pas croire
qu'elle occupât une position beaucoup plus élevée
que Mary Bell, car celle qui fait une reine, qui la
couronne, et qui la soutient moralement, n'est-elle
pas en quelque sorte au-dessus d'elle?

Après le goûter, les enfants jouèrent quelque
temps dans la cour; mais s'étant fatigués des jeux actifs, la reine leur proposa de rentrer au salon se diver-
tir à quelque jeu plus tranquille. Ce projet reçut l'as-
sentiment général. Riquet dit qu'il irait chez William
le prier de venir leur conter une histoire. Il alla donc
sous la fenêtre de William, fenêtre qui, comme on a
pu le voir précédemment, donnait sur un petit balcon. Ce balcon était appuyé sur deux grands poteaux
d'où sortaient, de distance en distance, des chevilles
de bois qui servaient à soutenir les plantes grimpantes, mais qui étaient surtout utiles à Riquet, très
habile dans la gymnastique, pour arriver à la chambre de son cousin sans avoir recours à l'escalier.

Quand Riquet fut en haut des poteaux, il se retourna et regarda les petites filles qui jouaient dans
la cour; quelques-unes étaient rentrées, d'autres
cueillaient des fleurs sous le balcon. Riquet était si
habitué à grimper à ces supports, qu'il se tenait sur
les dernières chevilles avec aussi peu de crainte que
s'il eût été sur l'escalier.

Riquet adressa sa demande à son cousin, qui consentit immédiatement, tout en lui disant, comme l'on

a l'habitude en pareil cas, qu'il ne se rappelait aucune histoire.

Riquet usa de l'escalier ordinaire pour redescendre, et vint communiquer la réponse de William à Caroline et à toutes les petites filles assemblées dans le salon. Caroline et Mary Bell rapprochèrent deux canapés, et, à l'aide de quelques chaises, elles formèrent un cercle. Au centre, on mit des coussins et des tabourets de toutes sortes pour les plus petits enfants.

Il leur fallut bien du temps avant d'être complètement installées, car, à chaque instant, les petites changeaient de place, avec l'espoir d'en trouver une meilleure. On mit deux fauteuils en face l'un de l'autre ; l'un fut pour Caroline, l'autre pour William.

L'entrée de ce dernier intimida un peu la société, car il était beaucoup plus âgé que la plus raisonnable des jeunes filles présentes. Madeleine lui dit que Caroline était la reine, et qu'il fallait lui obéir en tous points. Là-dessus, William s'inclina respectueusement et dit à Sa Majesté qu'il était trop heureux de se ranger parmi ses sujets. Caroline déclara alors qu'elle ne voulait plus être reine, et que William devait être roi ; William répondit que pour rien au monde il ne voudrait la déposséder, mais que, si Caroline y consentait, il serait son premier ministre. Cette proposition fut acceptée à l'unanimité, et William, en sa qualité de premier ministre de la reine Caroline, se mit à la tête de la petite assemblée.

IV

LES CONTEURS

William savait fort bien que, s'il s'adressait de
but en blanc aux enfants et leur demandait de conter
chacun une histoire, il était à craindre qu'ils ne re-
fusassent tous en disant qu'ils n'en savaient pas. Il
crut faciliter la chose en fixant d'avance le sujet des
récits. Il proposa donc que chacun racontât un accident ou un malheur dont il aurait été victime.

« Cherchez tous, leur dit-il, et voyez s'il ne vous
est pas arrivé quelque malheur que vous puissiez
nous raconter. Je vous dirai, moi, comment, une
nuit, je me suis trouvé dans l'impossibilité de rentrer dans la maison de mon père, à New-York. Je vous
détaillerai cela quand mon tour sera venu. Faites
comme moi, interrogez vos souvenirs. C'est Madeleine qui commencera. »

William avait désigné Madeleine, parce qu'il
croyait qu'étant sa sœur, elle aurait moins peur que
les autres.

« Je ne me rappelle aucun accident, dit Madeleine,
à moins que je ne vous raconte comment j'ai cassé
mon petit vase à fleurs violet.

— Ce sera très bien, dit William, j'en suis sûr.
Raconte-nous cela.

— Voilà : « Je l'avais attaché à mon fil de télégraphe ; mais il s'est détaché en route, et s'est brisé
par terre en mille morceaux. »

Et Madeleine s'arrêta, comme si son histoire était finie.

« Mais, dit William, il faut nous en conter bien plus long que cela; il faut nous expliquer ce que c'était que ton télégraphe, et ce que tu faisais avec ton vase. Il faut nous décrire l'endroit et nous raconter l'histoire du commencement jusqu'à la fin, comme dans un livre.

— Eh bien, reprit Madeleine, le télégraphe était un fil de fer que tu avais tendu de ma fenêtre au balcon d'Augusta. Ma fenêtre et son balcon sont tous deux à l'arrière de la maison, et sa maison est tout à côté de la nôtre; elle est couverte de vignes et de plantes qui grimpent jusque sur les cheminées. Le télégraphe était un fil de fer assez fort, dont tu avais attaché un bout à ma fenêtre et l'autre au balcon d'Augusta; par ce moyen, nous pouvions nous passer des objets l'une à l'autre.

— Et comment les faisiez-vous tenir? demanda Caroline.

— Mais nous avions un crochet, — une espèce de crochet double; un des côtés s'accrochait sur le fil de fer et l'autre pendait; c'est sur celui-ci que je mettais ce que je voulais envoyer à Augusta.

— Comment pouviez-vous faire monter les objets? dit Caroline.

— Oh! dit Madeleine, Augusta les hissait avec une ficelle dont un bout était attaché au crochet et l'autre à son balcon; cette ficelle était assez longue pour arriver jusqu'à ma fenêtre, et quand j'avais ôté du crochet ce qu'elle m'envoyait, je pouvais y mettre autre chose, et alors Augusta le hissait à elle. »

William sourit en entendant toute la description

6

du télégraphe qu'il se rappelait si bien avoir installé.

« Nous avions un petit panier, ajouta Madeleine, que nous suspendions au crochet; et dans lequel nous mettions ce que nous voulions envoyer. Nous avions aussi un petit sac que nous appelions la boîte aux lettres.

— Votre fenêtre était-elle juste au-dessus du balcon? demanda Mary Bell.

— Non, un peu de côté, dit Madeleine; vous devriez bien en faire un dessin.

— Oh! mais je ne saurais pas, dit Mary Bell.

— Oh! si, Mary, faites-le, dirent tous les enfants, faites-le.

— Je vous en tracerai une première esquisse, dit William à Mary Bell, seulement pour vous montrer comment étaient les maisons et comment poussaient les vignes. »

William tira de sa poche un crayon et fit sur son calepin, en guise de pupitre, un petit croquis; Mary Bell, qui se trouvait à côté de lui, et autant de petites filles qu'il put s'en faufiler, se penchèrent pour voir sur son épaule. Tout en dessinant, William expliquait chaque chose, pour rendre son dessin plus clair :

« Voici un pan de mur qui fait saillie, voilà le commencement de l'autre maison; ceci, ce sont des vignes; voilà un treillage, etc., etc. »

William se rappelait si bien la forme des maisons, et la disposition en était si simple, que l'esquisse fut bientôt terminée, et que toutes les petites filles furent très désireuses que Mary Bell commençât le dessin tout de suite, pendant que l'on contait les histoires.

Mary ne se souciait pas beaucoup d'entreprendre
ce travail; mais elle y consentit à condition qu'elle
n'aurait pas à raconter d'histoire. Les petites ne voulurent pas d'abord admettre une chose semblable;
mais, William leur ayant dit qu'il trouvait cela fort
juste, elles acceptèrent la combinaison, et Mary Bell
fut installée à la table. Personne ne devait s'approcher
d'elle tant qu'elle n'aurait pas terminé le dessin.
William alla dans sa chambre chercher du papier et
des crayons, et Mary se mit à l'œuvre. Le reste de la
compagnie reprit ses places, et chacun attendit la fin
de l'histoire de Madeleine.

« Eh bien! Madeleine, dit Riquet, continue. »

« J'avais un joli petit vase, un vase pour mettre
des fleurs; mon oncle me l'avait donné à la Noël, et
je le gardais toujours sur la table dans ma chambre.
Un jour, Augusta m'envoya du raisin; elle l'avait
cueilli à la vigne qui croissait sur son balcon. Il y
avait deux grappes : elle en mit une dans le panier,
et l'autre à cheval sur la ficelle, puis elle me laissa
glisser le tout.

« J'étais si contente d'avoir le raisin, que je me
dis que j'enverrais en échange des fleurs à Augusta.
J'en avais dans mon petit vase. J'attachai une ficelle
autour du récipient, je la fixai au crochet, et je dis à
Augusta de tirer. C'est ce qu'elle fit, et les fleurs et le
pot marchèrent admirablement pendant un moment;
mais à moitié chemin, la ficelle se cassa et le vase
vint se briser en mille morceaux sur le pavé. »

A ce dénouement, quelques-unes des petites filles
prirent un air contristé; mais celles qui étaient le
plus près de Mary Bell s'approchèrent tout de suite
en disant :

« Où donc? Montrez-nous, Mary, nous voulons voir où c'était. »

Mais Mary couvrit son dessin avec la main et leur dit :

« Non, ce n'est pas encore fini; il faut que vous attendiez. »

Et chacune retourna à sa place.

William fit compliment à Madeleine de l'histoire qu'elle avait racontée.

« Je suis bien fâché, ajouta-t-il, que ton vase ait été cassé, d'autant plus que c'est un peu ma faute. J'aurais dû te prévenir, en établissant ton télégraphe, qu'il ne serait pas sûr de lui confier des choses précieuses, et surtout des choses fragiles.

— Fragile? Qu'est-ce que c'est que fragile? demanda Madeleine.

— Fragile veut dire : qui se casse facilement, répondit Caroline.

— Ah! bien, alors on peut dire, en effet, que mon vase était fragile, car il s'est brisé en dix mille morceaux, » soupira Madeleine.

William pria chacune des petites filles de raconter son histoire; elles firent leur possible pour décrire quelque accident qui leur était arrivé, mais aucune ne réussit aussi bien que Madeleine; elles avaient peur de parler devant tant de monde, et, en général, leurs histoires étaient beaucoup trop courtes et pas très claires. Voici ce que raconta Sarah :

« Le seul accident que je puisse me rappeler, c'est qu'une fois j'ai voulu sauter un ruisseau, je n'ai pas sauté assez loin, et je suis tombée dans l'eau.

— Tout à fait dedans? s'informa Riquet.

— Oh! non! dit Sarah.

— Comment était le ruisseau? Était-il profond? poursuivit Riquet.

— Non, pas très profond.

— Profond comme ça? fit Riquet en mettant sa main à la hauteur de son menton.

— Oh non! dit Sarah.

— Comme ça, alors? et Riquet, plaçant cette fois sa main sur sa poitrine.

— Oh non! pas à beaucoup près.

— Enfin, combien était-il profond?

— Il n'était pas profond du tout, avoua Sarah, c'était un ruisseau que mon frère avait fait dans la cour avec une cruche d'eau.

— Oh! s'écria Riquet en riant, vous n'avez pas été en danger de vous noyer.

— Non, dit Sarah, mais j'ai gâté une paire de souliers neufs, j'ai été grondée, j'ai pleuré, et le malheur, petit au début, a fini par être bien grand. »

Une autre petite fille raconta comment elle avait mis le feu à un rideau. C'était au milieu de l'été, et elle avait pris une lampe pour aller chercher un livre; elle avait posé la lampe, à ce qu'elle croyait, assez loin de la fenêtre, car elle n'avait osé, disait-elle, la porter dans le cabinet où était la bibliothèque, par crainte de mettre le feu aux livres et aux papiers. De la chambre, la lampe éclairait suffisamment le cabinet.

Pendant qu'elle cherchait son livre, le rideau, soulevé par l'air du soir, flotta à l'intérieur, et un des bords alla se poser sur la lampe; il s'enflamma, puis retomba à sa place contre la fenêtre. La chambre fut bientôt tout illuminée, et la petite fille courut sur l'escalier en criant : « Au feu! au feu! » Son père arriva à temps, et arrachant le rideau avec les pincettes, il le jeta sur la marche du foyer et l'éteignit en versant beaucoup d'eau dessus.

« Mon père m'a dit que j'étais excusable, ajouta la petite, mais que cependant, si j'avais réfléchi, j'aurais pu prévoir que le courant d'air pouvait être un danger. »

Enfin ce fut le tour de Riquet, et il commença ainsi :

« Le seul accident qui me soit arrivé depuis bien longtemps, ç'a été de perdre la clef de ma malle. J'étais en voyage : au dernier endroit où je m'étais arrêté, j'avais fermé la serrure ; seulement, au lieu de mettre la clef dans ma poche, je l'avais posée sur le tapis, tandis que j'attachais les courroies. Là-dessus, l'homme de l'hôtel étant arrivé en très grande hâte prendre mon colis et me dire que j'étais en retard, j'ai oublié tout à fait la clef, et je l'ai laissée sur le tapis. »

Riquet s'arrêta, comme si son histoire était finie.

« Est-ce tout? demanda William.

— Oui, seulement, quand je suis arrivé à la maison je n'ai pas pu ouvrir ma malle.

— Et qu'avez-vous fait? demandèrent plusieurs enfants.

— Oh! c'est Lafaine qui a arrangé cela pour moi. Devinez comment il s'y est pris?

— Il a trouvé une autre clef, dit l'un.

— Non, répondit Riquet, nous avons essayé toutes les clefs de la maison, aucune n'allait.

— Il a fait sauter la serrure, alors?

— Non.

— Il l'a ouverte avec un instrument? dit Caroline.

— Pas davantage.

—Moi, je sais ce qu'il a fait, interrompit Madeleine.

— Oui, mais ne le dis pas, Madeleine, laisse-leur deviner.

— Il a soulevé le couvercle en ôtant les charnières? dit Sarah.

— Non il n'a pas pu faire cela, parce que les charnières étaient à l'intérieur.

— Eh bien, comment s'y est-il pris, alors? Nous donnons notre langue au chat.

— Voici : il a retourné la malle, et avec sa grande adresse il a ôté le fond, et c'est comme cela que j'ai retiré toutes mes affaires. »

La fin de cette histoire provoqua un rire général. Dès que le silence fut un peu rétabli, chacun se retourna vers William pour voir à qui il allait donner la parole.

— La morale de cette histoire, prononça William, c'est qu'en voyage il faut prendre le plus grand soin de la clef de sa malle.

— Oui, dit Madeleine, et nous en ferons notre profit. »

V

LE RÉCIT DE WILLIAM

« Mon histoire, dit William, est plutôt je crois, pour des garçons que pour des filles, ou du moins la morale, si morale il y a, s'applique mieux à des garçons qu'à vous, mesdemoiselles. En outre, je crains

qu'en lui-même ce récit ne vous semble pas bien
intéressant; ce n'est absolument que la description
d'une certaine nuit que je passai sans pouvoir rentrer
à la maison, et de mes aventures pendant que je cher-
chais à me loger dans un hôtel.

— Ce sera très intéressant, » s'écria une des petites
filles.

William commença :

« Je revenais de la campagne, où j'avais été passer la belle saison. Tout le reste de la famille était
absent, et l'on n'avait laissé qu'un seul domestique
à la garde de la maison. J'avais précédé mon père, ma
mère et Madeleine de quelques jours, afin de tout
préparer pour les recevoir.

« Le train que j'avais pris devait arriver à neuf
heures; je savais que Jean ne fermait jamais la maison avant dix : je pensais donc arriver à temps.

— Qui était Jean? demanda la petite Marianne.

— C'était le domestique qui gardait la maison.

— Tu aurais pu deviner cela, ajouta Caroline; il
ne faut pas interrompre l'histoire en faisant des questions qu'un peu de réflexion rendra inutiles.

— Je croyais arriver, reprit William, avant que
Jean eût fermé la maison, et je me disais que, si
même j'étais en retard, ce ne serait qu'un petit
malheur, car j'avais un passe-partout.

— Qu'est-ce que c'est que cela? demanda Caroline.

— C'est une clef avec laquelle on entre chez soi
sans déranger personne, expliqua William.

— Vous auriez pu deviner cela, dit la petite Marianne, et puis il ne faut pas interrompre l'histoire
en faisant des questions. »

Tous les enfants rirent, et Caroline peut-être plus que les autres.

« Ah! petit démon, tu te moques de moi, de moi, la reine; je vais te faire mettre en prison. »

Caroline prit bien la plaisanterie; c'était ce qu'il y avait de mieux à faire. Elle était pleine de tact, et comprenait qu'elle n'avait que ce moyen de se tirer de la position délicate où l'avait placée Marianne. Si, au contraire, elle avait pris un air de dignité offensée, elle n'aurait fait qu'empirer les choses et se rendre ridicule.

« Nous n'étions plus qu'à dix ou douze lieues de New-York, quand notre train dut s'arrêter à cause d'un accident.

— Et quel accident? demanda Riquet. Aviez-vous écrasé une vache?

— Non, ce n'était pas une vache; à vrai dire, je n'ai pas su au juste ce que c'était. Quelque chose s'est dérangé dans la locomotive, et nous avons dû attendre une heure entière, pendant qu'on allait nous en chercher une autre. Ensuite, à presque toutes les stations, nous avons été obligés de nous arrêter pour laisser passer d'autres trains; et quand enfin nous sommes arrivés à New-York, j'ai regardé ma montre et j'ai vu qu'il était onze heures cinq minutes. Il n'y avait pas à en douter, Jean devait être couché.

« Je me décidai néanmoins à aller à la maison, où je comptais entrer au moyen de mon passe-partout, et Jean n'aurait su mon arrivée que le lendemain matin. J'avais déjà tout combiné en imagination pour me procurer de la lumière et tout ce qu'il me faudrait sans éveiller le domestique. Plus tard, je vous dirai

7

quelles étaient ces combinaisons. Dès que j'eus quitté
le train, je pris un cab et je donnai mes numéros
au cocher.

— Quels numéros? demanda Sarah qui, n'avait jamais voyagé en chemin de fer. et qui ne comprenait
pas ce que voulait dire William.

— Les numéros de mon bagage, dit celui-ci. Dans
nos chemins de fer, les hommes chargés du bagage
ont des jetons en métal avec des numéros gravés
dessus; ils sont tous par paires, et le même chiffre se
trouve répété sur chacun d'eux. Au départ, l'employé du bagage en prend une paire; il en attache
un à votre malle, à l'aide d'une petite courroie, et
vous donne l'autre. De cette façon, votre malle se
trouve numérotée et vous en avez le numéro sur le
jeton qui vous a été donné. On en met ainsi sur chacun des colis.

— C'est une bien bonne idée, déclara Riquet. Et
quels étaient tes numéros?

— Je ne me souviens que d'un, c'était le numéro 1 066.

— Oh! quelle quantité de malles, dit Riquet. Tout
ça dans le même train?

— Non, peut-être pas, mais il part beaucoup de
trains dans une journée, et les employés au bagage
sont obligés d'avoir un grand nombre de jetons.
Comme je vous l'ai déjà dit, je donnai les miens au
cocher, afin qu'il allât réclamer ma malle et mon
sac de nuit. Il y a toujours tant de foule, que les
voyageurs laissent généralement ce soin aux cochers.
L'arrivée d'un train dans une grande ville, surtout
la nuit, est une des scènes les plus bruyantes et les
plus agitées que l'on puisse voir. La gare est rem-

plie d'hommes, de femmes et d'enfants qui courent
en tous sens; des centaines de cochers se pressent
contre une corde en criant à qui mieux mieux :
« Demandez une voiture! Voilà une voiture! » Tandis que d'autres hommes, qui sont envoyés par les
hôtels, vous crient aux oreilles le nom de celui qu'ils
représentent. Heureusement qu'au-dessus de tout ce
tapage on entend la voix claire de l'employé du bagage qui crie les numéros pour aider les cochers à
retrouver les colis. Tous ces bruits et ces cris sont
quelque chose d'assourdissant.

— Oh! comme je voudrais y être ! soupira Riquet.

— Quand le cocher m'eut désigné sa voiture, il
retourna chercher mon bagage, et moi je l'attendis
dans le fiacre. Bientôt le bruit de ma malle retombant lourdement sur l'impériale m'annonça son retour.
Je lui donnai l'adresse et nous partîmes.

« Les rues, éclairées par le gaz, étaient aussi brillantes qu'en plein midi ; les trottoirs étaient encom-
brés de gens qui sortaient des spectacles et des con-
certs, et les omnibus, chargés de monde, se croisaient
bruyamment dans la grande rue de Broadway. Bientôt le cocher s'arrêta à notre porte. Il tira la sonnette,
et, en un clin d'œil, il descendit ma malle et la déposa
sur les marches, devant la maison. Je lui payai sa
course, et il repartit.

« Je savais fort bien que sonner ne m'eût avancé
de rien, car la sonnette répondait dans la cuisine,
qui était dans le sous-sol, tandis que la chambre de
Jean était dans les mansardes. Je pris donc mon
passe-partout et j'ouvris la porte; ensuite je tirai ma
malle jusque dans le grand vestibule, car nous en
avons deux : le premier n'est guère qu'une petite en-

trée, mais le second est très grand. Je laissai les
deux portes ouvertes, et, grâce à un réverbère qui se
trouvait sur le trottoir, en face de notre maison, je
pus y voir suffisamment pour ouvrir ma malle et y
prendre des allumettes.

— Cela ne pouvait te servir à rien, observa Riquet,
puisque tu n'avais pas de lampe.

— Non, mais je comptais en chercher une dans
le cabinet où on les mettait d'habitude. Ce cabinet
était dans le sous-sol; j'avais le dessein de prendre
un journal que j'avais acheté pour me distraire en
route, de le plier très serré, et de m'en servir en
guise de torche pour m'éclairer jusqu'à destination.
J'en déchirai donc la moitié et je l'allumai avec une
de mes allumettes. J'aurais très bien pu, en suivant
les murs, me passer de lumière, mais j'avais peur de
me promener comme cela dans l'obscurité.

— Oh! fit Riquet, et de quoi avais-tu peur?

— Mais je me disais que Jean pouvait, après tout,
être dans la cuisine, et que s'il entendait des pas
dans l'obscurité, il pourrait me prendre pour un vo-
leur et...

— Venir te tirer un coup de fusil, n'est-ce pas?
dit Riquet.

— Non, je n'ai pas cru qu'il me tuerait, mais j'ai
craint que, s'il entendait du bruit, il ne se mît peut-
être à la fenêtre et n'appelât la garde. Je gagnai sans
peine le cabinet, grâce à ma torche de papier, qui
pourtant n'était pas facile à manœuvrer. Si je la tenais tout à fait droite, avec la flamme en l'air, elle
brûlait à peine et menaçait de s'éteindre à chaque
instant; si, au contraire, je l'inclinais, le vent l'excitait et la faisait brûler si vite que je craignais de lui

voir atteindre mes doigts avant que je pusse allumer la lampe. Tout le long de l'escalier tournant
qui mène au sous-sol, je gardai donc les yeux fixés
sur ma torche, tantôt l'inclinant et tantôt la relevant,
selon les besoins du moment. Aussi j'étais dans le
cabinet et j'avais allumé une lampe, qu'elle n'était
encore qu'à moitié consumée. Je la soufflai et je mis
le pied dessus, pour m'assurer qu'elle était complètement éteinte ; ensuite, je montai l'escalier qui mène
à ma chambre.

« Mais quel fut mon étonnement de trouver ma
porte fermée à clef. Je n'y comprenais rien. J'allai
aux autres portes, toutes étaient closes. J'étais fort
embarrassé, car je n'avais pas de passe-partout pour
les portes de l'intérieur, et pourtant si je ne parvenais
pas à entrer dans une chambre à coucher, je voyais
très clairement qu'il me faudrait passer la nuit dans
le vestibule, avec mon sac de nuit pour oreiller.

« Je grimpai jusqu'à la chambre de Jean, mais je la
trouvai également fermée ; je pensai alors à une certaine petite pièce dans le sous-sol, dont le domestique avait fait son salon, et je me dis que, s'il ne
s'était pas couché à son heure habituelle, je le trou-
verais peut-être là.

— Eh bien ! est-ce que tu es descendu ? interrompit Riquet.

— Non, répondit William, car j'avais réfléchi, dans
l'intervalle, que je ferais tout aussi bien d'aller demander l'hospitalité à l'hôtel. Il était certainement
un peu tard, à onze heures et demie, pour se mettre
à la recherche d'un logement, d'autant plus que je
savais qu'à cette heure il n'y a plus d'omnibus, et
qu'il me faudrait probablement aller à pied. Cepen-

dant je me décidai à faire cette expédition. J'éteignis
ma lampe, je la laissai près de la porte, et je sortis.
Je rencontrai encore quelques omnibus, mais ils n'allaient pas dans mon sens. Il y avait un grand nombre
de voitures revenant des bals et des théâtres, et
beaucoup de piétons sur les trottoirs, bien qu'il fût
près de minuit.

« Presque tous les grands hôtels se trouvent à
l'ouest de la ville, et il me fallut faire une demi-lieue
avant d'en trouver un. Les hôtels de New-York sont
énormes ; ils ont souvent cinq et six étages ; l'entrée
est en général brillamment éclairée. La première
pièce est un très vaste vestibule ; au delà, il y a le
bureau, où se trouvent des pupitres, la caisse, et
une innombrable quantité de tableaux appliqués aux
murs, avec quantité de numéros correspondant dans
toutes les parties de la maison. Dans ce bureau, il
y a toujours des garçons chargés de malles, qui courent à droite et à gauche, et des voyageurs en foule
qui se font inscrire, qui paient leurs notes et qui
questionnent les commis.

« Au premier hôtel où j'entrai, je demandai une
chambre pour la nuit.

— Nous pouvons vous donner un lit dans une
chambre avec d'autres personnes, me fut-il répondu,
mais nous ne pouvons vous donner une chambre ; la
maison est pleine.

— Cela ne me convient pas, leur dis-je, et je
sortis.

— Pourquoi n'as-tu pas voulu ? s'informa Riquet.

— Mais parce que je n'aime pas partager une
chambre avec des étrangers, répondit William. Ils
peuvent être de très honnêtes gens, comme aussi ils

peuvent être des voleurs; et il ne serait pas fort agréable, en se réveillant le matin, de trouver qu'un camarade de chambre est parti avec votre montre et votre argent, et même vos effets.

— Non, en effet, opina Caroline; j'aimerais aussi à avoir une chambre pour moi seule.

. — Je quittai cet hôtel, et bientôt j'en trouvai un autre. Je pénétrai dans le vestibule, qui était encombré de monde, et j'arrivai jusqu'au bureau. Je vis là un énorme plateau couvert de petites lampes que chacun venait prendre avant d'aller se coucher. Je demandai au commis si on pouvait me loger pour la nuit; il me répondit que c'était impossible; tout était plein.

« Je le questionnai sur la cause de cet encombrement dans les hôtels, et il me dit que cela tenait à la réunion des Chambres; c'était là ce qui attirait tout le monde. »

William à ce moment s'aperçut que les yeux de Mary s'étaient fixés sur lui, comme d'ailleurs ceux de toute la société, pendant qu'il racontait les réponses qu'on lui avait faites dans les hôtels. « Continuez donc votre dessin, lui dit-il. Il ne faut pas que l'histoire vous arrête. »

Mary Bell répondit qu'elle ne pouvait deviner ce qu'il allait faire maintenant, et elle reprit son crayon.

« Je m'adressai encore à deux hôtels, et tous les deux étaient pleins. Je commençai à regretter de n'avoir pas accepté le lit qui m'avait été offert d'abord dans la chambre commune, et je me décidai à y retourner. Mais quand j'y arrivai on me dit que plusieurs personnes étaient venues après moi, et qu'il n'y avait positivement plus un seul lit.

— Pour le coup, s'écria Riquet, tu as dû avoir joliment peur?

— Pas du tout, et quand bien même j'aurais eu peur, je t'assure que j'aurais honte de l'avouer devant une si nombreuse société. Cela n'arrange jamais rien d'avoir peur; et puis, vraiment, il n'y avait pas de quoi.

— Comment, reprit Riquet, il me semble que tu ne pouvais plus rien faire?

— Oh! je savais fort bien que si je disais au commis qui j'étais, et comment je me trouvais dans une semblable position, il trouverait moyen de me loger quelque part : il n'y eut jamais d'hôtel si plein qu'on n'y pût trouver place pour quelqu'un, le cas échéant. J'aurais très bien pu, à défaut de lit, me coucher sur un des canapés du salon, ou dans le cabinet de lecture; et même un fauteuil m'aurait suffi pour passer la nuit, ou, pour mieux dire, le reste de la nuit, car il n'y avait guère plus que quatre ou cinq heures d'obscurité. Je n'aurais pas été plus à plaindre que des milliers de pauvres gens qui veillent des malades tous les soirs de leur vie. J'aurais pu aussi rentrer à la maison et dormir dans le vestibule, mon sac sous la tête; j'aurais encore été mieux couché que la moitié du genre humain.

« Je me décidai pourtant à faire une nouvelle tentative, et je continuai ma route en guettant les hôtels. Avant longtemps je fus accosté par une pauvre mendiante qui portait un enfant dans ses bras. Elle me demanda de lui donner quelque chose pour se loger cette nuit. — « Vraiment, lui dis-je, si je vous donne de l'argent, trouverez-vous un endroit où vous loger? — Oh! dit-elle, il n'en manque pas. Si seulement j'avais une pièce de douze sous! — Eh bien! vous êtes plus heureuse que moi, lui dis-je, car je veux bien donner beaucoup plus de douze sous, et je ne peux pas trouver où me coucher. — Je vous indiquerai un endroit, me dit-elle, si vous voulez venir avec moi. » Je ne répondis rien, mais je lui donnai une pièce de vingt-quatre sous pour se loger cette nuit-là et la nuit suivante, et je continuai ma route.

— Mais, insista Riquet, pourquoi ne l'as-tu pas suivie? elle t'aurait mené quelque part où tu aurais pu trouver à coucher.

— Non, non, cela n'eût pas été prudent; ma mendiante n'avait pas l'air d'une vraie pauvresse, mais plutôt d'une aventurière; elle m'aurait peut-être conduit dans quelque abominable repaire, où j'aurais pu être dévalisé pendant la nuit. Et puis, s'il faut l'avouer, je n'ai pas cru un mot de ce qu'elle me disait.

— Comment, dit Caroline, vous n'avez pas cru qu'elle ne savait où aller coucher?

— Non, dit William, j'ai pensé, sur sa méchante mine, qu'elle avait un abri quelconque, assez misérable sans doute, mais enfin un abri, et que ma pièce de vingt-quatre sous ne changerait en rien son logement cette nuit-là. Ce qu'elle m'avait dit n'était qu'une histoire pour se faire donner de l'argent. C'est quelquefois le cas avec les faux pauvres des rues.

— Et alors, pourquoi lui avez-vous donné de l'argent? demanda Mary Bell.

— Je n'en sais trop rien. Je l'ai fait d'instinct, dans le doute, car je n'étais sûr de rien, et je pensais que peut-être elle était en effet malheureuse,

8

que vingt-quatre sous alors lui feraient plaisir, et
je les lui ai donnés. Mais continuez votre dessin.

— Je crois qu'il est fini, dit Mary Bell.

— Voyons ! voyons ! » s'écrièrent tous les enfants.
Et bientôt les aventures de William furent oubliées,
et on ne songea plus qu'à voir le télégraphe de Madeleine.

Le dessin fut beaucoup admiré, et Madeleine assura
qu'il était très exact.

« Voilà le balcon d'Augusta, et voici ma fenêtre;
le fil de fer, et la ficelle qui servait à faire monter et
descendre les objets. Voilà même mon vase qui
dégringole, et les raisins qui pendent à la fenêtre. »

Les enfants examinèrent le tout jusque dans ses
moindres détails. William pria Mary Bell de le lui
donner, et aussitôt tout le monde voulut l'avoir. « A
moi ! criaient les enfants. Donnez-le-moi ! C'est pour
moi, Mary ! » Mary hésitait; elle était très flattée de
penser que tant de personnes s'intéressaient à son
œuvre, et elle eût été très heureuse que ce fût William qui eût son dessin, mais elle n'osa pas le dire,
surtout quand tout le monde le réclamait. Elle déclara donc qu'elle allait le donner à Madeleine,
puisque cela représentait son télégraphe. Mais Caro
line fit valoir que le dessin ayant été fait par Mary
Bell, au lieu de conter une histoire dont tout le
monde aurait joui, il devait nécessairement appartenir à toute la société. Elle proposa qu'on le tirât
au sort.

Cet avis fut accepté ; seulement William demanda
que la loterie fût remise à un peu plus tard.

« C'est cela, appuya Mary Bell, écoutons la fin de
l'histoire. »

Chacun reprit sa place et prêta l'oreille.

« Il ne me reste que peu de chose à vous conter, poursuivit William, car, au premier hôtel où je m'adressai, le commis me dit que je pourrais avoir une chambre, si toutefois je consentais à monter un peu haut. Je lui répondis que je n'étais guère en position de faire le difficile. Il m'inscrivit donc sur un registre et dit à un garçon de me conduire au numéro 162 ; et c'était haut, je vous assure. Nous montâmes des escaliers de toutes les façons ; il y en avait de tournants, de droits, de larges, de petits. Je crus que nous n'arriverions jamais. Enfin le garçon s'arrêta devant une porte et me fit entrer dans une pièce bien petite, mais fort agréable, où il y avait un bon lit bien doux. Je fis quelques gambades de joie et je me mis au lit. »

William s'arrêta, et Riquet demanda si c'était fini.

« Mais vous avez annoncé, je crois, qu'il y avait une morale, observa Mary Bell.

— Une morale... tiens, c'est vrai, j'avais pensé à une morale en commençant l'histoire, mais je vous avouerai que je ne sais plus trop ce que c'est. »

Caroline et Mary rirent de bon cœur, et le reste de la société déclara que cela ne faisait rien, car la morale était toujours ce qu'il y avait de moins amusant dans les histoires.

Si William avait demandé qu'on remît la loterie du dessin de Mary Bell, ce n'était pas, comme on pourrait se l'imaginer, pour se donner la satisfaction de finir son récit. Son projet était de s'adresser à chacun des enfants, et de leur proposer de lui vendre leur part dans la loterie. Il leur expliqua donc qu'il

y avait dix ou douze chances contre une qu'ils ne
gagneraient pas le dessin, et il proposa de leur acheter
leur billet moyennant une orange, des fleurs, une
pomme, une autre gravure, etc., etc. Ils auraient
sûrement les objets, tandis que lui n'aurait le dessin
que si l'un d'eux le gagnait. Il leur démontra clairement qu'ils faisaient un excellent marché.

Les négociations de William n'eurent pourtant que
peu de succès. Chacun voulait le croquis, et chacun
se croyait sûr de le gagner. Il réussit pourtant à
acheter deux parts; l'une lui coûta une orange, et
l'autre une boîte de carton colorié qu'il alla chercher
dans sa chambre. Malgré ces deux chances, et la
sienne qui faisait trois, il ne gagna pas; ce fut Sarah
que le sort désigna. William savait qu'il était tout à
fait inutile, pour l'instant, de proposer à celle-ci de
lui acheter son lot; elle était bien trop heureuse de
l'avoir gagné; il se contenta de lui prêter un livre,
entre les feuillets duquel il ne risquerait pas de se
froisser, et de lui faire dire, un peu plus tard, par
Riquet, de ne pas le céder à qui que ce fût, sans
le prévenir d'abord.

Vers la fin de la semaine, quand il supposa que le
dessin, par le fait même qu'elle en avait eu la complète jouissance, devait avoir baissé dans son estime,
il envoya Riquet lui proposer une autre gravure en
échange. Sarah accepta, et Riquet rapporta le croquis
du télégraphe à William. La gravure qu'il avait don-
née en échange était une petite lithographie admirablement coloriée, et qui représentait un château en
Angleterre, avec une pelouse verte et entourée de
buissons en fleurs.

VI

LE NAVIRE LE *GIBRALTAR*

Le samedi était jour de demi-congé pour Lafaine et pour tous les autres garçons du village. Parmi les projets ingénieux qu'il imagina pour se distraire avec ses camarades, il faut citer en première ligne l'équipement et la complète réparation d'un bateau plat qu'on appela le *Gibraltar*, et dans lequel ils allaient se promener sur l'étang.

L'étang n'était pas très loin du village ; c'était une magnifique pièce d'eau, semée d'îles boisées et tout à fait incultes. Sur les plages de ces îles, on trouvait de ravissants cailloux de toutes les couleurs, et, dans les bois, des nids d'oiseaux de toute espèce. L'eau était très claire et pas bien profonde ; presque partout, en se penchant sur le bord du bateau, les enfants pouvaient voir le fond, qui était formé d'un sable fin et serré. Pourtant, il y avait une partie de l'étang où l'eau paraissait profonde, bien qu'elle ne le fût guère ; cet effet était produit par la vase noire, qui, en cet endroit, était très fertile, et, par suite, pleine de plantes et de racines. Cette partie de l'étang formait une petite anse qui s'avançait dans les terres, et la surface de l'eau y était presque cachée sous les feuilles vertes des nénuphars. Les fleurs en étaient blanches, et, comme forme, ressemblaient à des roses ; seulement les pétales ou feuilles

de la fleur étaient pointus et symétriquement rangés,
ce qui leur donnait l'apparence de belles étoiles
blanches flottant à la surface de l'eau.

Près des rives de cet étang il y avait plusieurs petits bateaux, que les enfants du village empruntaient
souvent, soit pour aller pêcher, soit pour cueillir des
nénuphars. Il y avait aussi, dans la petite anse, un
radeau qu'ils avaient fabriqué avec tout ce qu'ils
avaient pu réunir de vieilles planches et de bois de
toutes sortes. Les plus hardis d'entre eux partaient
quelquefois en promenade sur ce radeau; mais
c'étaient là des expéditions toujours considérées
comme un peu hasardeuses, car il régnait parmi les
enfants une très grande terreur de l'endroit où croissaient les nénuphars : l'eau y était si noire et si pleine
de ces racines enchevêtrées que le nageur, qui par
hasard les rencontrait, les prenait pour autant de
serpents se tordant dans des convulsions sans fin !
Les gamins croyaient aussi que la vase du fond devait
être peuplée de lézards, de serpents, de tortues, d'an-
guilles et de mille autres reptiles; aussi la seule
pensée d'y enfoncer leurs pieds nus les remplissait
d'horreur. Si le sombre mystère qui s'attachait à cette
portion de l'étang ajoutait une crainte de plus au
danger de tomber à l'eau, elle donnait, par là même,
un charme tout particulier aux expéditions qui se
passaient à la surface, soit en bateau, soit en radeau.
Ils croyaient voir un semblant de danger à aller
prendre de si charmantes fleurs dans un si vilain endroit. Il faut dire qu'elles étaient bien belles et bien
étranges; leurs pétales étaient si fermes et si régu-
liers, que d'une fleur épanouie on pouvait à volonté
faire un bouton ; on n'avait qu'à les comprimer, et

aussitôt les trois feuilles extérieures les enveloppaient complètement. Elles étaient, tour à tour, fleurs et boutons, et ces transformations amusaient les enfants.

Un jour que Lafaine explorait avec quelques camarades les bords de ce petit lac, il découvrit, assez loin de la plage, un vieux bateau plat en fort mauvais état, et renversé sens dessus dessous. Quelqu'un proposa de le relever, de le mettre à flot et d'aller faire une promenade.

« C'est ça, approuva Lafaine, essayons. »

Lafaine savait fort bien qu'il leur serait impossible de retourner la barque ; mais il avait ses raisons, et il les aida dans leur tentative. Ils se mirent tous d'un même côté, passèrent leurs mains par-dessous, et chacun le souleva de toute sa force. Ils le bougèrent bien un peu, mais pas assez pour le relever.

Alors ils s'assirent tous sur le bord du bateau, à l'ombre des grands arbres, et tinrent conseil sur ce qu'il fallait faire.

« A qui appartient-il? demanda Lafaine.

— A un homme qui demeure près du moulin, dans une petite maison rouge, pas loin d'ici.

— Je vais lui demander de me le donner, proposa Lafaine ; je le réparerai, je le mettrai à flot, et je formerai un équipage pour manœuvrer sous mes ordres. »

On a déjà pu voir que Lafaine ne goûtait pas les principes républicains. Jamais il ne se laissait élire à aucune fonction, et même il professait un profond mépris pour tout pouvoir conféré par ceux qui devaient obéir. Il se sentait supérieur aux autres enfants comme intelligence, comme adresse et comme tact ; et, fort de cette supériorité, il s'adjugeait toujours, dans les cas difficiles, la direction générale.

« Et qui prendras-tu dans ton équipage? demanda Arthur.

— Mais qui me plaira; ceux qui promettront de m'obéir, répondit Lafaine.

— Eh bien, déclara Arthur, j'en suis.

— Et moi aussi ! s'écria un gamin du nom de Wolf, qui était un gros lourdaud, mais bon garçon au fond.

— J'en suis aussi, dit Charles, à la condition que je puisse prendre le bateau quand je voudrai.

— Non, repartit Lafaine, je ne promets rien. Les capitaines n'acceptent pas de conditions de leurs hommes d'équipage.

— Mais de quel droit serais-tu capitaine? demanda Charles. Pourquoi n'irais-je pas demander le bateau à M. Grey, et former un équipage tout aussi bien que toi?

— Très bien, dit Lafaine; si tu vas demander le bateau à M. Grey, je consens à être matelot à ton bord. Tu te charges, n'est-ce pas, de former un équipage, de réparer le bateau, de le lancer et de faire un voyage autour de l'étang? »

Charles ne souffla plus mot; il savait fort bien que toutes ces choses étaient au-dessus de ses forces.

« Mais il me semble que, si nous t'aidons à retourner la barque, tu devrais nous laisser le droit d'y naviguer, insinua Wolf.

— Ce sera comme il me plaira, dit Lafaine. Peut-être, quand les réparations seront terminées, je m'en irai tout seul dessus, peut-être ne la mettrai-je pas à flot du tout, ou peut-être même me déciderai-je à y mettre le feu. Si je suis capitaine, il faut que je sois parfaitement libre de faire ce qui me plaît. Que ceux qui s'engagent chez moi s'attendent à avoir beaucoup d'ouvrage et pas de solde. »

En disant ces mots, Lafaine se leva et s'éloigna. Aussitôt les autres gamins le suivirent et lui demandèrent où il allait.

« Je vais chez M. Grey, lui demander le bateau. »

Tous les enfants se mirent en route et suivirent le ruisseau où se déversait l'étang, jusqu'à un petit pont qu'ils traversèrent. Sur ce pont, il y avait un gamin qui pêchait ; mais les enfants étaient si préoccupés de l'affaire du bateau, qu'ils ne s'arrêtèrent pas pour voir s'il avait fait bonne pêche ; et celui-ci, voyant la petite troupe passer d'un air affairé, se dépêcha de se joindre à elle, après avoir vivement roulé sa ligne. Ce petit pêcheur s'appelait Parker.

Parker, on se le rappelle, n'était pas en très bons termes avec Lafaine. Il avait été mauvais camarade dans une de leurs parties, et, depuis ce temps, Lafaine avait refusé de l'admettre de nouveau sous ses ordres, à moins qu'il ne consentît à se laisser juger par un conseil de guerre. Mais Parker, qui était aussi âgé que Lafaine, et, de plus, très fier de sa nature, n'avait pas voulu s'y soumettre. Il en était résulté que Parker était exclu de toutes les expéditions de Lafaine ; sous tout autre rapport, cependant, ils semblaient être restés aussi bons amis que par le passé.

La troupe traversa rapidement les prés qui bordaient la petite rivière, et se dirigea vers la maison de M. Grey. Celui-ci était occupé, dans sa cour, à charrier sur un diable, attelé d'une paire de bœufs, de grosses pierres qu'il destinait à un mur en construction. Il eut l'air quelque peu surpris de voir ainsi envahir sa cour. Lafaine marchait en tête, et même, il

9

faut le dire, le reste de la troupe avait l'air assez disposé à rester en arrière et à lui laisser présenter la
proposition. Celui-ci, comme s'il faisait la chose du
monde la plus naturelle, s'avança avec un aplomb
parfait vers M. Grey, qui, ayant amené ses pierres au
lieu voulu, arrêta ses bœufs, et, avant de commencer
son déchargement, écouta la requête de Lafaine.

« Monsieur Grey, dit celui-ci, je suis venu vous
prier de me donner ce vieux bateau qui est au bord de
l'étang, sous les grands arbres, si toutefois il ne vous
est d'aucune utilité.

— Ce vieux bateau? répéta M. Grey, en regardant
d'abord Lafaine, et ensuite les autres enfants qui,
peu à peu, s'étaient rapprochés pour écouter le col-
loque; et que voulez-vous en faire?

— Je veux le réparer et le mettre en état de tenir
la mer.

— Eh bien... non, reprit M. Grey, qui semblait hésiter un peu, je ne le peux pas. Ce bateau ne me sert
pas pour l'instant, mais un jour ou l'autre j'en ferai
peut-être quelque chose.

— Alors voulez-vous me le prêter?

— Je vous le vendrai.

— Combien?

— Oh! bien bon marché; je vous le laisserai pour
10 francs. En vous cotisant, vous trouverez facilement cette somme. »

Lafaine réfléchit un instant.

« Non, dit-il, je ne peux pas l'acheter pour le
moment, mais si vous consentez à me le prêter et
à me laisser maître d'en faire ce que bon me semblera, je le réparerai, s'il y a moyen, et je vous le
rendrai quand vous le réclamerez. »

M. Grey se retourna pour consulter un de ses ouvriers qui avait laissé là la grosse pierre qu'il soule-
vait afin d'écouter la conversation.

« J'ai bien envie de le lui laisser prendre, dit-il,
mais c'est le seul garçon de tout le village à qui je le
confierais.

— Oh! à Antoine, vous pouvez bien, dit l'ouvrier.

— C'est entendu, conclut M. Grey en se retournant
vers Lafaine, prenez le bateau jusqu'à ce que je le
réclame.

— Je vous suis infiniment obligé, dit Lafaine, et
j'en aurai le plus grand soin. »

Là-dessus il s'éloigna, suivi de sa troupe. Il se
dirigea vers un énorme bloc de granit qui se trouvait
parmi les pierres, dans la cour, puis il tira de sa
poche un petit portefeuille, une plume et un encrier
à ressort, sans lesquels il ne marchait jamais, surtout le samedi, quand il devait jouer avec des
camarades. Il posa tous ces objets sur la grosse
pierre.

« Qu'est-ce que tu vas faire? s'informa Parker.

— Vous verrez. »

En disant ces mots, Lafaine prit un morceau de
papier dans son portefeuille et se mit à écrire. Parker
regarda par-dessus l'épaule de Lafaine et lut à haute
voix, mot pour mot, ce qu'il écrivait. Je pense qu'il
se crut autorisé à le faire, sans quoi c'eût été d'une
grossièreté inexcusable. Voici ce qu'il lut :

« Je déclare avoir prêté mon bateau à Antoine
Delafainerie, qui en sera propriétaire jusqu'au moment où je le lui réclamerai, et je m'engage à le lui
vendre pour 10 francs. »

Quand Lafaine eut fini son écriture, il trempa de

nouveau sa plume dans l'encre et la présenta à M. Grey, en le priant de vouloir bien signer.

M. Grey lut le papier très attentivement et regarda Lafaine fixement ; Lafaine le regarda à son tour, mais ni l'un ni l'autre ne parla.

Enfin, ce fut M. Grey qui dit :

« Pourquoi faire cette écriture, Antoine ? Ne vous fiez-vous pas à ma parole ? Je n'aime pas à signer des papiers, moi.

— Je tiens à l'avoir, dit Lafaine, pour le montrer à mes camarades dans le cas où ils voudraient contester mes droits de surveillance et de direction.

— Mais le bateau vous appartient à tous, n'est-ce pas ? Vous ne voulez pas l'avoir à vous seul ?

— Si, à moi tout seul. Je n'aime pas les associations.

— Mais, tout seul, vous n'en pourrez rien faire, observa M. Grey ; ce bateau pèse peut-être une demi-tonne.

— Les camarades m'aideront peut-être, dit Lafaine.

— Ah ! je vois ce que c'est, vous voulez rester le maître ; vous avez raison, vous y êtes plus propre qu'un autre. C'est très bien. »

M. Grey prit la plume, signa et rendit le papier à Lafaine, qui le mit, avec le portefeuille, la plume et l'encrier, dans sa poche ; ensuite il s'éloigna avec tous les autres gamins à ses trousses.

On retourna au bateau. En route, les enfants ne cessaient de questionner Lafaine sur ce qu'il allait faire, — comment il s'y prendrait pour retourner l'embarcation, — comment il boucherait les fentes. Il répondait à peine à toutes ces questions et marchait d'un pas résolu. Chaque gamin avait une opinion et un con-

seil à donner : l'un voulait calfeutrer toutes les fissures
avec du mastic de vitrier ; un autre dit qu'il n'y fallait
faire aucune attention et qu'il suffirait d'emporter
avec soi une casserole, avec laquelle on viderait l'eau
à mesure qu'elle entrerait. Beaucoup d'autres moyens
furent suggérés ; mais Lafaine semblait calculer ses
combinaisons sans tenir compte de la sagesse de ses
nombreux conseillers.

Dès qu'on fut arrivé, il jeta un coup d'œil général
sur le bateau, et déclara qu'il s'appellerait le *Gibraltar*.

« Trois bons hourras pour le *Gibraltar !* »

Et tous les gamins agitèrent leurs casquettes et
crièrent à qui mieux mieux.

« Maintenant, dit Lafaine, il s'agit d'un équipage.
Quelqu'un parmi vous a-t-il envie de faire partie de
l'équipage du *Gibraltar?* Les conditions, vous les
connaissez : beaucoup d'ouvrage et pas de solde.

— Moi ! cria un gamin. Et moi ! et moi ! » répétèrent
les autres. Lafaine prit son portefeuille et en tira un
nouveau papier sur lequel il écrivit ce qui suit :

« Nous, soussignés, déclarons que nous nous
sommes engagés dans l'équipage du navire le *Gibraltar*, et promettons d'obéir fidèlement aux ordres d'Antoine jusqu'au moment où nous donnerons notre dé-
mission. »

« Voilà ! dit Lafaine en finissant ; vous êtes libres
de quitter l'équipage dès qu'il vous plaira ; mais, tant
que vous en ferez partie, il faudra obéir. »

Les enfants signèrent à tour de rôle ; puis Wolf demanda ce qu'ils auraient à faire.

« Mais, ce que je vous dirai.

— Oui, mais si nous n'obéissons pas ?

— Alors, dit Lafaine, j'efface votre nom de la liste, voilà tout.

— Et pourrons-nous revenir ?

— Non, pas jusqu'à ce que vous ayez passé devant un conseil de guerre, qui vous aura puni selon votre faute. »

Les deux gamins qui signèrent d'abord furent tout de suite expédiés chez M. Henry pour chercher un marteau, des clous d'une certaine espèce que Lafaine leur décrivit, et un paquet de vieilles cordes qu'ils devaient trouver dans la grange. Les deux qui signèrent ensuite furent envoyés au village en quête d'un pot de goudron, et le reste des enfants fut employé à ramasser du bois pour faire du feu et à fabriquer les coins et les maillets qui seraient nécessaires pour le calfatage du bateau. Lafaine se rappela bientôt qu'il lui faudrait une hache et une scie, et il expédia un autre gamin pour les lui chercher.

Au bout d'une demi-heure, tous les enfants étaient de retour et le bord de l'étang présentait une scène des plus animées. Lafaine examinait avec soin toutes les planches qui formaient le fond du bateau, et reclouait toutes celles qui ne tenaient pas parfaitement. Quelques-uns d'entre eux détordaient les vieilles cordes pour en faire de l'étoupe, que d'autres enfonçaient ensuite entre les ouvertures des planches. Lafaine ne laissait toucher au goudron que les grands garçons raisonnables ; les petits auraient gâté tous leurs effets. Ceux-ci auraient bien désiré travailler au calfatage, qui consiste à enfoncer de l'étoupe goudronnée entre les fentes, à l'aide de coins et de maillets ; mais Lafaine leur avait positivement défendu de toucher au goudron.

Tout l'après-midi se passa dans un travail des plus actifs. Sans discussion aucune, et avant l'heure de rentrer souper, tout le fond du bateau était en parfait état. Lafaine renvoya ses hommes d'équipage, en leur donnant rendez-vous pour le samedi suivant, au même endroit. On s'occuperait alors de retourner la barque.

Pendant le cours de la semaine, les travaux ne furent pas complètement arrêtés : Lafaine fabriqua une rame comme modèle, et chargea les enfants dont les pères étaient charpentiers, et qui, par conséquent, avaient des outils à leur disposition, d'en fabriquer de semblables. Ces rames, très petites et très légères, étaient faites de sapin, qui est le bois le plus facile à travailler. Pour des avirons véritables, on prend toujours les bois les plus solides ; mais ceux de l'équipage de Lafaine n'avaient pas besoin d'être très résistants.

Beaucoup de nouveaux noms vinrent grossir la liste, et le samedi suivant, à l'heure dite, l'équipage se réunit en force. On commença par soulever le bateau, à l'aide de grands leviers de bois que Lafaine avait apportés tout exprès. A mesure qu'il se redressait, les enfants l'étayaient avec de grosses cales, afin qu'il ne retombât pas. Quand il fut enfin debout, ils portèrent leurs cales de l'autre côté, et l'inclinèrent peu à peu. Ils avaient commencé par poser des rouleaux sur lesquels l'embarcation venait se coucher. Ces rouleaux devaient beaucoup faciliter la mise à l'eau.

Les enfants voulaient lancer le bateau tout de suite et aller faire une promenade ; mais Lafaine leur dit qu'il n'était pas question de cela pour le moment, et qu'il faudrait bien encore une semaine avant d'en

être là. Ils en attendirent bien deux, pendant lesquelles
on fit subir à la barque des améliorations inouïes. Elle
était carrée, avec un fond plat, et, comme elle était très
large, ce fond était vraiment assez spacieux. Lafaine
réserva une partie de l'arrière pour y mettre une
tente. Cette tente était formée par quatre supports qui
soutenaient une toile tendue. Il fit aussi deux rangées
de sièges pour les rameurs qui occupaient tout l'avant :
il y en avait six de chaque côté. Mais l'embarcation
était si large, qu'entre cette double rangée de bancs
il restait encore un espace assez considérable, dans
lequel on pouvait se promener sans gêner en rien les
rameurs. Elle était de plus si solidement établie qu'elle
demeurait parfaitement immobile, même quand on
s'y promenait.

On croira aisément qu'un bateau ainsi taillé ne devait marcher que bien lentement ; mais, aux yeux de
Lafaine, c'était le moindre des défauts. Quand tout
fut fini, on le balaya, on le lava à fond, et on fixa
un jour pour le lancer. Madeleine fut de la fête ; les
enfants en vinrent à bout sans peine, à l'aide de
rouleaux qu'ils glissaient dessous, à mesure qu'il
avançait. Quand il fut à flot, ils poussèrent trois longs
hourras, et tous s'embarquèrent sous les ordres de
Lafaine, pour aller explorer la pièce d'eau.

Les gamins furent ravis en voyant l'effet des rames
et la marche lente, mais régulière de leur esquif. Ce
jour-là, ils explorèrent les bords de l'étang et furent
enchantés du paysage et de la manière charmante
avec laquelle ils avançaient. Il faut pourtant dire qu'au
commencement leurs avirons se gênaient un peu réci-
proquement, et que même il y eut souvent collision
entre eux. Mais avec un peu d'attention et les in-

structions de Lafaine, ils réussirent à ramer très bien,
et même assez vite. Ce bateau leur servit tout l'été à
faire des excursions qui furent charmantes, bien que
Lafaine eût quelquefois des difficultés avec une partie de son équipage.

VII

LE CONSEIL DE GUERRE

Lafaine avait découvert sous un pont, non loin de
la maison de M. Grey, un petit port où il amarra son
navire. Cet endroit était très solitaire, et l'eau y était
tranquille et profonde. Juste au-dessous du pont, la
rivière faisait un coude et se cachait sous des saules.
Les enfants tracèrent, à travers l'épais taillis qui en-
vironnait cet endroit de tous côtés, un petit sentier
qui aboutissait à la route.

Lafaine annonça à ses matelots qu'il allait nommer
quatre lieutenants, qui prendraient le commandement
du bateau en son absence. Ils s'appelleraient lieutenant
en premier, lieutenant en second, et ainsi de suite. Ce
devait toujours être le premier en grade qui prendrait
le commandement quand Lafaine n'y serait pas. Le reste
de l'équipage ne devait jamais détacher le bateau sans
qu'il y eût un lieutenant présent, et sans en avoir d'abord
demandé la permission à Lafaine. Il ne nomma que
trois lieutenants, et laissa la quatrième place vacante.

Presque tous les garçons du village s'engagèrent
dans l'équipage de Lafaine. Parker fut une exception. Il désirait très vivement d'être au nombre des

matelots, mais Lafaine n'y voulut pas consentir. Parker s'était montré indiscipliné et désobéissant lors de cette expédition qu'ils avaient faite dans les bois, et, comme nous l'avons déjà rappelé, il s'était refusé à passer devant un conseil de guerre. Lafaine restait inexorable et ne voulait pas le prendre à son bord, jusqu'à ce qu'il se soumît à être jugé pour son délit passé. Il le laissait bien, quand il y avait place, faire des promenades à bord du *Gibraltar;* mais il le traitait comme un simple passager, et ne lui donnait jamais le moindre ordre à exécuter.

Pendant quelque temps, Parker prétendit qu'il aimait tout autant cela que de faire partie de l'équipage; mais il n'en était rien. Il eût beaucoup aimé à ramer comme les autres, à hisser et à carguer les voiles, et à faire les commissions au village.

Tandis que ses camarades étaient ainsi occupés, il était obligé de rester sur l'arrière, les bras croisés à les regarder, ou de s'asseoir sur un rocher si l'équipage était à terre. Les autres garçons l'appelaient le monsieur, et il trouva bientôt sa position gênante et ridicule à l'excès.

Il eût beaucoup mieux fait, dans l'origine, de céder de bonne grâce et sans conditions; c'est d'ailleurs toujours ce qui vaut le mieux quand on a eu tort. Il aurait dû dire : « Je me soumets à passer devant un conseil de guerre, et même je m'avoue coupable; le conseil n'aura donc que la peine de désigner ma punition. »

Au lieu de cela, il tint bon jusqu'à un jour où toute la bande devait entreprendre une grande expédition à l'île de l'Éléphant. Ce jour-là, ne pouvant plus résister au désir de faire régulièrement partie de l'équi-

page, il se décida à capituler à de certaines conditions.
Mais il connaissait bien peu Lafaine, s'il croyait pouvoir les lui faire accepter.

L'île de l'Éléphant était une toute petite île sur
laquelle il y avait quatre grands arbres dont les cimes
se confondaient ensemble et affectaient, au dire de
Lafaine, la forme d'un éléphant. Les quatre troncs
représentaient les pattes. Cette île était un ravissant
endroit pour camper et bivouaquer.

Parker dit à Lafaine :

« Je consens à être jugé par un conseil de guerre,
et à m'en rapporter à sa décision ; ensuite, je m'en-
gagerai dans votre équipage, à la condition que vous
me nommiez lieutenant. Vous avez une place vacante.

— C'est vrai, répondit Lafaine, mais vous me mettez
dans l'impossibilité de vous la donner.

— Pourquoi ?

— Parce que vous en faites une condition. Je l'avais
réservée, pensant qu'un jour ou l'autre elle ferait
votre affaire, mais maintenant je ne peux pas vous la
donner. Jamais la nomination d'un officier n'a été
imposée à un commandant en chef. Ce serait comme
s'il vendait les grades. »

Parker ne sut que répondre.

« Ensuite, je n'ai pas une envie très grande de
vous avoir dans mon équipage ; j'ai déjà autant
d'hommes qu'il m'en faut, et, à vrai dire, si ce n'était
que vous êtes un garçon très capable et qui peut se
rendre très utile quand il lui plaît, j'aimerais autant
ne pas vous avoir. Mais, si vous compreniez la disci-
pline seulement la moitié aussi bien que vous com-
prenez tout le reste, je tiendrais plus à vous qu'à
n'importe quel autre de mes hommes. Ne vous sou-

mettez donc pas au conseil de guerre dans l'idée de
m'être agréable; mais si cela vous plaît, faites-le. »

Ce discours embarrassa beaucoup Parker. Les compli-
ments que Lafaine lui avait adressés sur son intelligence atténuaient en grande partie les reproches assez
durs dont ils étaient accompagnés, et montraient évidemment à Parker que Lafaine n'avait à son égard
aucune malveillance, puisqu'il était si disposé à ap-
précier et à reconnaître ses talents. Sans ces compli-
ments, Parker se serait cru offensé et serait très probablement parti en colère. Après un moment de
réflexion, il annonça à Lafaine qu'il se soumettait
sans conditions.

« Vraiment? insista Lafaine.

— Oui.

— Mais, de votre plein gré?

— Certainement, dit Parker.

— Je verrai bientôt si vous parlez sérieusement, »
répondit Lafaine; et en prononçant ces mots, il jeta un
regard général sur tout l'équipage, qui s'occupait ac-
tivement, tant à bord que sur terre, des préparatifs
du départ. Lafaine semblait faire un choix. Parker
le regardait en silence et se demandait ce qu'il allait
décider.

« Wolf et Arthur, prenez-moi cet homme et mettez-
le aux fers, commanda Lafaine en désignant Parker.
Gardez-le à vue et ne lui donnez que du pain et de l'eau. »

Lafaine donna cet ordre d'un ton très sévère et d'un
air très grave. Parker souriait. L'humiliation d'une
si complète soumission aux volontés de Lafaine était
très adoucie pour lui par l'amusement qu'il trouvait
à jouer au prisonnier. Quelques-uns des plus petits,
qui ne savaient pas tout au juste ce qu'il pouvait y

avoir de sérieux dans cette condamnation, prirent
des figures un peu effrayées. Lafaine tira très grave-
ment de sa poche une poignée de petites chaînes et
les passa à Wolf, en disant :

« Voilà les fers. »

Wolf et Arthur marchèrent vers Parker, et, le prenant chacun par un bras, ils le conduisirent sur l'avant
du bateau. Parker eut le bon esprit de ne pas résister. Les deux geôliers firent asseoir leur prisonnier
sur un banc et lui signifièrent de rapprocher ses deux
pieds ; là-dessus, ils lui entortillèrent les chevilles
plusieurs fois avec la chaîne, dont ils assujettirent
bien solidement le bout.

« Maintenant, dit Wolf, si tu tentes de t'évader
par-dessus le bord, je te préviens que tu ne trouveras
pas ça commode pour nager. »

Pendant que Wolf et Arthur s'occupaient de la
sûreté de leur prisonnier, les autres enfants avaient
transporté les provisions à bord et les avaient mises
en lieu sûr. Lafaine ordonna à son équipage de prendre les avirons. Il posta un homme au gouvernail et
se tint lui-même au centre de son navire pour mieux
donner ses ordres. Le bateau se mit bientôt en mouvement ; il passa sous le pont sans encombre, et se
dirigea vers l'étang. Au sortir du pont, on dressa le
mât ; mais on ne put déployer la voile, le vent étant
contraire. Lafaine dit qu'il s'en réjouissait, car alors
il serait favorable à leur retour. Il fallut donc reprendre les rames ; mais elles étaient si légères et si
bien proportionnées que c'était tout plaisir. Les rameurs étaient nombreux, six de chaque côté, et
quand tous tiraient à la fois, le bateau glissait sur
l'eau fort gentiment.

Le temps était chaud, mais très agréable. Les enfants étaient légèrement vêtus, néanmoins ils avaient ôté leurs vestes et les avaient mises sous leurs bancs. Lafaine donna des ordres au timonier, et le bateau se dirigea le long d'une rive charmante. L'eau y était peu profonde, même à une assez grande distance de la côte, et le fond était couvert d'un sable jaune et tassé. Enfin Lafaine, toujours debout à son poste, qu'il appelait son gaillard d'arrière, donna l'ordre de rentrer les rames. A ce commandement, les matelots devaient les retirer de l'eau et les ranger à leurs places sur le bord du bateau ; puis ils devaient rester immobiles et attendre l'ordre de leur capitaine.

« Rameurs, debout sur les bancs ! dit Lafaine. »

Tous les rameurs obéirent.

« Otez vos souliers ! »

Ils obéirent encore, et les chaussures furent alignées au fond du bateau. Quant aux bas, ils n'en portaient jamais.

« Maintenant, par-dessus le bord ! » dit Lafaine.

Les enfants, qui étaient habitués à lui obéir sans hésitation, sautèrent tous. L'eau était peu profonde et très chaude.

« Et maintenant, dit Lafaine, mettez-vous de chaque côté du bateau et faites-le marcher ! »

Cette opération divertit prodigieusement les gamins et ils firent ainsi beaucoup de chemin. Ils eurent de plus un bain très agréable qui les reposa en variant leur travail, et sans retarder en rien la marche de la barque. Enfin, l'eau devenant plus profonde, le capitaine donna l'ordre de remonter à bord.

Le timonier, sous la direction de Lafaine, doubla un cap couvert de rochers et de grands arbres, et

l'embarcation entra dans une petite baie très abritée.
On cessa de nouveau de ramer, et Lafaine annonça à son
équipage qu'il allait s'occuper du conseil de guerre,
qui serait composé des trois lieutenants. Il appela ces
trois officiers et les fit asseoir sous la tente ; ensuite,
il donna l'ordre à Wolf et à Arthur de faire avancer
l'accusé. Wolf détacha la chaîne qui liait les pieds de
Parker et la transporta à ses mains, que ce dernier
tenait à cet effet croisées sur sa poitrine. Ils l'amenèrent devant le conseil, et le firent asseoir sur un
tabouret.

« Vous êtes accusé d'avoir désobéi, et d'avoir déserté le jour où nous campions dans les bois. Êtes-
vous coupable ou non coupable ?

— Non coupable, dit Parker.

— Alors, dit Lafaine, je vais appeler les témoins,
et la cour entendra leurs dépositions. »

Pendant ce temps, tous les hommes du bord
s'étaient formés en cercle et se pressaient pour mieux
entendre. Lafaine choisit parmi eux deux ou trois
témoins, et les pria de raconter les faits tels qu'ils
s'étaient passés. Ils déclarèrent que, l'hiver précé-
dent, ayant fait une expédition pour aller camper
dans les bois, ils avaient emporté avec eux, sur un
traîneau, des peaux de buffle qu'ils comptaient étendre sur la neige, et sur lesquelles ils devaient s'as-
soir devant leur foyer ; mais qu'à leur arrivée au lieu
du campement, Parker avait non seulement refusé son
aide pour le feu, mais qu'il s'était emparé des peaux
de buffle et du traîneau ; qu'il les avait approchés de
la flamme, qu'il s'était installé dessus, et que, lorsque Lafaine lui avait dit de ne pas garder les peaux
de buffle exclusivement pour lui, il avait refusé de les

céder; qu'ensuite il n'avait voulu aider les autres en
rien, soit au camp, soit en route; et que, par conséquent, il avait déserté.

Lafaine demanda à Parker s'il avait quelque chose
à dire pour se défendre.

Parker allégua qu'il n'avait pas désobéi en n'allu-
mant pas le feu avec les autres, car Lafaine ne le lui
avait pas ordonné; qu'il n'avait pas refusé de céder
les peaux de buffle, qu'au contraire, il avait dit qu'il
les donnerait quand il se serait chauffé les pieds;
qu'il n'avait en aucune façon déserté, car il était resté
avec les autres tout le temps du campement et tout
le temps de la promenade pour revenir, jusqu'au moment où il s'était enfoncé dans la glace du ruisseau;
qu'alors il avait été obligé de rentrer à la maison en
courant, dans la crainte de prendre froid, mais que
cela ne pouvait pas s'appeler une désertion.

Quand Parker eut fait valoir tous ces arguments,
Lafaine dit aux trois lieutenants de tenir conseil à
part et de s'entendre sur le jugement à prononcer.
Au bout d'un instant, le premier lieutenant déclara
que Parker était reconnu coupable d'égoïsme et de
désobéissance, mais non de désertion. Là-dessus,
Lafaine renvoya le prisonnier à l'avant, en lui disant
qu'il serait bientôt rappelé pour entendre sa sentence.

Le capitaine renvoya les rameurs à leurs places; à
un signal, les rames se mirent en mouvement et le
bateau glissa sur l'eau. Lafaine donna au timonier
l'ordre de se diriger vers une petite île aride et
déserte qui se trouvait au milieu de l'étang. Ils
naviguèrent quelque temps dans cette direction; puis
Lafaine arrêta les rameurs, qui tous restèrent à leur

place, avec leurs rames immobiles au-dessus de l'eau. Le capitaine commanda aux deux geôliers d'amener le prisonnier pour entendre sa sentence.

Wolf et Arthur conduisirent donc Parker sur le gaillard d'arrière, où se tenait Lafaine ; celui-ci, d'une voix grave et solennelle, déclara au prisonnier que le conseil de guerre l'avait jugé coupable d'égoïsme et de désobéissance, et que, comme punition, il allait être abandonné sur une île déserte.

« Vous voyez cette île, dit Lafaine en désignant le rocher aride dont nous venons de parler ; vous ne trouverez là, en fait d'habitants, que des sauvages, et encore n'est-ce pas bien sûr. Pour toute ressource il vous faudra hisser un drapeau blanc, et alors peut-être aurez-vous la chance d'être recueilli par quelque navire qui passera. Nous n'allons pas vous déposer sur cette île, mais tout bonnement vous jeter à l'eau ; c'est à vous de vous en tirer.

« Vous pouvez lui ôter ses chaînes, ajouta le capitaine en s'adressant à Wolf et à Arthur ; en lui laissant l'usage de ses bras, nous lui donnons quelque chance de se sauver. »

Bien que Lafaine dît tout ceci avec un sérieux parfait, Parker et tous les autres enfants savaient fort bien que cette punition n'avait d'autre but que d'amuser la société. Parker lui-même, qui était excellent nageur, ne demandait pas mieux que d'être jeté à l'eau, pourvu que cela fût à une distance raisonnable de la côte ; et, quant à être abandonné sur l'île déserte, il savait fort bien que Lafaine ne l'y laisserait pas longtemps. Bien que la punition ne l'effrayât aucunement, il faisait semblant d'en être très affecté et très malheureux, ce qui amusait ex-

cessivement les autres gamins et excitait leurs cris
et leurs rires.

Quand le bateau fut assez près de la côte, Lafaine
ordonna à Parker d'ôter son chapeau, sa veste et ses
souliers ; ce qui lui restait en fait de vêtements n'était
pas considérable et ne pouvait le gêner pour nager.
Les enfants, en Amérique sont, d'ailleurs très habitués à entrer dans l'eau avec leurs habits, surtout quand il y a un bon soleil pour les sécher ensuite.

Dès que Parker fut prêt, Lafaine le fit coucher à
plat ventre, à l'avant du bateau, et choisissant six de
ses matelots les plus vigoureux, il en plaça trois de
chaque côté du prisonnier.

« Maintenant, dit-il, attention ! Je vous donnerai
le signal, un, deux et trois, et, au troisième coup,
vous le lancerez la tête la première dans la mer.

Les six bambins, le visage rayonnant de plaisir,
attendaient impatiemment le signal, et le reste de
l'équipage se tenait autour d'eux pour voir ce qui
allait se passer.

« Tenez-le ferme ! » dit le capitaine.

Les six gamins saisirent le prisonnier, comme ils
purent, par ses membres et par ses habits, et le
tinrent suspendu en l'air.

« Un, — deux, — trois ! »

Au troisième coup Parker fit le plongeon, et disparut complètement sous l'eau.

Il était si bon nageur, il était tellement maître de
lui dans l'eau, qu'il aurait très bien pu ne presque
pas s'enfoncer ; mais, étant fier de son talent de plon-
geur, il crut l'occasion bonne pour le faire briller ;
donc, au lieu de revenir tout de suite à la surface, il

se laissa couler à fond. Ses camarades, sur le bateau,
guettaient son retour. Bientôt ils l'aperçurent qui
reparaissait très loin de là. Il revint rapidement à la
surface, et, sortant son bras de l'eau, il leur lança
une poignée de petits cailloux et partit à la nage dans
la direction de la côte.

« Trois bons hourras pour le rebelle expulsé ! » dit
Lafaine ; et tous les enfants crièrent hourra ! avec le
plus grand enthousiasme. En attendant, Parker avait
gagné le rivage, et, grimpant sur les rochers, il s'assit
au soleil, et ayant arraché une branche à un buisson
voisin, il l'agita en l'air.

Lafaine se dirigea alors sur l'île de l'Éléphant, où
il déposa deux enfants avec tout ce qu'ils avaient
apporté de provisions et d'ustensiles, et les laissa
pour préparer le souper, tandis qu'il retournait avec
le reste de l'équipage chercher Parker sur son île
déserte. Ils furent bientôt tous de retour. Le jeune
homme, dont le pantalon avait été séché par le soleil,
fut inscrit sur la liste de l'équipage, et put de nouveau se dire un des hommes de Lafaine.

Les enfants campèrent pendant plus de deux
heures, et mangèrent sur l'herbe les provisions qu'ils
avaient apportées. Une brise charmante soufflait
dans les grands arbres. Enfin, Lafaine donna l'ordre
de remonter à bord. Ils crurent qu'il allait faire
tendre la voile et qu'ils reviendraient sans avoir la
peine de ramer ; mais, au lieu de cela, le capitaine
leur donna l'ordre de reprendre les avirons.

Voici quel était son projet : non loin de là, dans
une petite île, il y avait sur les rochers une couche
de pierres qui ressemblaient à de l'ardoise. Dans un
endroit, ces pierres avaient été fendues, soit par la

gelée, soit par l'action du temps, et on pouvait en
détacher des fragments sans peine. Lafaine expliqua
tout ceci aux enfants, et leur dit qu'il allait aborder
à cette île et charger le bateau d'une provision de ces
pierres plates, que M. Grey serait enchanté d'avoir
pour bâtir son mur.

Tous les enfants furent de cet avis, et reprirent
leurs rames de très bon cœur. On arriva bientôt à
l'île ; Lafaine fit approcher l'esquif tout contre un
rocher plat qui pouvait leur servir de quai. Il laissa
deux ou trois de ses hommes pour veiller à ce
qu'il ne fût pas repoussé au large, et conduisit
les autres à la carrière ; il leur dit de se charger chacun d'une pierre, mais pas plus lourde qu'ils ne
pourraient facilement la porter. Quand tous furent
chargés, ils apportèrent leurs fardeaux et les déposèrent dans le bateau. Ils recommencèrent ce manège quatre fois de suite. Les pierres furent rangées
au fond, et elles formaient une jolie petite cargaison.

Les enfants reprirent leurs places, la voile fut
hissée, et le *Gibraltar*, malgré son nombreux équipage et sa lourde charge, fila lestement sous le
vent. Ils goûtèrent fort cette occasion de se reposer
de leurs travaux en causant tranquillement ou en se
promenant, tandis que les plus petits s'amusaient à
grimper sur le tas de pierres.

Lafaine les divertit avec toutes sortes de jeux et
d'histoires, et le temps leur parut très court. Le
timonier dirigea le bateau vers la petite rivière où
se déversait l'étang, et ils la suivirent jusqu'au moment où ils arrivèrent devant la maison de M. Grey ;
là ils s'arrêtèrent pour décharger leur lest.

M. Grey avait vu briller la voile blanche entre les

III

SES CAMARADES, SUR LE BATEAU, GUETTAIENT SON RETOUR.
(P. 79.)

arbres, et, bien qu'il n'eût aucune idée que le bateau
fût chargé à son intention, il était arrivé sur la berge
pour le voir passer. En apercevant le tas de pierres,
il s'écria :

« Eh ! mes enfants, où trouvez-vous ces pierres
plates ?

— Sur une île de l'étang, répondit Lafaine.

— Sur une île ! répéta M. Grey ; tant pis, je voudrais bien en trouver comme cela quelque part sur la
terre ferme. C'est tout juste ce qu'il me faut pour
mon mur. »

M. Grey en avait besoin pour les placer entre les
grosses pierres qui ne cadraient pas toujours bien
les unes avec les autres ; au moyen de ces pierres
plates, il les remettait de niveau.

« Nous avons apporté ce chargement pour vous,
monsieur Grey, dit Lafaine, et nous allons vous le
débarquer ici.

— Je vous suis très obligé, vraiment, dit M. Grey ;
c'est tout juste mon affaire, car il ne me reste que
bien peu de pierres de cette espèce. Je vous paierai
un chargement tel que celui-là cinquante sous, tant
que vous voudrez.

— Avec quatre chargements nous pourrions acheter le bateau, dit Parker.

— Nous verrons ça, dit Lafaine, » et il fit signe aux
enfants de débarquer leur lest. M. Grey les aida, et ce
fut bientôt terminé ; ensuite, ils amenèrent leur esquif
jusque sous le pont, et l'ayant mis bien à l'abri dans
le petit port, chacun s'en retourna chez soi.

VIII

UNE COURSE DANS LA MONTAGNE

Le ruisseau formé par le trop plein de l'étang où naviguaient Lafaine et ses camarades se jetait dans la rivière par une large embouchure, après avoir fait mille détours dans le pays. Il était impossible de descendre ce ruisseau jusqu'à la rivière en bateau, à cause des cascades et des écluses ; on ne pouvait donc pas amener ce dernier jusque chez M. Henry, et quand des personnes de la maison voulaient s'y promener, elles étaient obligées de se rendre à pied jusqu'au petit pont où Lafaine avait établi son embarcadère. On prit ainsi l'habitude de faire de cet endroit un lieu de rendez-vous, même pour les parties où le bateau ne devait jouer aucun rôle.

Un jour, vers la fin des vacances de William, une expédition fut arrangée pour aller cueillir des mûres dans la montagne. Caroline en avait eu l'idée la première. Le rendez-vous était au pont. La société devait se composer de William, de Madeleine, de Lafaine, de Riquet et d'une demi-douzaine de jeunes filles et de jeunes garçons du village. Mais Madeleine ne sut qu'elle devait faire partie de ce divertissement que la veille du grand jour. Quand elle vit chacun occupé à ses préparatifs, elle fut très désireuse d'y participer aussi. William lui dit que, Lafaine prenant sur lui toute la responsabilité et tout l'ennui de mener la caravane dans la montagne, c'était à lui qu'elle devait s'adresser.

Elle se mit immédiatement à la recherche de Lafaine, et elle le trouva occupé à emballer des paniers
de provisions qu'on emporterait le lendemain.

« Lafaine, dit-elle, est-ce que je peux aller avec
vous demain dans les montagnes?

— Vous? fit Lafaine d'un ton surpris, mais sans
lever les yeux de son ouvrage.

— Oui, dit Madeleine, j'ai bien envie d'être des
vôtres.

— Mais c'est que voilà... objecta Lafaine, nous ne
pouvons pas avoir de petites filles dans notre expédition parce que les petites filles ne sauraient pas trouver les mûres et prendraient tous les troncs d'arbres
pour des ours. Non, nous ne pouvons admettre dans
notre partie personne au-dessous de cette taille-là. »

En disant ce dernier mot, il traça une marque sur le
mur avec un bout de craie qu'il avait tiré de sa poche.
Mais avant d'avoir tracé sa marque, il avait jeté un regard rapide du côté de Madeleine, et il eut soin de
placer sa limite un peu au-dessous de l'endroit où il
prévoyait qu'arriverait la tête de l'enfant.

« Voilà, dit Lafaine, nous ne pouvons admettre de
petites filles plus petites que cela. »

Et il reprit son ouvrage.

Madeleine alla tout de suite se mettre le dos à la
muraille, et retourna sa tête en l'air et dans tous les
sens pour tâcher de voir la marque.

« Je suis plus grande! cria-t-elle en tapant des
mains; regardez, Lafaine, regardez, si je ne suis pas
plus grande! »

Lafaine s'approcha, et prenant un air très surpris:

« Comme vous voilà grande! C'est étonnant, quelle
grande fille! Quand avez-vous poussé tant que ça?

12

— Je peux aller avec vous! dit Madeleine en dansant et de nouveau tapant des mains. Je suis plus grande que la marque! »

Elle courut aussitôt annoncer la bonne nouvelle à Riquet.

Les enfants quittèrent la maison de M. Henry aussitôt après le déjeuner; afin de se rencontrer avec la société du village au pont, à huit heures. La matinée était superbe et pas trop chaude. Tous portaient des paniers contenant des provisions avec lesquelles ils devaient dîner dans la montagne; et, au retour, les paniers reviendraient pleins des mûres qu'ils auraient cueillies.

En arrivant au pont, ils trouvèrent Mary Bell et deux ou trois autres enfants qui les attendaient. Un instant après, Caroline, Johnson et le reste de la société furent présents. Tout ce monde avait l'air enchanté de se voir, poussait des exclamations de joie et ne cessait de répéter que c'était bien heureux qu'il fît si beau temps.

Dans les parties de plaisir, les dames s'entendent en général pour en laisser aux hommes toute la conduite; d'abord, parce que ceux-ci savent mieux ce qui est convenable en pareil cas, et ensuite parce que tout l'ennui et toute la responsabilité retombant forcément sur eux, il semble assez juste qu'ils aient au moins le privilège de décider quelle sera la somme de responsabilité et d'ennui qu'ils s'engagent à supporter. Il ne manque pourtant pas de dames et de demoiselles qui, en de semblables occasions, aiment à prendre sur elles la direction des affaires. Elles sont prêtes, à tout propos, à former des projets et à exprimer des vœux sans trop réfléchir, et elles s'atten-

dent toujours à voir les messieurs les exécuter avec
empressement. Il semble pourtant qu'elles ne puissent
trouver d'autre agrément que la satisfaction de leur
vanité et de leur despotisme, à voir des hommes se
montrer ainsi leurs esclaves en tous points. D'autres
femmes, au contraire, ne trouveraient aucun plaisir
à recevoir des politesses qu'elles auraient exigées
elles-mêmes, ne cachant pas qu'elles leur seraient
agréables. Un service qui n'est pas complètement
spontané n'a pour elles aucune valeur.

Il y avait, sous ce rapport, une grande différence
entre Caroline et Mary Bell. Caroline aimait beaucoup,
dans les parties de plaisir, que tous les garçons fussent constamment à la servir. L'un devait porter son
panier, l'autre lui couper une canne pour traverser les chemins difficiles. Si elle voyait une fleur
dans un endroit escarpé, elle s'arrêtait et l'admirait
jusqu'au moment où un des garçons allait la lui
chercher; et plus l'endroit était d'un accès difficile,
plus elle était charmée d'y voir grimper son très
humble serviteur. Il faut dire qu'elle était le plus
souvent assez raisonnable et assez discrète dans ses
volontés, et comme elle était d'un caractère charmant, qu'elle était très gentille et très causante, les
garçons étaient généralement assez disposés à lui
plaire. Quelquefois, pourtant, elle poussait les choses
un peu loin, et ils se lassaient de la servir. Dans ces
occasions, les petits garçons refusaient tout bonnement, et les plus grands qui, par politesse, n'osaient
rien dire, n'en souffraient pas moins.

Mary Bell agissait tout autrement. Jamais elle n'exigeait qu'on s'occupât d'elle. Si quelqu'un pour qui
elle avait de l'amitié lui rendait un service, elle en

éprouvait un grand plaisir; si on lui apportait une fleur parce qu'on croyait qu'elle serait contente de l'avoir, elle en était très reconnaissante; mais une fleur qu'elle aurait elle-même demandée n'aurait eu pour elle que la valeur réelle de la fleur. Dans ce cas, si elle avait tenu à l'avoir, elle aurait préféré l'aller chercher elle-même plutôt que d'exprimer ce désir devant un jeune homme qui ne pouvait, sous peine de passer pour impoli, refuser d'y accéder.

Au moment où la petite troupe s'apprêtait à se mettre en route, Caroline se pencha sur le pont et aperçut un bout du bateau de Lafaine.

« Oh! s'écria-t-elle, voilà le *Gibraltar!* Promenons-nous un peu; ce sera charmant de naviguer tant que la rivière le permettra, et puis cela nous abrégera la route.

— Mais il n'y a personne pour ramer, observa Mary Bell.

— Si, si, il y a un, deux, trois, quatre garçons, sans compter Riquet, reprit Caroline.

— Moi, je sais ramer, déclara Riquet.

— Tant mieux, dit Caroline, et nous autres filles nous pourrons aider, si c'est nécessaire. Je ne crois pas que le bateau soit très lourd; je parie que Lafaine et William pourraient le faire marcher à eux deux. N'est-ce pas, William?

— Cela se peut, répondit William, mais bien doucement.

— C'est ça, nous ne tenons pas à aller vite. Allons, venez! »

Et sans plus attendre, Caroline passa à travers une ouverture de la haie et descendit en courant le petit sentier qui menait à l'embarcadère. Les plus jeunes

LAFAINE PRENANT UN AIR TRÈS SURPRIS (P. 83.)

de la bande la suivirent; mais tout ce qu'il y avait
d'un peu discret dans la société resta sur le pont, avec
William et Lafaine.

« Venez donc! » leur cria Caroline en levant la tête
et en leur faisant signe.

Il y avait deux ou trois petites filles qui étaient
restées avec Mary Bell sur le pont, entre autres Madeleine.

« Moi, j'ai peur d'aller dans le bateau, déclara
l'une d'elles.

— Et moi aussi, dit à son tour Madeleine.

— Oh! il n'y a pas de danger! reprit Caroline;
mais enfin, si vous avez peur, vous n'avez qu'à nous
suivre le long du petit sentier.

— C'est cela, dit Mary Bell, et j'irai avec elles. »

En disant ces mots, Mary reprit son panier, donna
aux enfants les leurs, et se mit en route.

« Mais, oui, proposa William, qui causait avec
Lafaine, pourquoi ne pas nous arranger comme cela?
Divisons-nous en deux bandes; l'une ira avec vous
en bateau, et moi je me charge de la caravane qui ira
par terre.

— Non, non, objecta Caroline, nous avons besoin
de vous pour ramer. »

William ne répondit rien, mais il eut l'air un peu
désappointé et fort embarrassé. Il ne demandait pas
mieux que de se rendre agréable à Caroline, mais il
n'aimait pas, d'un autre côté, à voir Mary Bell rester
seule avec les petits enfants.

En tout cas, pensa-t-il, il n'est pas nécessaire qu'elle
porte ce grand panier. Et il lui cria de s'arrêter un
moment. Puis, allant à sa rencontre, il lui dit :

« Je suis bien fâché de vous voir à pied avec les

petits, tandis que les autres iront par eau. Donnez-
nous toujours votre panier, il peut tout aussi bien
être dans le bateau.

— Oh! non, répondit Mary Bell, je le porterai très
bien, il n'est pas lourd.

— Je veux vous épargner cette peine, reprit-il en
lui ôtant le panier des mains; et surtout, ajouta-t-il,
n'allez pas courir de façon à ce que nous vous per-
dions de vue. Le bateau est si lourd que nous ne
pourrons aller que lentement; il faudra donc vous
arrêter de temps en temps sur le rivage pour que
nous puissions vous tenir tête.

— Oui, c'est bien, dit Mary Bell.

— Arrivez donc! » répéta Caroline, qui était sous
le pont.

William se retourna et vit Caroline qui se disposait à monter dans la barque. Lafaine avait déjà détaché la chaîne qui l'amarrait; les autres enfants mettaient les paniers dans l'intérieur, et quelques-uns s'y
étaient déjà installés eux-mêmes.

William aida Caroline à embarquer et l'on partit.

Ils étaient quatre pour ramer, mais on n'avançait que lentement. Caroline, qui s'était mise bien
à l'aise sous la tente, disait que c'était charmant
de naviguer sur une si jolie rivière et par un si beau
temps. Après un moment, elle prit une rame et dit
qu'elle allait ramer, parce qu'elle avait envie d'avancer
plus vite. Elle ne réussit guère. Il lui arriva ce qu'il
arrive presque toujours aux rameurs inexpérimen-
tés : quand elle avait trempé sa rame dans l'eau, il
semblait que quelque chose l'y accrochât, et elle ne
pouvait plus la retirer. William s'offrit pour lui enseigner, si elle avait envie d'apprendre, et il com-

mença à lui donner quelques conseils sur la manière
de tenir et de diriger son aviron ; mais, tout de suite,
elle dit qu'elle en avait assez pour ce jour-là, et
qu'elle était fatiguée. Elle cessa donc son travail et
alla reprendre sa place sous la tente. William et Lafaine n'en furent pas fâchés, car sa rame, qui traînait
dans l'eau et s'accrochait à tous moments, retardait
la marche du bateau, et rendait leur tâche plus pénible.

William faisait son possible pour suivre des yeux
la petite caravane sur le rivage. Ce n'était pas très
facile ; car, bien que Mary Bell s'arrêtât de temps en
temps sur un banc de gazon ou sur une petite émi-
nence pour attendre le *Gibraltar*, le plus souvent
elle était un peu en avant de la barque, et les rameurs, qui étaient placés, comme ils le sont toujours, le dos à la proue, ne pouvaient voir la petite
troupe sans se retourner. William le faisait continuellement, et demandait à Mary Bell si elle se tirait
d'affaire ; à chaque instant aussi il leur montrait des
fleurs sur la berge, afin que la jeune fille et les enfants les missent dans leurs bouquets.

A un certain moment, le bateau passa tout près
d'une pointe de rocher où se trouvaient Mary Bell
et sa suite. Ils tenaient à la main leurs bouquets
devenus énormes, et formaient un groupe des plus
pittoresques et des plus jolis à voir. Ils ne s'en doutaient nullement et s'étaient postés là uniquement
pour voir passer le *Gibraltar* et admirer sa marche
gracieuse.

« Quelles belles fleurs ! s'écria William ; mais
qu'allez-vous en faire ? Elles seront toutes fanées si
vous les emportez avec vous dans les montagnes.

— Oh ! je le sais bien, dit Mary Bell. Je pense que

13

nous nous en débarrasserons en route ; en attendant,
j'ai cru que cela amuserait les enfants.

— Moi, je rapporte les miennes à la maison, dit
Madeleine.

— Et moi aussi, » dit une autre petite fille.

Mary Bell regarda William et sourit ; puis elle dit
aux petits :

« Allons, marchons, voilà que le bateau nous dé-
passe. »

Caroline commençait à avoir assez de sa promenade sur l'eau, et les autres fillettes, qui étaient
avec elles sous la tente, voyant combien Mary Bell et
les enfants semblaient heureuses à courir sur l'herbe
et à cueillir des fleurs, avaient envie d'en faire autant. Il fut donc décidé qu'au premier tournant on
mettrait pied à terre ; à vrai dire, on ne pouvait faire
autrement, car après ce tournant le sentier ne suivait
plus la rivière, mais s'enfonçait sous bois, dans la
direction des montagnes.

Il leur fallut pas mal de temps pour gagner l'endroit où Lafaine voulait laisser son bateau. En approchant du rivage, ils virent Mary Bell et sa petite
troupe très occupées sur la plage. Dès qu'on fut
arrêté, tous les enfants débarquèrent vite pour
voir de quoi il s'agissait. Ils trouvèrent Mary Bell et
les autres en train de faire un jardin avec les fleurs
qu'ils avaient cueillies. Ils avaient choisi un endroit
ombragé par de grands arbres, et où le sable était
très fin et très uni. Mary Bell leur dit que les fleurs
s'y conserveraient très longtemps fraîches, parce que
le fond du sable était humide, bien que la surface
fût très sèche. Elle leur traça des allées, et les enfants
se chargèrent de piquer les fleurs. Ils mirent les

plus grandes aux quatre coins et arrangèrent les autres selon leurs nuances, de façon à produire un très joli effet. Au centre de leur jardin, ils creusèrent un petit rond, où ils plantèrent leurs plus belles fleurs, tandis que Mary Bell, assise sur un banc de gazon, les regardait travailler.

Lafaine, William et les autres rameurs s'assirent aussi, car ils étaient très fatigués; mais les petites filles se groupèrent autour du jardin et l'admirèrent beaucoup; Caroline seule trouva que les fleurs étaient assez jolies, mais que c'était très sot de les planter dans le sable, car elles mourraient pour sûr.

« Oui, c'est sot, observa Mary Bell, ou plutôt... »

Elle s'arrêta court et ne termina pas sa phrase; elle allait dire : « Ce serait sot, si nous avions eu la moindre idée de les faire vivre. »

Caroline était un peu vexée. La promenade sur l'eau n'avait pas aussi bien tourné qu'elle l'avait espéré; et, presque tout le temps, l'attention de sa société s'était reportée sur Mary Bell et sur ceux qui l'accompagnaient.

Sa mauvaise humeur ne fut pas de longue durée, car, en dépit de quelques légers défauts, Caroline était au fond d'un caractère noble et généreux. Elle comprit tout de suite combien il était injuste d'en vouloir à Mary Bell de choses qui n'étaient que la conséquence de son propre égoïsme. Et quand celle-ci admit, avec une si parfaite bonne humeur, la sottise de faire un jardin dans le sable, Caroline se ravisa et dit avec beaucoup de naturel et de franchise:

« Non, ce n'était pas sot du tout, et j'aurais dû avoir honte de prononcer ce mot. »

Mary Bell s'était levée; Caroline alla la rejoindre

et lui passa le bras autour de la taille. Elles se promenèrent ainsi pendant un peu de temps, puis Mary
dit à demi-voix :

« Allons prendre des paniers, je suis sûre que les
garçons doivent être fatigués d'avoir ramé.

— Oui, c'est cela, dit Caroline, allons-y. »

Les deux jeunes filles retournèrent au bateau;
elles trouvèrent les garçons occupés à décharger les
paniers; sans rien dire, Mary Bell prit plusieurs des
plus légers et les donna aux enfants, en leur désignant le sentier qu'il fallait suivre. Ensuite, elle en
prit un fort grand pour elle-même, et se mit en route
avec la petite bande. Mais un panier comme celui de
Mary ne suffisait pas à Caroline; il n'était ni assez
grand ni assez lourd; elle alla donc vers William,
qui portait le plus lourd de tous, et lui demanda de
le lui laisser prendre.

« Non, se récria William, sous aucun prétexte.

— Si! je le veux, dit Caroline; vous vous êtes fatigué à ramer pour me faire plaisir, et je veux absolument avoir le grand panier. Vous en trouverez un
plus léger. »

William refusa, mais Caroline insista. Après une
petite dispute, William céda, et Caroline emporta
sa corbeille, tandis que William allait en prendre une
autre beaucoup moins lourde. Mais Caroline ne porta
pas la sienne bien longtemps; au bout d'un instant,
elle fit semblant d'être très fatiguée, et posa son far-
deau sur une pierre, au bout du chemin, afin de se
reposer. William insista pour le lui prendre, la politesse l'exigeait. Après une faible résistance, Caroline céda, et William continua sa route avec les deux
paniers. Elle demanda, mais en vain, à plusieurs de

V

VOILA LE BATEAU S'ÉCRIA MADELEINE (P. 90.)

ses compagnes de lui laisser prendre les leurs ;
personne ne voulut céder le sien, et elle fut bien
obligée, comme elle le dit elle-même, bon gré, mal
gré, de s'en passer. Elle aurait pu débarrasser William du plus léger de ses deux paniers, mais cette idée
ne lui vint pas. Il faut reconnaître que, si elle n'aida
pas à porter les provisions, elle égaya du moins la
société, tout le long de la route, par sa conversation
spirituelle et son rire joyeux. Tantôt elle grimpait
sur un rocher, au bord de la route, et étonnait tout
le monde par son adresse ; tantôt elle disparaissait,
pour reparaître tout à coup sur un endroit en apparence inaccessible, ou bien encore elle se cachait
dans un buisson, et surprenait les enfants en poussant un cri quand ils passaient auprès d'elle.

La petite troupe grimpa ainsi fort longtemps, et
atteignit enfin à une très grande hauteur sur la montagne. Il y avait déjà de larges espaces ouverts où
poussaient des mûres en quantité ; mais les enfants
ne s'arrêtèrent pas encore, ils voulaient arriver à
l'endroit que Lafaine avait choisi pour faire le campement. Enfin, ils y parvinrent. C'était un petit plateau entouré de tous côtés de précipices et de rochers ; rien ne pouvait être plus pittoresque et mieux
imaginé pour faire une halte. Il y avait une source
bien limpide qui sortait de terre ; elle serpentait un
moment, et courait se cacher bien vite sous le bois.

« Oh ! Lafaine, comme ce serait charmant d'avoir
ici votre tente ! s'écria Madeleine. Car Lafaine avait
une petite tente qu'il apportait quelquefois quand on
faisait une partie de plaisir.

— La voici, » dit Lafaine.

Il se dirigea vers une grande fente dans le rocher

et en tira la tente demandée. Il l'avait apportée la
veille au soir. A cette surprise, tout le petit monde
poussa des cris de joie. L'abri fut bientôt dressé,
et toutes les provisions furent déballées et mises en
sûreté dessous. Après s'être bien rafraîchis à la
source, les enfants prirent leurs paniers vides et partirent à la recherche des mûres.

IX

LE CHAPEAU PERDU

Le lieu que Lafaine avait choisi pour établir son bi-
vouac était très sauvage et très pittoresque. C'était un
petit plateau découvert, dominé, d'un côté, par de
grands sapins et des rochers à pic, et surplombant de
l'autre des fondrières et des précipices escarpés. On ne
pouvait arriver à ce plateau que par un petit sentier
très tortueux et très raide. Ce sentier n'offrait aucun
danger réel, mais, par son apparence sauvage, il
fournissait beaucoup d'amusement aux enfants, qui,
une fois arrivés au sommet, croyaient avoir surmonté
une très grande difficulté.

Cet endroit était ombragé par de grands sapins qui
croissaient au milieu des rochers, et qui semblaient
quelquefois s'y être accrochés au moyen de longues
racines qu'ils enfonçaient dans toutes les fentes où
il se trouvait un peu de terre. Par-ci, par-là, on
voyait, couché sur le sol, au milieu des fougères, des
lauriers et des framboisiers sauvages, quelque vieux
tronc d'arbre déraciné jadis par le vent. Tout auprès

de la tente se trouvait un de ces vieux troncs ; il était creux, et d'un côté il s'ouvrait comme la gueule d'un four ; l'autre bout se perdait dans un fouillis de vieilles branches et de feuilles sèches, dont la sombre couleur contrastait étrangement avec le vert brillant des jeunes bouleaux et des jeunes sapins qui se dressaient au milieu de ce désordre.

Les enfants avaient certainement cru, en abandonnant leur abri dans cet endroit sauvage pour aller à la recherche des mûres, que personne n'y viendrait en leur absence. Ils se trompaient pourtant, car ils n'étaient pas partis depuis une demi-heure que leur campement fut découvert par quelqu'un qui en fut très effrayé. Ce quelqu'un était un gros écureuil gris, de l'espèce qu'estimaient le plus les enfants. La veille, quand Lafaine était venu apporter sa toile, il l'avait déjà aperçu sur une pointe de rocher, le regardant très attentivement pour voir s'il ne s'approcherait pas de son nid, qui contenait deux petits pour lesquels il tremblait. Quand Lafaine eut caché sa tente dans la crevasse, où il comptait la laisser jusqu'au lendemain, il vit l'écureuil, toujours immobile sur son rocher, qui le guettait de ses yeux perçants.

« Ah ! Mistigris, dit-il, je te vois, va, avec tes joues pleines de baies pour le souper de tes enfants. Je voudrais savoir où est ton nid ; je voudrais bien aussi avoir ta queue, j'en ferais un plumet pour Riquet ; je ne détesterais pas non plus un de tes petits, qui doivent bien être grands comme mon pouce ; je t'en donne un quarteron de noix, ou même d'amandes, ce qui vaut encore mieux. Qu'en-dis-tu ? Les amandes sont bien meilleures que les glands. »

Mistigris regarda Lafaine tantôt d'un œil, tantôt de

14

l'autre, et ne répondit rien à ces propositions sau-
grenues.

C'était ce même écureuil qui était venu explorer le
plateau aussitôt que les enfants l'eurent abandonné.
Il s'en revenait à son nid, en sautant de branche en
branche sur les sapins, quand tout à coup il aperçut
la toile ; il en fut très surpris et très effrayé. Il avait
construit son nid dans ce tronc creux dont nous
avons parlé, qui, par un bout, touchait presque à la
tente. Est-il étonnant que la pauvre bête, déjà timide
et inquiète de sa nature, fût épouvantée par tout cet
attirail ?

Dès que l'animal l'aperçut, il courut jusqu'à
l'extrémité de la branche flexible sur laquelle il se
trouvait, et de là s'élança sur un arbre voisin. Il fit
encore quelques pas, puis s'arrêta pour examiner la
construction. Qu'est-ce que cela pouvait être ? Était-ce
un piège à son intention ? Était-ce un champignon
monstre ? Il l'examina très attentivement sans pouvoir
résoudre la question.

Tout à coup, il pensa avec inquiétude à ses petits.
Il rebroussa chemin sur la branche jusqu'au membre
principal, qu'il suivit un instant, puis, tout à coup, il
fit un bond de quatre pieds et se trouva sur le tronc
creux où était son nid ; il courut tout le long jusqu'à
un petit trou, qui y donnait accès ; il abaissa alors
sa queue et s'introduisit par ce trou, en ayant
soin de la retirer bien doucement après lui. Par
bonheur, le nid était tel qu'il l'avait laissé : les petits écureuils dormaient et ne s'étaient pas même
doutés qu'on eût dressé un campement auprès
d'eux.

Bien qu'un peu rassuré par la vue de son nid, Mistigris n'était pas sans inquiétude, et plus d'une fois il sortit de son trou pour regarder la tente; enfin, ne voyant bouger personne, il se décida à l'examiner de plus près. Il y pénétra même, et en fit le tour avec une précaution infinie. A terre, il y avait des paniers et des paquets de toutes sortes qu'il flaira, qu'il retourna dans tous les sens, et qu'il essaya même d'ouvrir avec ses petites pattes. Il s'était si adroitement introduit dans un certain paquet enveloppé dans un journal, qu'il arriva à un craquelin qu'il grignota avec grand plaisir, y trouvant un goût de blé; seulement cela lui parut bien autrement délicat. Il se demandait s'il n'en rapporterait pas à ses petits, quand tout à coup il entendit des voix et des pas. Il ressortit précipitamment, bondit sur l'herbe et regagna le haut de son tronc. Il vit alors un petit garçon et deux ou trois petites filles qui gravissaient le sentier escarpé. C'était Riquet et quelques-unes des petites, qui avaient eu assez de la chasse aux mûres, et qui s'étaient décidés à revenir se reposer et préparer le dîner.

Mistigris courut tout le long de son tronc aussi vite que possible, sauta de là sur un sapin, où il se blottit dans un petit coin d'où il pouvait voir sans être vu, et guetta les enfants.

« Tenez vos paniers bien droits, dit Riquet aux petites filles, et surtout regardez à vos pieds, sans quoi vous trébucherez et vous perdrez toutes vos mûres, comme il m'est arrivé un jour. »

Les petites filles tinrent compte du conseil, et tout le monde déboucha sain et sauf sur la plate-forme.

« Voilà! dit Riquet, mettons nos mûres sous la tente, et puis occupons-nous du dîner.

« — Le dîner ? Mais qu'est-ce que nous pourrons faire comme préparatifs ? demanda la petite Augusta, qui était toujours en mouvement et toujours heureuse, pourvu qu'elle fût occupée, — en bien ou en mal, peu lui importait. Madeleine, qui était revenue aussi avec Riquet, était beaucoup plus tranquille.

— Mais je ne sais pas trop, répondit Riquet ; il me semble que nous pourrions choisir un emplacement pour le dîner et apporter tout ce qu'il faut.

— Oui, certainement, dit Augusta ; puis, nous pouvons allumer du feu ; il nous en faudra, bien sûr. »

Elle regarda autour d'elle pour voir si elle trouverait un endroit convenable pour dresser son feu, quand elle aperçut tout à coup le tronc creux dont l'ouverture béante était tournée vers elle.

« Il y a un endroit magnifique dans ce tronc ; ça fera un four superbe.

— Oui, dit Riquet, c'est dommage que nous n'ayons pas d'allumettes.

— Oh ! il y en a bien sûr dans la tente ; Lafaine en apporte toujours, dit Augusta. Je vais chercher parmi les paquets ; charge-toi de ramasser du bois, moi, je me charge des allumettes. »

Riquet donna son consentement, et appela Madeleine pour l'aider à ramasser toutes sortes de brindilles et de bois mort, dont il bourra ce qu'Augusta appelait le four. En attendant, celle-ci était très occupée à chercher les allumettes de Lafaine dans tous les paniers, les paquets et les sacs. Après avoir tout remué et culbuté sous la tente, elle les trouva enfin et les porta en toute hâte à Riquet. Elle avait eu la ferme intention de tout ranger ; mais quand, après une si longue chasse, elle trouva ces allumettes tant

VI

LAFAINE PRIT LA HACHE ET SE MIT A FRAPPER (P. 100.)

« — Il ne faut pas allumer de feu ici, reprit Lafaine ;
venez m'aider à l'éteindre. »

Il s'approcha du feu et l'éparpilla de tous côtés sur
l'herbe et sur les rochers, mais en ayant bien soin de
ne pas le laisser se communiquer à autre chose.

« Pourquoi ne faut-il pas avoir du feu ici ? demanda
de nouveau Riquet.

— Nous causerons de tout cela plus tard, répondit Lafaine ; pour le moment, il s'agit de l'éteindre.
Allez me chercher la hache qui est sous la tente. »

Lafaine avait une petite hache qu'il emportait toujours quand il allait dans les bois, ne fût-ce même
que pour chercher des mûres.

Lorsque Riquet revint avec l'instrument, il trouva
que Lafaine avait entièrement démoli le foyer, mais
que le tronc brûlait quand même de plus en plus.
Lafaine prit la hache et se mit à frapper des coups répétés, un peu au-dessus de l'endroit qui brûlait.

« Allez-vous couper le tronc? » demanda Riquet.

Lafaine ne répondit pas, mais continua à donner de
vigoureux coups de hache.

« Dites-moi, Lafaine, allez-vous couper le tronc?
demanda à son tour Augusta.

— Oui, » fit Lafaine.

Et il avait raison ; c'était le seul moyen de sauver les
petits quadrupèdes d'une mort affreuse. Mais le pauvre
Mistigris ne comprenait pas cela; car les écureuils,
comme nous, sont sujets à se tromper, et à se figurer quelquefois qu'il y a beaucoup de danger quand
réellement il n'y en a aucun. Le tapage que fit Lafaine en éparpillant le feu, qui, aux yeux du pauvre
écureuil, semblait seulement par là s'être beaucoup
étendu; la fumée qui n'en était que plus épaisse, et

enfin ces coups répétés qui venaient frapper sa maison redoublaient sa frayeur. Il dégringola comme il
put de son sapin, fit un bond jusque dans son trou,
qu'il trouva rempli d'une fumée suffocante, et se
blottit terrifié sur ses petits. Il resta ainsi quelque
temps, hébété par la peur, à écouter les coups que
Lafaine ne cessait d'asséner sur le tronc, tout auprès
de son nid.

Par degrés, ces coups devinrent de moins en moins
violents; la partie incendiée du tronc fut séparée du
reste, fendue en morceaux, et le feu réduit à quelques pauvres fumerons. L'air pur pénétra jusqu'à
Mistigris qui, sentant qu'il respirait mieux, commença
à comprendre que Lafaine n'était pas un ennemi.
Voyant tout danger écarté, celui-ci mit sa hache sur
son épaule et se dirigea vers la tente.

« Maintenant, insista Riquet, dites-moi pourquoi je
ne devais pas faire de feu.

— Voulez-vous savoir, répondit Lafaine, pourquoi
vous ne deviez pas allumer de feu, ou pourquoi un
feu ne devait pas être allumé?

— Mais il me semble que c'est la même chose.

— Non, du tout, dit Lafaine. Vous n'auriez pas
dû faire de feu pour une raison, et le feu ne devait
pas être fait à cet endroit-là pour une raison tout
autre. Vous n'auriez pas dû allumer de feu en cet endroit, parce que vous ne devez en allumer nulle part.
Vous ne devez pas faire une chose semblable sans
permission, et je vais vous punir en conséquence. »

Augusta parut un peu effrayée; mais elle eut le
courage d'avouer que c'était elle, plutôt que Riquet,
qui avait allumé le feu, et que si quelqu'un devait
être puni, ce devait être elle.

15

« Non, dit Lafaine, si une petite fille et un petit garçon font des sottises ensemble, c'est toujours le garçon qui doit en supporter le blâme. Si une femme se fait mettre à l'amende, c'est toujours le mari qui paie.

— Oui, dit Augusta, mais Riquet n'est pas mon mari.

— Non, il n'est pas votre mari, mais il est votre répondant quand vous jouez ensemble, et il doit être puni pour deux.

— C'est ça, dit Riquet; mais quelle sera la punition?

— Il faudra que là, quelque part sur le gazon, vous vous teniez sur la tête, et que vous comptiez jusqu'à vingt; dix pour vous et dix pour Augusta. »

Riquet rit de tout son cœur.

« Mais, dit-il, si je ne peux pas rester sur ma tête tout ce temps-là?

— Il faudra essayer dix fois, et si vous ne réussissez pas, ces dix essais vous tiendront lieu de punition.

— Eh bien, viens avec moi, Augusta, » dit Riquet.

Et Augusta le suivit en sautillant; mais Madeleine resta en arrière, et jetant un regard à Lafaine où se peignait l'inquiétude, elle lui dit :

« Oh! mon Dieu! j'ai bien peur qu'il ne se casse le cou!

— Soyez tranquille, répondit Lafaine, Riquet est très fort sur la gymnastique. »

Le reste de la petite société ne tarda pas à arriver avec des paniers chargés de mûres. Ces paniers furent couverts de feuilles et placés à l'ombre d'un rocher; ensuite les enfants se dirigèrent vers la tente. Ils

furent stupéfaits en voyant tout le désordre qu'Au
gusta y avait laissé, et ils se disposaient à la grondei
sévèrement, quand Riquet proposa d'arranger l'affaire
en se tenant sur la tête pendant qu'il compterait jusqu'à quarante ou même cinquante, s'ils l'exigeaient.
On s'aperçut bientôt que le mal n'était pas considérable ; on sortit toutes les provisions de la tente et on
les apporta sur un rocher plat que William avait
choisi pour en faire la salle à manger. Un peu plus
loin, du côté d'où venait le vent, Lafaine indiqua à
Riquet et à Augusta un endroit sur les rochers où ils
pourraient allumer un feu si cela leur faisait plaisir.
Il leur expliqua alors le danger qu'il y avait à allumer
dans le tronc creux d'un arbre un foyer qui aurait pu
très facilement s'étendre, gagner la forêt et faire de
grands ravages.

Après le dîner, toute la compagnie resta quelque
temps assise sur les rochers, à respirer l'air pur de
la montagne et à causer très agréablement. Enfin on
se leva, chacun s'en alla flâner de côté et d'autre, et
jouir de la belle vue sous tous ses aspects. Pendant
ce temps, Lafaine travaillait à la source, et y disposait des pierres plates pour que l'on pût y puiser de
l'eau plus facilement.

Il y avait, non loin de l'endroit où ils avaient fait
leur collation, un précipice presque à pic et très profond, avec de terribles rochers dans le bas. William,
Caroline, Mary Bell et Parker, qui se promenaient
ensemble, arrivèrent tout à coup au bord de ce précipice, dont l'aspect grandiose les impressionna vivement. Caroline s'entêta à marcher tout à fait au
bord, pas assez pour qu'il y eût danger de tomber,
mais suffisamment pour inquiéter désagréablement

le reste de la société. William et Mary Bell la supplièrent de ne pas continuer ce jeu périlleux ; mais ceci n'eut pour effet que de la rendre encore plus hardie. Parker disait qu'il n'y avait aucun danger, et que, pour son compte, il ne regarderait pas à y descendre. Mary Bell, qui craignait fort de le lui voir tenter, s'éloigna à dessein.

Parker et Caroline la suivirent bientôt, et tous se promenèrent ensemble à une petite distance du précipice. Caroline, pour mieux jouir du vent frais, ôta son chapeau et se mit à le balancer, en le tenant seulement par une des brides. William la prévint que si la bride se cassait, ou seulement glissait entre ses doigts, son chapeau serait certainement emporté par le vent, par-dessus le bord, dans le précipice.

« Oh ! il n'y aurait pas grand mal, dit Caroline ; si vous aviez peur d'y aller, je suis sûre que Parker irait bien me le chercher. »

Et elle continua à balancer son chapeau.

Caroline aurait été incapable de le jeter dans le précipice pour se le faire rapporter par quelqu'un, et pourtant l'idée de voir un jeune homme braver, pour lui rendre service, des difficultés et même des dangers, lui était très agréable. Elle n'avait aucune intention de tenter l'épreuve ; mais, je ne sais comment, cette idée eut pour effet de lui desserrer les doigts, et après un instant le chapeau s'était envolé et roulait tout doucement sur lui-même.

« Arrêtez-le ! » cria Parker.

William se précipita ; mais, avant qu'il eût pu l'atteindre, il avait gagné le bord. Il fut enlevé par le vent et tomba, à cent pieds plus bas, sur une corniche de rocher.

VII

ET BIENTÔT IL SAISIT LE CHAPEAU (P. 106.)

Caroline en parut désolée. Elle était vraiment très fâchée d'avoir perdu son chapeau.

« Mais qu'est-ce que je vais faire? dit-elle, car vous ne pouvez pas aller me le chercher, Parker, n'est-ce pas?

— Si, je le pourrai, » dit Parker.

Et il se mit à chercher à droite et à gauche un endroit où il serait possible de descendre. Mais ce fut en vain; après s'être avancé une fois tout près du bord, il recula et dit que c'était trop escarpé. William et Mary Bell le regardaient faire.

« Ne le laissez pas aller, dit à demi-voix Mary Bell; il est sûr de tomber.

— Il n'y a pas de risque, répondit William, il n'ira pas assez près pour cela.

— On ne peut pas descendre, n'est-ce pas? demanda Mary Bell.

— Je crois que je pourrais descendre là-bas, dit William en montrant des espèces d'échelons qui se trouvaient assez au loin dans les rochers.

— Oh! je n'essaierais pas, à votre place, dit Mary Bell. Qu'est-ce que c'est qu'un chapeau? Caroline peut avoir le mien pour rentrer, et je mettrai mon mouchoir sur ma tête.

— Je vais aller voir, dit William; mais ne soyez pas inquiète, je ne compte pas m'exposer; je n'ai pas la moindre intention de risquer ma vie pour un chapeau. »

En disant ces mots, William se dirigea vers l'endroit où il croyait pouvoir descendre, et commença l'opération. Il y allait avec beaucoup de calme et de précaution. La nouvelle de l'accident s'était répandue, et tous les enfants étaient accourus; il y avait un ro-

cher en saillie, sur lequel ils pouvaient se tenir et
très bien voir William.

Il n'avançait qu'avec beaucoup de précaution, se laissant quelquefois glisser d'un rocher à un autre, comme
s'il descendait le long d'une échelle, ou bien rampant
à quatre pattes. Il s'arrêtait de temps en temps et agi-
tait son couvre-chef, en criant que tout marchait bien.

Enfin, à la grande satisfaction des spectateurs, il
arriva à un endroit comparativement uni, où il pouvait marcher, et bientôt il saisit le chapeau et l'agita
en l'air comme preuve de son succès; après quoi il
s'assit pour se reposer.

Il se releva bientôt, et mettant son butin bien à
l'abri dans un coin où le vent ne pouvait plus l'enlever, il se dirigea vers un autre précipice qui se trouvait devant lui. Il s'approcha autant que possible du
bord, puis on le vit se baisser et examiner quelque
chose avec beaucoup d'attention. Il se releva, et les
enfants crurent voir qu'il portait quelque chose très
soigneusement à la main. C'était une petite fleur qu'il
avait cueillie pour Mary Bell.

Tant qu'il put marcher, il porta le chapeau d'une
main et la fleur de l'autre; mais quand il arriva à la
partie dangereuse de la route, il mit la fleur dans le
chapeau et se servit de sa main libre pour s'accrocher aux rochers. Dès qu'il fut remonté, il rendit à
Caroline ce qui lui appartenait, et offrit ensuite sa petite
fleur à Mary Bell. C'était une clochette d'une forme
ravissante. Il dit à la jeune fille qu'il l'avait aperçue
croissant sur le rocher, et qu'il la lui avait apportée
comme souvenir de leur expédition.

« Et pourquoi ne m'en avez-vous pas apporté une
aussi? dit Augusta.

— Et à moi? dit Madeleine.

— Et à moi? et à moi? crièrent plusieurs petites voix.

— Mais vous n'étiez pas ici quand je suis parti, dit William; il n'y avait que Mary Bell.

— Et Caroline, dit Augusta.

— Oui, Caroline y était; mais comme je lui rapportais son chapeau, j'ai pensé que je donnerais la fleur à Mary Bell. »

Celle-ci tira de sa poche un sac dans lequel il y avait un petit livre et quelques feuilles de papier brouillard, et elle plaça la fleur entre les feuillets, afin de la sécher et de la conserver.

Les enfants ne tardèrent pas à descendre de la montagne, et chacun regagna son chez-soi.

Les vacances de William finissaient quelques jours après cette expédition, et il dut rentrer au collège.

X

PIPETTE ET CUI-CUI, ET LA GROTTE DE MARY BELL

Madeleine avait atteint l'âge de huit ans et Mary Bell en avait un peu plus de quatorze. Madeleine était de nouveau en vacances chez sa tante, Mme Henry. On était au mois de juin, et une série de pluies torrentielles avaient tellement grossi la petite rivière qui coulait en face de la maison, qu'elle déborda complètement et se répandit de tous côtés dans les prés avoisinants. Tous les petits ruisseaux qui descendaient des montagnes furent convertis en torrents. Ils for-

maient mille petits tourbillons, et bondissaient sur
les rochers en ravissantes cascades toutes blanches
d'écume. A un endroit, le courant fut assez fort pour
détacher un pont de ses culées et l'entraîner bien loin.
Les culées sont les constructions en maçonnerie sur
lesquelles reposent les deux extrémités du pont. En
général, les ouvriers font les culées assez hautes pour
que l'eau, même dans les plus fortes crues, ne puisse
atteindre le tablier. Toujours est-il que les culées en
question n'étaient pas assez élevées, et que le pont
fut enlevé. Les routes, en beaucoup d'endroits, furent
tout à fait sous l'eau et complètement impraticables
pendant plusieurs jours.

La maison de Mme Henry était située assez près de
la rivière, et à un quart de lieue environ du village.
La maison de Mary Bell n'en était guère plus éloignée.
Un très joli chemin de traverse menait de la maison
de Mme Henry à celle de Mme Bell.

Le jour où éclata le grand orage, Madeleine était
invitée à passer l'après-midi chez Mary Bell; mais le
mauvais temps l'empêcha de s'y rendre. La tempête
commença un mardi; elle dura deux jours entiers, et
Madeleine dut attendre encore un jour pour laisser
aux eaux le temps de s'écouler un peu. Enfin, le ven-
dredi matin, Mme Henry crut que Madeleine pourrait
sortir sans danger.

Celle-ci désirait beaucoup prendre le chemin de
traverse, parce qu'il était très joli ; son cousin Riquet
devait aller avec elle. Mais, au dernier moment,
Mme Henry déclara qu'elle préférait que Lafaine accom-
pagnât les enfants, car Riquet, qui n'avait que dix
ans, était beaucoup plus remarquable par son courage
que par sa prudence, et elle ne pouvait pas compter

sur lui pour prendre soin de Madeleine dans les endroits où l'inondation aurait rendu les chemins difficiles. Lafaine travaillait au jardin ; Riquet vint l'y chercher, et ils partirent tous trois ensemble.

Ils arrivèrent bientôt à un endroit de la route où il y avait un banc de sable très élevé. Dans ce banc, une quantité d'hirondelles avaient fait leurs nids. Les hirondelles sont des oiseaux fort curieux sous plus d'un rapport, mais curieux surtout par l'étrangeté des endroits où elles bâtissent leurs demeures. Les unes choisiront une avance de toit de grange, ou un bout de corniche : leurs nids, confectionnés en argile, sont tout ronds, avec un seul petit trou, par lequel elles s'y introduisent. D'autres profiteront d'une fenêtre ouverte pour s'établir dans la grange, et y suspendront leur construction aux poutres du toit ; d'autres encore s'empareront des cheminées, qui, à la saison où les hirondelles s'accouplent, sont presque toutes sans feu, et c'est là, dans quelque recoin, au milieu de la suie, qu'elles construiront leurs abris de boue. Enfin, il y a des hirondelles qui s'introduisent horizontalement dans des bancs de sable à pic, et qui, au bout d'un long couloir, se font un nid de paille et de duvet. C'étaient des hirondelles de ce genre qui s'étaient installées dans le banc de sable dont nous venons de parler.

Non loin de là demeurait un garçon nommé Alfred, et au moment où Lafaine et les deux enfants s'approchèrent du banc de sable, ils virent Alfred et un autre gamin qui s'amusaient ensemble. Ils avaient, à l'aide d'un couteau, taillé des marches dans le sable durci ; au moyen de cet escalier ils étaient arrivés jusqu'à un des nids, et ils paraissaient très occupés à je ne sais

quelle opération. Mais quand les gamins aperçurent
Lafaine, ils redescendirent immédiatement et se
mirent à flâner sur la route de l'air le plus dégagé du
monde.

« Dites donc, Alfred, qu'est-ce que vous faisiez là?
demanda tout de suite Riquet.

— Nous bouchions un trou d'hirondelle. »

Et Alfred resta planté sur la route à examiner Lafaine et les deux enfants avec une stupide curiosité.
Il tenait encore le couteau à la main. Son camarade
était un gamin qu'on appelait Jacquot, mais dont le
véritable nom était Jacques Gordon.

« Et avec quoi l'avez-vous bouché? demanda Riquet.

— Avec une motte de gazon, répondit Alfred.

— Et les oiseaux sont là dedans? s'informa Madeleine.

— Je n'en sais rien; tout ce que je sais, c'est que
leur nid doit y être.

— Après tout, c'est donc Pipette qui avait raison?
dit Lafaine.

— Comment, je ne comprends pas? dit Jacquot.

— Voilà ce que c'est, reprit Lafaine. L'autre soir,
comme je m'en revenais du village, je vis deux hirondelles qui s'amusaient par ici. Bientôt elles cessèrent
leurs jeux; toutes deux se posèrent sur cette haie,
et se mirent à débattre quel serait le meilleur endroit
pour bâtir un nid. Une de ces hirondelles s'appelait
Cui-cui et l'autre Pipette. »

Les enfants se rapprochèrent de Lafaine et écou-
tèrent son histoire avec un grand intérêt.

« Faisons notre nid dans ce banc de sable, dit
Cui-cui. — Non, non, répondit Pipette. Ne vois-tu
pas cette maison là-bas? — Eh bien, quoi? dit Cui-

cui. — Dans cette maison, dit Pipette, il y a un enfant. — Qu'est-ce que cela nous fait? Nous établirons
notre nid si haut qu'il ne pourra pas y atteindre, répondit Cui-cui. — Il y grimpera, insista Pipette. —
N'importe, nous le creuserons si avant dans le sable,
que, s'il y grimpe, il ne pourra nous atteindre, dit
Cui-cui. — Ah! sois sûr, dit Pipette, qu'il trouvera
moyen de nous tourmenter. »

« La conversation en resta là pour le moment,
poursuivit Lafaine; les deux hirondelles ne savaient
vraiment plus que dire. Quant à moi, je restai sans
bouger d'une ligne, tant j'avais peur de les effaroucher.
Ce fut Cui-cui qui reprit le premier :

« Cet enfant n'a-t-il pas une maison à lui? — Oui,
dit Pipette. — Et un bon lit pour se coucher la nuit?
— Certainement. — Et un oreiller bien doux où
poser sa tête? — Oui. — Et un père et une mère
pour le soigner? Oui, répéta Pipette. — Alors, reprit
Cui-cui, il n'est pas possible, qu'un enfant qui a une
maison, un bon lit, un oreiller bien doux, un père
et une mère pour le soigner, soit jaloux de deux
pauvres hirondelles qui ne demandent qu'un trou
dans le sable et quelques plumes pour y faire un nid,
qu'elles ne comptent garder que pendant trois ou
quatre semaines, seulement le temps de laisser gran-
dir leurs petits. »

« En parlant ainsi, Cui-cui s'éleva un peu, donna
à Pipette une petite tape avec le bout de son aile,
seulement pour rire, et tous les deux partirent ensemble. Ils firent des tours et des tours à l'infini,
tantôt s'élevant bien haut dans le ciel, tantôt rasant
la terre du bout de leurs ailes. Ce fut d'abord Cui-cui
qui poursuivit Pipette, puis Pipette qui poursuivit

Cui-cui ; ensuite ils firent une course à qui volerait le plus loin. Celui-ci revint près du banc de sable, et, voletant tout contre, il frappa avec son bec un endroit qui lui parut bon pour commencer le nid ; quand il eut donné quelques petits coups de bec, il repartit à tire-d'aile et recommença les jeux avec Pipette. Après avoir bien joué et couru, il revint encore donner quelques petits coups de bec au même endroit, et repartit de nouveau comme une flèche. Et moi, voyant qu'ils ne se mettaient pas vite à la besogne, je continuai mon chemin. »

« Est-ce tout? demanda Madeleine.

— Oui, c'est tout. Dans le moment il m'avait semblé que Cui-cui raisonnait fort juste à propos du petit garçon, mais maintenant je vois que c'est Pipette qui avait raison. »

Lafaine s'éloigna avec Riquet et Madeleine, tandis que Jacquot et Alfred restaient immobiles dans le chemin.

« Caroline a un oiseau, dit Madeleine, et c'est un serin, ajouta-t-elle.

— Et qui vit dans une cage? demanda Lafaine.

— Oui, dans une bien belle cage. »

Nos trois amis continuèrent leur route. Après quelques instants Madeleine dit à Lafaine :

« Ça me ferait bien plaisir si vous alliez relâcher ces pauvres hirondelles que les gamins ont bloquées dans leur nid.

— Non, répondit Lafaine, pas encore. »

Et il continua son chemin.

De temps en temps il se retournait pour regarder les deux enfants, et bientôt il s'arrêta tout à fait. Madeleine et Riquet en firent autant. Ils virent que Jacquot était regrimpé sur le banc de sable et qu'il était

très occupé avec le nid. Alfred était resté toujours à
la même place, et ils l'entendirent qui disait à Jacquot : « Je ne le ferais pas, moi. »

Jacquot sembla ne prêter aucune attention à ce
que lui disait Alfred; mais il se tourna vers Lafaine
et lui cria :

« Je les ai délivrés !

— Tant mieux, dit Lafaine, j'en suis bien aise.

— Voyez un peu, reprit Lafaine en s'adressant à
Madeleine et à Riquet, voyez un peu la différence
qu'il y a entre Jacquot et Alfred. Ce sont tous les deux
de méchants gamins qui ne pensent qu'à mal faire,
et, à vrai dire, Jacquot est le plus terrible des deux;
mais au moins, quand il voit qu'il a tort, il n'a pas
honte de l'avouer franchement, tandis qu'Alfred per-
sévérera, par un sot entêtement, dans ce qu'il sait
être mal, ou, s'il semble renoncer à ses projets, il
attendra pour les reprendre que personne ne le voie. »

Ils gagnèrent la maison où demeurait Mary Bell,
sans que l'inondation leur eût causé d'ennuis sérieux.
Tous les ruisseaux étaient pourtant très grossis, et à
un endroit Lafaine quitta la route et mena les enfants
le long d'un petit sentier rocheux pour leur montrer
une cascade.

Quand ils furent en vue de la maison de Mary Bell,
Lafaine leur dit :

« Vous voilà arrivés, et je vous dis adieu. Si Mary
Bell vous montre ses dessins, Madeleine, regardez-
les bien pour moi ; je vous recommande aussi, si vous
trouvez un nid de papillons dans le jardin, de ne pas
donner trop de gâteau aux petits.

— Soyez sans crainte, répondit très sérieusement
la bonne Madeleine.

— Et n'en mangez pas trop vous-même, n'est-ce pas? » ajouta Lafaine.

La maison était précédée d'un vieux mur couvert de mousse et caché à moitié parmi les arbustes, dans ce mur existait une petite porte qui conduisait par un sentier jusqu'à la maison.

Riquet l'ouvrit, et il suivit le sentier avec Madeleine. Ils ne virent personne, mais la maison était ouverte. Riquet se tint sur les marches avec la petite fille et frappa sur l'encadrement; personne ne vint.

« Frappe plus fort, conseilla Madeleine, on ne t'entend pas. »

Riquet frappa de nouveau, mais pas beaucoup plus fort que la première fois.

« Je frappe tant que je peux, dit-il, mais mes doigts ne sont pas assez durs.

— Prenons un bâton, » reprit Madeleine.

Riquet trouva un bâton et frappa bien plus fort qu'avant; mais on ne vint pas davantage.

« Je vais prendre une pierre, dit-il.

— Non , ne fais pas cela, tu vas casser quelque chose.

— Mais que faut-il faire? Ah! oui, je sais, allons à l'entrée qui est derrière . »

Ils firent donc le tour de la maison et arrivèrent dans une très jolie cour. Ils y trouvèrent la porte ouverte, comme de l'autre côté. Riquet frappa de son mieux, mais personne ne répondit.

« Il faut entrer alors, » dit Riquet.

Il entra hardiment, et Madeleine le suivit avec timidité. Ils traversèrent le vestibule, et de là passèrent dans une petite pièce qui servait de salon. Il

VIII

« LES VOILA ! » DIT MADELEINE (P. 115.)

n'y avait personne. Ils entrèrent dans la cuisine; tout
y était en bel ordre, mais personne encore. De la cuisine ils descendirent sur une petite terrasse qui dominait le jardin.

« Les voilà! » dit Madeleine.

Riquet regarda du côté que montrait Madeleine et
il vit en effet Mary Bell, sa mère et Jeanne, leur petite domestique, qui arrivaient dans l'enclos. Mary
Bell courut à la rencontre de ses amis, et elle sembla
enchantée de les voir.

« Nous arrivons de ma grotte, dit Mary Bell; nous
sommes allées voir la cascade, qui est magnifique
aujourd'hui, parce que le ruisseau est si gonflé! »

Puis elle pria ses amis d'entrer dans la maison.

Riquet désirait beaucoup visiter la grotte et voir
la cascade; mais Madeleine préférait rester pour regarder des livres à images que Mary Bell avait promis
de lui montrer. Riquet, qui savait parfaitement le chemin, partit au galop du côté de la chute d'eau; Madeleine monta avec Mary Bell dans sa chambre.

Les livres à images étaient tous renfermés, car
Mary Bell avait grand soin de ses petites affaires.
Près de la fenêtre elle avait une table où elle s'instal-
lait pour écrire, pour lire et pour coudre. Elle avait
aussi plusieurs tiroirs pleins de dessins et de livres
illustrés; mais Mary Bell ne permettait jamais à ses
visiteurs de fouiller dans ces tiroirs; elle en tirait toujours elle-même deux ou trois objets qu'elle leur
montrait, ce qui fait qu'elle avait toujours quelque
chose de nouveau à leur faire voir. Madeleine était
venue bien souvent chez Mary Bell, et pourtant ils
étaient encore pour elle une source d'amusement iné-
puisable.

Mary Bell prit son ouvrage. Madeleine, ses images, et toutes deux retournèrent à la terrasse. Mary s'assit sur une chaise et posa son panier auprès d'elle; Madeleine s'installa sur les marches et se mit à regarder les gravures, tout en faisant part de ses réflexions à son amie.

« Oh! voilà un éléphant, dit Madeleine; mais pourquoi a-t-il le nez si long?

— C'est une trompe, expliqua Mary Bell, et elle lui sert à ramasser tout ce qu'il veut.

— Voilà un cheval, dit Madeleine; il n'a pas de trompe, lui, mais il a le nez joliment long tout de même. Pourquoi n'a-t-il pas une trompe aussi pour ramasser ce qu'il veut?

— Mais parce qu'il peut baisser la tête et prendre tout ce qu'il désire avec ses dents.

— Et pourquoi l'éléphant ne baisse-t-il pas la tête aussi? dit Madeleine.

— Parce qu'elle est trop grosse, dit Mary Bell, et trop loin de terre. En supposant même qu'il eût le cou suffisamment long pour que sa tête touchât par terre, je crois qu'il aurait beaucoup de mal à la relever.

— Oh! voilà un oiseau, fit Madeleine. Caroline a un oiseau; tu aimerais bien à en avoir un aussi, n'est-ce pas?

— Mais j'en ai un, dit Mary Bell, regarde-le, et elle montra à Madeleine un beau rouge-gorge qui chantait gaiement sur un prunier, de l'autre côté de la haie.

— Oh! oui, dit Madeleine; mais tu ne l'auras pas longtemps, celui-là.

— C'est vrai, répliqua Mary Bell; mais un autre viendra prendre sa place.

— Exactement la même place? dit Madeleine.

— Oui, la même. »

Madeleine ne comprenait pas trop cela; elle réfléchit un instant, puis elle ajouta :

« Mais l'oiseau de Caroline a une cage.

— Il y a de mes oiseaux qui ont des nids, et les nids valent bien mieux que les cages.

— Je voudrais beaucoup voir un nid, demanda Madeleine.

— Eh bien, tu n'as qu'à me suivre, je t'en montrerai un. »

Mary Bell posa son ouvrage, et, prenant Madeleine par la main, elle la mena par un sentier jusqu'à un petit recoin bien frais et bien abrité, où il y avait plusieurs jeunes sapins.

« Ne fais pas de bruit, recommanda Mary Bell.

— Est-ce que les oiseaux sont là? fit Madeleine.

— Les petits restent toujours, dit Mary Bell, et les vieux parents viennent de temps en temps pour leur donner à manger. En voilà un, sur la porte, là-bas. »

Madeleine aperçut un rouge-gorge perché sur la porte du jardin, avec quelque chose dans son bec. Quand l'oiseau eut aperçu Mary Bell et Madeleine si près de son nid, il se mit à voleter de tous côtés, et parut très inquiet, Mary Bell et Madeleine se retirèrent un peu, et l'oiseau vola vers sa nichée. Mary souleva Madeleine dans ses bras; mais celle-ci ne vit pas très bien, à cause de toutes les branches de l'arbre.

Bientôt l'oiseau repartit.

« Maintenant, nous allons grimper et regarder dans le nid, » proposa Mary.

Elle alla chercher dans la cuisine un escabeau, elle

le plaça tout contre l'arbre, Madeleine grimpa dessus
et contempla la nichée. Il y avait trois petits rouges-
gorges qui ouvrirent de très grands becs en entendant
Madeleine; ils croyaient sans doute que c'était leur
maman qui venait leur donner la becquée.

XI

LA GROTTE

La grotte de Mary Bell était sur le bord d'un ruisseau qui coulait derrière la maison, dans un petit
ravin boisé. Cette grotte était assez loin de la maison,
mais on y arrivait par un excellent sentier que Mary
avait fait, ou du moins arrangé elle-même, car presque
partout il passait sur des roches à fleur de terre ou
sur un sable fin tassé, et dans ces endroits-là elle
n'avait pas eu à y toucher.

Ce qu'il y avait de remarquable dans ce sentier,
c'est qu'il était toujours sec. L'herbe mouillée est un
des ennuis qui, à la campagne, viennent le plus souvent contrarier les enfants, et surtout les petites
filles, dans leurs plaisirs. Pendant l'été, il arrive que
l'herbe ne sèche pas avant midi, et souvent, après
une averse, les gouttes perfides y restent bien longtemps cachées après que tous les autres endroits sont
secs. Mary Bell avait été si souvent obligée de rester
à la maison, surtout dans la saison où l'herbe est
haute et touffue, ce qui justement est le moment où
l'on aime le mieux à aller courir, et elle désirait tellement avoir auprès de la maison un endroit où elle

pourrait se promener à pied sec, même tout de suite
après la pluie, que l'idée lui vint de pratiquer un petit
sentier le long du ruisseau.

Elle vit que cela ne lui serait pas très difficile, car
elle pourrait s'arranger pour le faire passer, en
beaucoup d'endroits, sur des roches plates et sur
des rives sablonneuses où il ne croissait pas un brin
d'herbe qui pût conserver l'humidité et la rosée. Il y
avait bien, par-ci par-là, des buissons qui poussaient
dans le chemin, mais Mary Bell trouva moyen de les
couper avec le grand couteau de jardin de sa mère.
Il y avait aussi des buissons infiniment plus grands
qui avançaient sur le sentier; mais elle ne toucha
pas à ceux-ci, car ils servaient à ombrager la promenade. Il est vrai que la rosée et la pluie pouvaient demeurer longtemps suspendues aux feuilles
de ces buissons, mais Mary Bell ne s'en inquiéta pas;
elle savait que, si en se promenant elle avait la précaution de ne pas secouer les branches, les gouttes
d'eau ne tomberaient pas sur elle.

Ce ne fut pas très commode pour Mary de couper tous ces buissons avec le couteau de sa mère,
car il y avait des tiges très fortes et très boisées. Plus
d'une fois elle regretta de n'avoir pas un frère pour
l'aider dans ses travaux; mais elle n'en possédait
pas, et c'était peut-être un bien, car elle jouit doublement de sa grotte et de son sentier, parce que
c'était sa propre œuvre et le résultat de sa patience
et de son travail.

En définitive, une bien petite force physique suffit
pour obtenir un grand résultat, si cette force est di-
rigée avec adresse et persévérance. Lafaine venait
quelquefois en commission chez Mme Bell, et il en

profitait pour donner à Mary de très bons conseils
relativement à ses travaux. Il lui montra comment il
fallait d'abord coucher un buisson par le haut, afin
de pouvoir en couper la tige plus facilement. Il lui
fit aussi un petit levier de bois avec lequel elle put
soulever les grandes pierres plates qui se trouvaient
dans le sentier. A l'aide de ce levier elle put encore,
dans les endroits où les roches étaient inégales et
désagréables sous les pieds, ranger ces pierres côte à
côte et en former une espèce de pavé très passablement uni. Il lui servit de plus à remuer et à disposer
de gros cailloux dans le ruisseau, de façon à pouvoir
le traverser à pied sec. Elle parvint même à se faire
un pont. Ce pont était fait avec une très grande roche
plate, qui était posée au milieu du ruisseau, Mary
commença par en soulever un côté, sous lequel elle
roula des pierres ; elle en fit autant du côté opposé,
et la roche se trouva ainsi tellement exhaussée, qu'en
temps ordinaire l'eau passait dessous ; mais après de
fortes pluies, ou au printemps à la fonte des neiges,
il faut dire que le pont était presque toujours sous
l'eau.

On aurait tort de se figurer que Mary Bell exécuta
ce sentier sans s'interrompre ; pendant plus de deux
ans elle y consacra ses récréations et ses jours de
congé. Comme elle vivait seule avec sa mère, elle
n'avait pas de camarades de jeux, et elle se créait des
amusements à elle-même. Quelle que fût la chose
qu'elle entreprît, elle y persévérait avec tant de patience et de méthode, qu'elle réussissait là où il semblait impossible qu'un enfant de son âge réussît.
Elle avait à peu près dix ou douze ans quand elle
accomplit ce tour de force ; c'était bien longtemps avant

cette visite de Riquet et de Madeleine, dont nous
avons parlé dans un des précédents chapitres.

Mary Bell, au début, n'avait eu aucune idée de construire une grotte, elle voulait seulement se procurer
une promenade agréable dans le ravin, au bord de
l'eau, la conduisant à la cascade et où elle pût aller
s'asseoir avec un livre, où, les jours de congé, le samedi par exemple, elle pût mener ses petites amies.
Elle découvrit enfin, dans la portion la plus sauvage
du ravin, un emplacement où elle crut qu'il ne serait
pas très difficile de disposer une grotte comme celles
dont elle avait lu la description dans les livres.
C'était une encoignure de rocher complètement recou-
verte par un autre rocher qui surplombait, et il suffisait de bâtir un petit mur pour en faire une maison-
nette fermée de trois côtés. Elle se décida à édifier
cette grotte, et en y travaillant un peu chaque fois
qu'elle allait jouer près du ruisseau, elle se trouva
enfin complètement terminée. Mary commença par
se débarrasser de toutes les pierres détachées qui encombraient le sol; elle choisit parmi ces pierres celles
qui lui semblaient propres à construire son mur, et
elle les rangea bien en ligne pour en faire la base.
Plus tard, elle continua ce mur et le mena aussi haut
qu'il fallait, c'est-à-dire jusqu'à toucher le rocher qui
formait le plafond de la cavité. Elle le construisit
tout en pierres plates, qu'elle trouva en quantité,
éparpillées à droite et à gauche; ces pierres, étant
peu épaisses, n'étaient pas très lourdes, mais, quand
elles étaient mises l'une sur l'autre, elles formaient
un mur très solide, et comme, à l'endroit où ce mur
venait rejoindre la roche qui faisait toit, Mary eut
grand soin de mettre les pierres aussi serrées que

18

possible, il forma un tout vraiment presque aussi solide que la roche elle-même.

Cette construction fut pour Mary Bell l'œuvre de
bien des semaines; un moment, elle crut qu'elle ne
la finirait jamais; cependant, à force de patience, elle
en vint à bout. Quelquefois, quand ils venaient lui
faire visite, ses amis l'aidaient un peu dans ses opéra-
tions les moins rudes; car le gros ouvrage, tel que
de porter les pierres plates, ce fut Mary qui le fit en
entier : elle était la seule qui fût convenablement
habillée pour un semblable travail. Elle avait un gros
tablier et une paire de mitaines brunes qu'elle s'était
confectionnées tout exprès, ce qui lui permettait de
transporter les grosses pierres sans salir sa robe ou
s'abîmer les mains.

Le mur une fois achevé, les camarades de Mary
lui furent d'une aide considérable dans les travaux
d'ornementation. Ils lui récoltèrent quantité de
mousse sur les bords du ruisseau, et Mary Bell introduisit toute cette mousse, avec un peu de terre,
entre les interstices des pierres, tant à l'intérieur
qu'à l'extérieur; elle en mit aussi dans toutes les
crevasses du rocher qui formait les deux autres parois
de la grotte. Cette mousse poussa bientôt : elle bou-
cha tous les interstices et s'étendit, en quelques endroits, jusque sur la pierre elle-même. L'intérieur
prit une teinte verte des plus agréables, et la paroi
artificielle ressemblait si complètement aux deux
autres qu'on aurait dit une grotte naturelle tapissée
de mousse.

Le sol était encore dans son état primitif, c'est-à-
dire assez inégal et raboteux. Un jour Lafaine conseilla à Mary Bell de faire un pavage en mosaïque.

Elle n'avait jamais entendu parler de mosaïque, et elle demanda à Lafaine des explications. Celui-ci lui dit que c'était une espèce de pavé composé de pierres de différentes couleurs, que l'on arrangeait de façon à obtenir un joli dessin régulier. Il avait vu de très belles mosaïques en France, avant de venir en Amérique.

« Mais je ne saurai jamais m'en tirer, dit Mary, je ne pourrai jamais faire tenir les pierres ensemble.

— Oh! là n'est pas le difficile, dit Lafaine, vous n'aurez qu'à les mettre côte à côte et elles tiendront d'elles-mêmes. Il faudra d'abord que vous étendiez sur le fond de votre grotte une couche de glaise.

— Mais où prendrai-je cette terre? demanda Mary Bell.

— Vous en trouverez tout près de la rivière, et vous la transporterez dans un vieux panier. Des hommes ou des garçons se serviraient de brouettes pour cela, mais les petites filles sont obligées de se servir de paniers. Quand vous aurez transporté dans votre retraite assez de terre, vous l'étendrez de façon à en faire une couche parfaitement unie. Vous n'aurez plus alors qu'à chercher dans le ruisseau et ramasser toutes les jolies pierres que vous pourrez trouver.

— Comment faut-il qu'elles soient grosses? demanda Mary.

— A peu près grosses comme cela, » dit Lafaine en montrant son poing fermé.

Mary Bell ferma aussi son petit poing, mais il n'avait rien de terrifiant.

« Vous n'avez pas besoin de les prendre toutes de la même grosseur, dit Lafaine; si elles sont, par un

bout quelconque, aussi larges que la paume de votre
main, c'est tout ce qu'il faut. Quand vous les place-
rez, vous enfoncerez plus profondément en terre
les plus longues, comme font les paveurs des rues.
Voilà tout. Quand vous aurez réuni assez de pierres,
il faudra les trier selon leur couleur : vous mettrez
les bleues avec les bleues, les brunes avec les brunes,
et ainsi de suite. Vous essayerez, si c'est possible,
de vous procurer une grande pierre ronde et blanche
pour faire le centre. Je n'ai pas le temps de vous en
dire plus long aujourd'hui, il faut que je rentre.
Quand vous aurez réuni tous vos cailloux, je vous
montrerai la manière de vous y prendre.

— C'est ça, dit Mary Bell, j'en sais assez long pour
le moment. Il me faudra bien deux ou trois semaines
pour ramasser tout ce qui m'est nécessaire, car je ne
vais pas très souvent à ma grotte. »

Pendant toute cette conversation, Lafaine était à
cheval près de la porte de la maison ; il était venu
faire une commission de la part de Mme Henry. Il savait fort bien que Mary Bell n'allait pas vite en besogne, et lui ayant donné assez d'instructions pour
qu'elle pût travailler pendant plusieurs jours, il retourna à la maison, où il était attendu.

Mary mit encore plus de temps qu'elle ne l'avait
supposé à chercher les pierres convenables. Le premier jour, pourtant, elle en découvrit une blanche très
jolie pour le milieu de sa mosaïque. Elle était exces-
sivement lourde ; mais enfin, à force d'efforts, elle
parvint à la transporter jusqu'à l'entrée de son réduit. Ce même jour, elle trouva une vingtaine d'autres
cailloux qui lui semblèrent remplir les conditions
voulues. Ceux-ci furent très faciles à transporter. Ils

étaient de différentes nuances, et Mary Bell les tria en petits tas ; elle en fit quatre, autant de tas qu'elle voyait de couleurs dominantes.

A quelques jours de là, plusieurs fillettes du village vinrent voir Mary, et, comme toujours, elles voulurent tout de suite visiter la grotte. Quand elles surent que Mary Bell allait s'offrir un pavé de mosaïque, et qu'elle faisait collection de pierres à cet effet, toutes les petites filles furent très désireuses de l'aider. Mary Bell les mena à une portion du ruisseau où il y avait beaucoup plus de gros cailloux que dans les environs de la grotte. Elle les retirait de l'eau et, après les avoir laissés sécher un instant, chaque enfant en prenait deux, un de chaque main, et les portait à destination. Elles étaient cinq, sans compter Mary, de sorte qu'à chaque voyage elles transportaient douze pierres. Elles firent six voyages, et en portèrent en conséquence soixante-douze, ce qui grossit considérablement la collection.

Il semblait aux petites filles qu'il y avait bien assez de matériaux, et elles supplièrent Mary Bell de commencer à les poser. Elles avaient tant envie de voir l'effet que cela produirait ! Mais Mary leur dit qu'elle ne voulait pas continuer avant d'avoir revu Lafaine, qui devait lui dire la bonne manière de procéder. Elle ajouta qu'après s'être donné tant de peine pour réunir ses mosaïques, elle n'avait pas envie de se presser et peut-être de tout gâter

Quand Lafaine sut que Mary Bell n'attendait plus que ses instructions pour se mettre à l'ouvrage, il lui fit savoir qu'il viendrait avec Riquet comme aide, le samedi suivant, à moins toutefois qu'elle ne préférât faire sa besogne toute seule. Mary Bell lui fit répondre

qu'elle serait enchantée de les avoir. Bien que Lafaine reçût des gages pour travailler chez Mme Henry,
il était convenu, comme nous l'avons déjà dit, que le
samedi il avait demi-congé, et pouvait s'amuser comme
bon lui semblait. C'est pour cela qu'il avait choisi ce
jour-là pour aller avec Riquet chez Mary Bell.

Lafaine dit à Mary qu'il n'était pas nécessaire qu'elle
vînt elle-même, à moins toutefois qu'elle n'eût envie
de voir l'opération, car il pourrait très bien s'en tirer
tout seul avec Riquet. Mary Bell avait justement fort
envie d'y aller, mais il y avait en visite chez elle une
jeune fille du village qui désirait aussi beaucoup voir
faire la mosaïque : ils s'y rendirent donc tous
ensemble.

Lafaine avait apporté une petite pince ou levier de
fer, et Riquet tenait à la main un plantoir de jardin.
Lafaine lui fit aussi porter le petit levier de Mary Bell,
qui était fort léger ; il marchait avec le plantoir dans
une main et le levier dans l'autre. Mary se demandait à quoi pouvaient servir tous ces instruments,
mais elle ne voulut pas ennuyer Lafaine par des
questions oiseuses.

En arrivant à la grotte, Lafaine fut très agréablement surpris de voir la belle collection de pierres
qu'avait réunie Mary Bell. Il se mit à l'ouvrage, et,
avant deux heures l'aspect de la grotte était changé
du tout au tout. Il commença par remuer un peu la
terre au centre, puis il y établit bien solidement la
grande pierre blanche. Il choisit ensuite un certain
nombre de cailloux, les plus foncés qu'il pût trouver,
pour en former un anneau autour de la pierre blanche.
Il en prit alors quatre bleuâtres et quatre bruns. Il
posa les quatre bleus à distances égales autour de

la pierre centrale ; ensuite, il prit les quatre bruns et les posa entre les cailloux bleus, ce qui compléta l'anneau. A chaque pierre qu'il plaçait, il creusait la terre avec son plantoir, plus ou moins, selon que celle qu'il allait poser était ronde ou allongée. Il en prit ensuite d'autres, et il les arrangea si bien qu'avant d'avoir pavé un espace de deux pieds, il avait déjà formé une magnifique étoile dont la pierre blanche était le centre. Il fit autour de l'étoile un fond de couleur uniforme, et il encadra le tout avec une bordure carrée qui fut d'un excellent effet. Cette bordure n'arrivait pourtant pas jusqu'aux parois ; il y avait à peu près un pied qui n'était pas pavé. Mary Bell vit qu'il ne restait que très peu de pierres, pas assez pour finir le travail, à ce qu'elle croyait, et elle proposa à Lafaine d'aller en chercher d'autres.

Mais celui-ci répondit qu'il ne lui en faudrait pas davantage. L'espace non pavé serait occupé par les bancs, sous lesquels il n'y aurait pas besoin de mosaïque.

« Des bancs ! s'écria Mary Bell, mais je ne sais pas trop comment je pourrai jamais faire des bancs.

— C'est moi qui vais les faire pour vous, dit Lafaine, et c'est pour cela que j'ai apporté la pince de fer et votre levier. »

Mary Bell ne comprenait pas encore comment de tels outils pourraient servir à confectionner des bancs. En fait de sièges, elle ne pouvait se figurer que des bancs de bois ; mais Lafaine avait l'intention de les faire de pierre, afin que l'intérieur de la grotte fût aussi solide que l'extérieur. La mosaïque terminée, Lafaine se procura de grandes pierres plates qu'il

enterra à moitié dans la portion non pavée qui faisait
le tour de la grotte. Elles devaient servir de fondation
pour les bancs. Il alla ensuite voir sur le bord du ruisseau s'il n'en trouverait pas d'autres convenables
pour faire les sièges ; il les voulait d'une certaine
largeur, avec une surface bien unie. Quelques-unes
de ces pierres étaient très lourdes, mais, avec le secours de Riquet, et en s'aidant de la pince et du levier de bois, il parvint enfin à les amener jusqu'à
destination.

A la première pierre que Lafaine voulut faire rouler sur le sol, il s'aperçut qu'il avait eu le plus grand
tort de faire son pavé avant de poser ses bancs,
car ces grandes masses ne pouvaient manquer de
déranger la mosaïque en roulant dessus ; il alla
donc chercher à la rivière une grande quantité de
sable qu'il étendit sur son pavage pour le protéger,
et par-dessus le sable il mit encore des branches
et des feuilles. Il put alors, sans la moindre crainte,
rouler ses pierres ; et le sable eut même un très bon
effet pour la mosaïque, car il remplit tous les petits
interstices, et donna beaucoup de stabilité au tout.
Quand ces bancs furent en place, bien solidement
établis à la hauteur convenable, Mary Bell ramassa
les branches d'arbres qui avaient servi à protéger la
mosaïque, et en fit un petit balai pour enlever le sable.
Le dessin reparut alors plus beau que jamais. Toute
la société s'assit sur les bancs et se déclara très satisfaite de l'ouvrage.

Et voilà comment se fit la grotte de Mary Bell.

XII

L'INONDATION. — BELLE ACTION DE CARLO

Mme Bell avait un gros chien nommé Carlo. Son poil brun foncé était très long, très lisse et un peu frisotté du bout. Carlo était fort intelligent, mais il était très calme, très sérieux, et de plus très indépendant. Il ne venait jamais quand on l'appelait, et ne faisait absolument que ce qui lui plaisait. Quelquefois, lorsque Mary Bell revenait de l'école ou du village, il semblait enchanté de la revoir, il courait au-devant d'elle et bondissait en donnant les signes de la plus grande joie; puis, à d'autres moments, il restait couché sur le pas de la porte, le museau appuyé sur ses pattes et regardant Mary du coin de l'œil, sans remuer la tête, avec un air tout à fait indifférent. Si dans ces moments-là la jeune fille essayait de le réveiller et de le faire venir à elle, en lui faisant toutes sortes de petites avances, Carlo se contentait, en guise de réponse, de donner un petit coup de queue par terre, ce qui voulait dire: « Je vous entends très bien, mais il ne me convient pas de vous répondre. »

Riquet aimait beaucoup Carlo, mais pas plus qu'un autre il n'avait pu réussir à s'en faire obéir. Il avait fait tout au monde pour le faire répondre à l'appel, mais tout avait été inutile.

Un jour, entre autres, que Riquet était chez Mary Bell, il vit Carlo qui se tenait près de la grande porte d'entrée, regardant ce qui se passait sur la route. Riquet l'appela; Carlo tourna la tête du côté de

19

Riquet, mais ne bougea nullement. Riquet se mit alors à l'appeler de nouveau, et cette fois, avec toute l'ardeur possible, il siffla, il lui donna les épithètes les plus flatteuses, telles que : « Gentil Carlo ! bon petit Carlo ! » Il tapa sur son genou, enfin il fit les mille simagrées que les chiens sont censés comprendre, mais Carlo tenait toujours ses yeux fixés sur Riquet sans bouger d'une ligne.

« Je te ferai bien venir, » se dit Riquet, et il entra dans la maison.

Il en ressortit bientôt tenant à la main un beau morceau de viande qu'il avait demandé à Mme Bell, et il tendit l'appât au chien, en l'appelant de nouveau. Carlo ne bougea pas. Alors Riquet s'avança un peu plus près, pensant que le chien ne voyait pas la viande. Il l'appelait toujours, mais Carlo restait immobile.

« Je vais la lui faire sentir, » se dit Riquet, et alors il viendra.

Il se dirigea donc, avec infiniment de précaution, vers le chien, avec la ferme intention de lui laisser seulement flairer la viande, et de reculer ensuite pour qu'il vînt la chercher de lui-même. Mais Carlo avait compris toute la manœuvre, et il attendit bien tranquillement jusqu'à ce que la viande fût assez près de lui pour qu'il pût la saisir sans faire de mouvement. En un instant, elle fut happée et avalée. Riquet resta confondu. Carlo remit sa tête bien exactement dans la position qu'elle occupait auparavant, et regarda Riquet du coin de l'œil avec l'expression la plus calme et la plus innocente du monde.

Carlo aimait l'eau avec passion, et quand Mary Bell allait du côté de sa grotte, il voulait toujours

l'accompagner. Il comprenait, par je ne sais quel
instinct, qu'elle devait s'y rendre, et il prenait les
devants au triple galop. En arrivant, Mary le trouvait
toujours à se baigner dans le ruisseau, et le jour de
la visite de Madeleine et de Riquet, il fit le manège
ordinaire.

Lorsque Madeleine eut assez examiné les images et
les oiseaux, elle proposa à Mary Bell d'aller retrouver
Riquet. Toutes les deux remontèrent sur la terrasse pour serrer leur ouvrage et prendre leurs cha-
peaux.

En sortant de la maison, Mary se dirigea vers un
petit hangar afin d'y prendre ce qu'elle appelait sa
houlette. C'était un long bâton dont le bout re-
courbé lui donnait tout à fait l'air d'une houlette
de berger. Mary Bell n'allait presque jamais se promener sans son bâton ; il lui était commode dans les
endroits difficiles, et de plus il lui tenait compagnie.
Le temps lui avait donné une belle teinte sombre.
Mary l'avait trouvé par hasard ; elle avait été frappée
de sa forme bizarre, l'avait coupé et l'avait rapporté à la maison. Lafaine l'avait pelé et verni. Il y
avait deux ans que ce bâton était le fidèle compa-
gnon de Mary Bell dans toutes ses expéditions.

Pendant que Mary cherchait sa houlette, Carlo
arriva sous le hangar en sautant d'un air très joyeux.
Il tourna autour de Madeleine et de son amie, en
jappant et en bondissant ; puis, tout à coup, il quitta
le hangar et prit le chemin de la grotte, en courant
de toutes ses forces.

« Il sait où nous allons, dit Mary.

— Mais comment peut-il le savoir? demanda Madeleine.

— Je crois, dit Mary Bell, que c'est parce qu'il me voit prendre ma houlette. Tu vas voir, il va courir jusqu'à la porte, qu'il ouvrira, et puis là il nous attendra.

— Mais, s'écria Madeleine, je n'ai jamais entendu parler d'un chien qui pût ouvrir une porte!

— Oh! si, dit Mary Bell, Carlo du moins le fait très bien; il l'ouvre avec sa patte. Tu verras. »

Mais Madeleine n'arriva pas à temps pour voir l'opération; Carlo courait si vite qu'il ouvrit la porte avant l'arrivée des deux jeunes filles. Cette porte donnait sur la route, presque en face d'un sentier qui menait dans les bois; elle se fermait au moyen d'un poids et d'une chaîne. Un bout de cette chaîne était attaché au battant, et l'autre était fixé à un petit poteau qui se trouvait à l'intérieur. Ceux qui allaient de la maison à la route n'avaient qu'à la pousser, et le poids la refermait sitôt qu'ils avaient passé. Carlo avait appris à l'ouvrir avec sa patte, et quand il savait que sa maîtresse arrivait, il ne manquait jamais de la tenir ouverte jusqu'à ce qu'elle fût entrée; cette politesse lui valait toujours de la part de Mary une petite tape d'amitié, soit avec sa main, soit avec le bout de sa houlette.

Madeleine et Mary Bell, en arrivant à la porte, trouvèrent le chien appuyé tout contre pour empêcher qu'elle se refermât. Dès qu'elles eurent passé, Carlo les suivit, et le poids fit retomber la porte d'elle-même. Le chien s'arrêta un moment pour recevoir la caresse habituelle, puis disparut dans le petit sentier.

Mary Bell et Madeleine le suivirent. Le chemin qui était très rapide, passait au milieu des buissons et des rochers, et aboutissait au petit ruisseau, qui, grossi par les dernières pluies, bondissait sur son lit de pierres avec impétuosité. La beauté du spectacle impressionna vivement Madeleine ; elle craignait de s'approcher du bord, car elle pensait que, si elle tombait dans l'eau, elle serait immédiatement entraînée. Mary la tint par la main et l'assura qu'il n'y avait aucun danger. Quant à Carlo, il n'avait évidemment pas besoin d'être rassuré ; Mary et Madeleine l'apercevaient entre les arbres, se jetant dans le ruisseau et le traversant à la nage, d'une rive à l'autre, comme s'il n'aimait que mieux l'eau pour être abondante et tumultueuse.

Cependant Madeleine ne pouvait s'empêcher d'être inquiète de Carlo, et elle supplia Mary de le rappeler. Mary le fit en effet et d'une voix très sévère ; mais ce fut en vain ; Carlo n'en tint aucun compte, non par désobéissance, mais bien parce que le fracas de l'eau l'assourdissait et l'empêchait complètement d'entendre la voix de sa maîtresse. Enfin, Mary, voyant qu'elle ne pouvait réussir, se décida à continuer sa promenade avec Madeleine. Il leur fallut escalader des rochers qui vraiment n'étaient pas très commodes.

« Lorsque les eaux ne sont pas aussi hautes, il y a un meilleur chemin, dit Mary, mais aujourd'hui il est presque entièrement sous l'eau. Le pont même est submergé.

— Et alors comment ferons-nous pour traverser le ruisseau? demanda Madeleine.

— Nous n'avons pas besoin de le traverser du tout, répondit Mary Bell. En prenant mon sentier, on passe l'eau d'abord sur des pierres, et ensuite on

revient par le pont; mais nous pouvons très bien rester sur cette rive, à la condition pourtant d'escalader
quelques rochers.

— Ce n'est rien que cela, dit Madeleine ; pour ma
part, j'aime beaucoup à grimper sur les rochers. »

Les deux amies continuèrent leur promenade;
partout où le sentier était sec, elles le suivaient, mais
aux endroits où il était sous l'eau, elles étaient obligées de faire un détour sur les roches et dans les
broussailles qui croissaient au bord. Elles s'arrêtèrent
bien souvent pour admirer les cascades que formait
le ruisseau par-dessus les rochers, et les petits gouf-
fres qui bouillonnaient partout où le lit était profond. A un certain endroit, il se formait un très
grand tourbillon, et l'eau, après avoir tourné en
rond, se faisait jour entre deux rochers et s'échappait
comme un torrent. Madeleine et Mary Bell s'amusèrent quelque temps en jetant chacune, au même
instant, un bâton dans l'eau; ces bâtons descendaient le ruisseau jusqu'au tourbillon, faisaient plusieurs cercles, et celui qui s'échappait le premier
par la petite sortie, entre les deux rochers, avait
gagné. Elles appelaient ces morceaux de bois leurs
bateaux.

Enfin elles parvinrent à la grotte, où elles trouvèrent Riquet installé sur un des bancs de pierre. Il
y avait déjà fort longtemps que ces bancs avaient
été placés, et la mousse que Mary Bell avait plantée
tout autour avait tellement poussé que les sièges
semblaient vraiment encaissés dans la verdure.
C'était d'un effet charmant. Riquet avait aperçu de
fort loin Madeleine et Mary, et Carlo, qui avait assez
de la natation, était là, lui aussi, et s'était couché à la

porte du réduit, ses deux pattes de devant étendues toutes droites devant lui.

Riquet raconta aux jeunes filles qu'il avait remonté le ruisseau beaucoup plus haut, et qu'il avait même découvert une île. Madeleine eut tout de suite une très grande envie d'y aller, et Riquet leur ayant assuré qu'il n'y avait aucune difficulté à y arriver, tous les trois se mirent en route. Riquet marchait en éclaireur. Ils ne rencontrèrent en effet aucun obstacle ; mais une fois sur l'île qu'avait découverte Riquet, ils se trouvèrent dans une très mauvaise position. Je vais vous conter ce qui leur advint.

A proximité de l'île, ils découvrirent que ce n'était, en temps ordinaire, qu'un petit promontoire couvert de buissons et d'arbres, qui se trouvait transformé en île à cause de l'eau qui s'était étendue tout autour. Riquet montra aux deux jeunes filles des pierres par lesquelles on pouvait facilement aborder, et les trois enfants, ayant choisi un joli endroit sur les rochers au bord du ruisseau, s'y installèrent avec Carlo.

Ils n'étaient pas assis depuis cinq minutes, qu'ils remarquèrent que le chien examinait l'eau avec inquiétude, comme s'il y voyait quelque chose d'inaccoutumé.

« Qu'est-ce que tu as, Carlo ? dit Mary.

— Il voit quelque chose dans l'eau, dit Riquet. C'est un poisson, une truite peut-être ; » et Riquet se leva et alla examiner l'eau très attentivement.

Carlo se leva aussi et se mit à aboyer. Il semblait très excité et courait de droite et de gauche.

« Qu'est-ce que cela peut être ? dit Madeleine.

— Moi, je vais vous dire ce que c'est, fit Riquet ;

ce doit être quelque animal sauvage, quelque loutre qui aura été chassée de son trou par l'inondation. »

Carlo courut derrière les enfants à la portion de l'île qui était adossée à la terre ferme, et revint un instant après tout dégouttant d'eau ; il se planta droit devant eux, et se secoua furieusement, comme le font les chiens quand ils sont mouillés. Les enfants furent tout éclaboussés et se levèrent précipitamment en riant et en poussant des cris. Le chien courut de l'autre côté de l'île et disparut de nouveau.

Tout à coup Mary Bell remarqua que l'eau avait beaucoup monté depuis leur arrivée. Une pierre sur laquelle elle avait posé le pied était maintenant complètement sous l'eau.

« Vois donc, Riquet, s'écria-t-elle, comme l'eau monte ! Qu'est-ce que cela veut dire ? Dépêchons-nous ; il faut que nous quittions cette île au plus tôt.

Ils se mirent en effet à courir du côté de l'île qui touchait à la terre, et par où Carlo avait disparu, mais il était trop tard. L'eau, pour une raison ou pour une autre, avait subitement monté et avait recouvert toute la partie basse du rivage, de façon à leur couper la retraite. Elle croissait d'instant en instant. Carlo nageait comme un fou d'une rive à l'autre, et exprimait de mille manières l'inquiétude qu'il éprouvait pour les enfants.

Madeleine et Riquet furent très effrayés en se voyant, à ce qu'ils croyaient, sur le point d'être engloutis, et ils se mirent à crier. Mary Bell elle-même semblait un peu émue d'abord, mais elle se remit bientôt et fit son possible pour tranquilliser ses amis ; elle les gronda même de s'être laissés aller à toutes ces lamentations.

IX

DÈS QU'IL APERÇUT LES ENFANTS (P. 139.)

20

« Mais, dit Riquet pour se justifier dès qu'il put parler, sais-tu, Mary, que nous allons être noyés?

— Qu'est-ce que cela fait? fit Mary Bell. C'est une mort très douce que de mourir noyé; et puis il est tout aussi aisé de se noyer tranquillement que de se noyer en criant. »

Riquet ne put s'empêcher de rire. Madeleine semblait toujours épouvantée, toutefois ni l'un ni l'autre ne bougeait.

« Qu'allons-nous faire? s'écria Madeleine d'un ton désespéré.

— Je n'en sais vraiment rien, dit Mary, je n'ai pas encore eu le temps d'y réfléchir; mais ce que je sais fort bien, c'est que nous ne courons aucun danger réel; l'eau ne pourra jamais monter jusqu'au sommet de cette île. »

Et Mary, en disant ces mots, regardait le rivage : il était clair que l'eau montait toujours; elle avait crû de plusieurs pouces en peu d'instants.

« Nous ferons mieux de crier, dit Riquet; peut-être que quelqu'un nous entendra et viendra à notre secours.

— Non, dit Mary, je vais plutôt envoyer Carlo à la maison pour qu'il ramène Joseph. Joseph l'expédie souvent pour lui chercher des choses qu'il a oubliées, et, s'il est de bonne humeur, il s'en acquitte très bien. Je vais l'envoyer. »

Elle appela le chien, qui sortait de l'eau, et lui montra du doigt le chemin de la maison; puis elle lui dit de ce ton calme et doux qu'elle avait entendu prendre à Joseph quand il voulait se faire obéir de Carlo :

« Va à la maison, Carlo, va chercher Joseph. »

Carlo se précipita dans l'eau et gagna le bord à la nage ; quand il eut grimpé sur la berge, il se secoùa violemment et partit comme une flèche. Il franchit les fossés, escalada les rochers, traversa à la nage les flaques d'eau qui se trouvaient sur son passage, et arriva enfin à la porte, qu'il poussa devant lui. Il enfila l'allée qui menait à la maison, et, par bonheur, il rencontra Joseph qui se rendait au jardin. Il se précipita vers lui en aboyant de toutes ses forces, et quand il crut avoir réussi à attirer son attention, il reprit le chemin du ruisseau en se retournant plusieurs fois pour voir si l'homme le comprenait. Mais celui-ci, qui prenait toutes ces démonstrations pour un accès de gaieté et rien de plus, continua son chemin vers le jardin ; Carlo revint à la charge, se mit à aboyer de nouveau, et essaya même de tirer Joseph par le bras. Celui-ci voulut le faire finir, et pour donner de la force à ses paroles, il lui allongea quelques coups de pied ; mais, comme Carlo ne cessait de sauter et de gambader, il ne reçut pas grand'chose. Dans la mêlée Joseph perdit son chapeau ; Carlo le saisit dans sa gueule et l'emporta, en se retournant pour voir s'il était suivi. C'est ce que le jardinier ne manqua pas de faire pour rentrer en possession de sa propriété ; il s'arrêta et ramassa une pierre, qu'il lança au chien dans l'espoir qu'il lâcherait sa proie ; mais Carlo n'en courut que plus vite.

Enfin il atteignit la porte, qu'il ouvrit en regardant toujours derrière lui, pour voir si Joseph arrivait. Celui-ci avait fini par comprendre que tout ce manège voulait sûrement dire quelque chose, et il se décida à suivre le chien sans plus tarder. Il le mena tout droit au ruisseau, et quand Joseph vit la hauteur de l'eau, il se dit tout de suite que quelque chose d'extraordinaire avait dû se passer. Il suivit Carlo au plus vite, et il arriva bientôt à l'île, où l'on avait un si grand besoin de son secours. Dès que le jardinier aperçut les enfants, l'animal ouvrit la gueule et lâcha le chapeau.

Joseph n'eut pas de peine à tirer les naufragés de leur mauvaise position; il entra dans l'eau et les transporta dans ses bras. Du côté des terres, l'eau n'avait guère plus de trois pieds de profondeur, et ils auraient très bien pu s'en tirer tout seuls.

Mary ne comprenait pas comment le ruisseau avait pu monter si subitement, quand il n'avait pas plu depuis deux jours, et que les eaux semblaient se retirer partout ailleurs. Voici ce qui s'était passé : le barrage d'un moulin, qui se trouvait sur le courant, un peu plus haut que la grotte de Mary, avait été miné par la pression de l'eau et s'était rompu à peu près au moment où les enfants commençaient leur promenade, et c'était toute l'eau du barrage arrivant en masse qui avait causé l'inondation.

XIII

LE BATEAU DE PARKER

Dans ses projets, soit d'amusement, soit de travail, Mary Bell était beaucoup plus prévoyante que ne le sont en général les enfants de son âge; c'était un des côtés distinctifs de son caractère. Quand elle faisait quelque chose, elle n'était jamais satisfaite d'un plaisir momentané, il lui fallait toujours un résultat du-

rable et définitif. Quand elle faisait une promenade
dans les bois avec ses compagnes, celles-ci se contentaient de faire des bouquets avec les belles fleurs
et les belles mousses qu'elles rencontraient; mais
Mary Bell voulait toujours les fleurs et les mousses
avec leurs racines, et, de retour à la maison, elle les
plantait soit dans le jardin, soit entre les pierres du
vieux mur. Elle préférait aussi de beaucoup avoir
dans son enclos de petits chênes, des pommiers et
d'autres arbres permanents, que d'y cultiver des fleurs
annuelles qui, bien que fort belles, ne lui plaisaient
pas à cause de leur peu de durée.

Elle avait, dans un coin de son jardin, tout un petit bois de chênes qu'elle avait fait venir en plantant
des glands. Il avait quatre ans et il était plus grand
qu'elle; elle comptait bientôt y faire mettre un banc.
Elle avait aussi plusieurs pommiers et poiriers qui
étaient sur le point de porter des fruits; elle possédait
même un oranger et un citronnier qu'elle avait fait
venir en pot. D'ailleurs, la persévérance avec laquelle
elle travailla à sa grotte et au sentier qui y menait
est la meilleure preuve de l'intérêt qu'elle trouvait à
toute besogne durable.

Jamais elle ne négligeait non plus une occasion
d'acquérir un petit talent ou d'apprendre un travail
nouveau qui pouvait, un jour ou l'autre, lui être
utile. Si elle voyait faire à quelqu'un un point de
filet ou de broderie qu'elle ne connaissait pas, ou un
nouveau genre de dessin, elle examinait la façon
de faire avec beaucoup d'attention, afin de pouvoir
l'imiter à son tour, tandis que la plupart des autres
jeunes filles se seraient contentées de demander qu'on
leur en donnât un échantillon.

Un jour que Mary Bell était en visite chez son amie
Caroline, elle y rencontra une tante de celle-ci,
M{::}^{lle} Marianne. Cette demoiselle, qui arrivait de New-
York, faisait une bourse de soie au filet, d'après
une méthode toute nouvelle et fort ingénieuse
qu'elle avait apprise à la ville. Caroline et Mary s'assirent à côté d'elle, et toutes les deux la regardèrent travailler avec un intérêt très vif, mais bien
différent. Caroline ne prêtait aucune attention au
travail, mais à chaque instant elle prenait la portion
terminée de la bourse et en admirait le joli dessin et
les brillantes couleurs; Mary, au contraire, ne quittait pas des yeux les doigts de M{::}^{lle} Marianne, elle
examinait la forme des aiguilles et la manière dont
le point se faisait. Au lieu de la prier de lui faire
une bourse, si elle lui eût demandé quelque chose,
c'eût été de lui laisser prendre l'aiguille et un bout
do soie, et de lui montrer le point, afin qu'elle
apprît à la faire elle-même. M{::}^{lle} Marianne remarqua
tout l'intérêt que Mary semblait prendre à l'ouvrage, et elle le lui plaça entre les mains en lui
disant :

« Essayez un peu, Mary, vous le ferez très bien. »
Mais Mary avait peur d'abîmer la bourse.

« Il n'y a pas de danger, fit M{::}^{lle} Marianne; d'ailleurs, si vous vous trompez dans quelques mailles,
il n'y aura pas grand mal, je pourrai très facilement
les défaire. »

Mary accepta; et comme elle avait déjà bien étudié
le point, elle ne fut pas du tout embarrassée et, avec
quelques conseils, elle réussit à merveille.

M{::}^{lle} Marianne proposa alors à Caroline d'essayer
aussi, mais Caroline n'y semblait pas disposée.

« Je ne pourrai jamais y parvenir, j'en suis sûre, dit-elle.

— Mais pourquoi ne le ferais-tu pas aussi bien que Mary? dit Mlle Marianne, tu m'as regardée travailler tout aussi longtemps qu'elle. »

Caroline avait regardé tout aussi longtemps que Mary Bell, c'était vrai, mais elle n'avait en aucune façon suivi le travail; elle n'y avait fait aucune attention. Il ne lui était pas agréable de se laisser dépasser par Mary Bell, aussi prit-elle la bourse en main, mais sans avoir la plus petite idée de ce qu'il fallait faire.

Après quelques tentatives des plus gauches, dans lesquelles sa tante fit son possible pour l'aider par des explications continuelles, Caroline lui rendit l'ouvrage en disant qu'elle ne pourrait jamais exécuter ce genre de travail, tandis qu'elle ne savait pourquoi Mary y réussissait toujours.

Mary réussissait mieux que Caroline, simplement parce qu'elle commençait d'abord par diriger toute son attention sur les quelques points d'où dépend le succès, et qu'elle persévérait ensuite avec une très grande patience. Il faut dire que toute nouvelle chose qu'elle étudiait lui était rendue très facile par l'adresse que ses doigts avaient acquise en apprenant tant d'autres choses auparavant. Ce qui est vrai pour le progrès dans les travaux intellectuels l'est également pour les travaux manuels : plus on apprend, plus on a de facilité à apprendre. Quelqu'un qui sait jouer de la flûte n'aura pas grand'peine à jouer du violoncelle à cause de la flexibilité qu'il aura déjà acquise dans les doigts.

On a vu des gens qui savaient bien se servir de plusieurs instruments, nullement embarrassés si on leur mettait entre les mains un instrument nouveau pour eux, et en jouer du premier coup d'une façon très tolérable. Cela devrait servir d'encouragement aux jeunes gens et les stimuler à toujours chercher à savoir.

Peu importe ce qu'ils étudient : si une chose ne leur est pas utile en elle-même, du moins leur facilitera-t-elle la compréhension d'autres choses.

Mary Bell n'était pas seulement adroite à tous les petits travaux dont je viens de parler, elle était aussi très ingénieuse à combiner des plans d'amusement pour les autres enfants, et cela, sans se mettre en avant et sans avoir l'air en aucune façon de vouloir jouer le premier rôle.

A l'époque où elle avait imaginé et exécuté sa grotte et le sentier qui y menait, elle était fort jeune, et n'avait alors aucune objection à travailler en plein air, à porter de grosses pierres et même à bêcher la terre ; mais, vers douze ou treize ans, ses idées changèrent ; elle trouva que de pareils travaux n'étaient convenables que pour des hommes, ou plutôt pour des garçons, et bien qu'elle y prît encore un très grand intérêt, elle ne se chargea plus de les exécuter elle-même. Mais elle aimait encore beaucoup à combiner des travaux qu'elle dirigeait ensuite, toujours avec modestie et sans la moindre présomption. Il faut que je vous parle ici d'un de ses projets qui consistait à créer un chemin pour arriver au Pic, à cause de certaines circonstances qui s'y rapportent et que je vous dirai dans un chapitre subséquent.

Le Pic était un rocher pointu qui dominait le village. Quand on était parvenu au sommet on jouis-

sait d'une vue magnifique sur tout le pays d'alen-
tour; et même, d'un rocher plat qui se trouvait à mi-
chemin on découvrait le village, l'étang, le ruisseau
formé par le trop-plein et courant à la rivière,
qui elle-même serpentait le long de la vallée; tout
cela se déroulait sous les yeux comme une carte de
géographie. Ce n'était pas chose facile que d'arriver à
ce rocher. Il existait bien une espèce de sentier qui y
menait, mais il y avait des endroits tout à fait enva-
his par les broussailles, et d'autres extrêmement
boueux à cause des sources qui s'échappaient de la
montagne. Dans une portion, il y avait même un petit
ruisseau qui coulait au beau milieu du sentier, précisément à un endroit où l'on ne pouvait guère
passer ni à droite, ni à gauche; et avant d'arriver au
sommet du Pic, on était obligé de suivre un chemin
composé de pierres détachées qui manquaient à
chaque instant sous les pieds, et qui menaçaient de
dégringoler en masse le long de la montagne.

Ce fut à l'occasion d'un lancement de bateau qu'il
fut d'abord question de réparer le sentier du Pic. Un
des garçons du village, c'était Parker, était parvenu
à construire et à gréer, avec le secours d'un matelot
qui travaillait chez son père, un petit navire de
deux pieds de long. Parker comptait le lancer sur
un ruisseau qui coulait dans un pré derrière la
maison de son père, et il avait engagé tous ses amis,
tant filles que garçons, à assister à cette cérémonie.
A l'heure convenue, tous les enfants arrivèrent; il y
en avait de tout âge, et pendant que Parker et ses
aides disposaient les coulisses et les rouleaux, les invités s'assirent sur les pierres et les bancs de gazon
et les regardèrent travailler tout en causant. Le Pic

n'était pas très loin d'eux et se dressait majestueusement contre le ciel.

Parker eut dans ses préparatifs quelques contrariétés, qui causèrent forcément du retard. Les enfants s'impatientaient; Caroline, qui était du nombre, s'approcha de Parker et lui dit:

« Allons, dépêchez-vous donc, nous sommes tous fatigués d'attendre. »

Ceci eut pour effet d'augmenter encore l'agitation et l'embarras de Parker, et l'ouvrage n'en alla que plus lentement. Caroline n'avait aucune intention de produire cet effet, elle avait seulement parlé sans réfléchir.

Mary Bell, au contraire, se sentit tout de suite très désireuse, si c'était possible, de diminuer l'ennui que devait éprouver Parker, et non de l'augmenter. Elle pensa que le meilleur moyen serait d'amuser ceux qui attendaient par quelque chose de nouveau, et de détourner leur attention du bateau et des préparatifs. Elle se décida à commencer par les petits enfants. Elle prit par la main Madeleine et une autre petite fille du même âge, et elle les mena un peu plus loin, à un endroit où le sentier était large et uni.

« Voyons, dit-elle, combien de plantes différentes nous pourrons trouver ici? Nous prendrons un échantillon de chacune et nous les rangerons par terre dans le sentier. Voyons combien en trouverez-vous?

— Oh! beaucoup! dit Madeleine; j'en trouverai bien dix !

— Mais il faut que tous les échantillons soient jolis, dit Mary, pas plus longs que ton pouce, et il ne faut pas qu'il y en ait deux pareils. »

En disant ces mots, Mary se baissa et prit dans le

gazon deux petites herbes d'espèces différentes, mais
toutes les deux de forme ravissante, et elle les posa
dans le sentier, à peu près à six pouces l'une de
l'autre, pour former le commencement de la rangée.

« Maintenant, continua-t-elle, essayez d'en trouver
tant que vous pourrez, mais avant de les placer, exa-
minez bien le reste de la rangée afin qu'il n'y en
ait pas deux semblables. »

Madeleine et son amie se mirent à l'ouvrage avec
grand plaisir ; les autres petites filles et petits garçons
vinrent bientôt voir ce qu'elles faisaient, et les uns
après les autres se joignirent à leur travail. Quand
Mary les vit bien en train, elle les quitta en leur
disant qu'elle reviendrait bientôt voir s'ils avaient
fait une très longue rangée, et elle alla rejoindre le
reste de ses camarades.

Il n'y avait parmi les filles qu'un seul garçon nommé
Arthur ; tous les autres étaient autour du bateau à
examiner les préparatifs. Caroline était la plus âgée
des jeunes filles, mais il y en avait plusieurs qui étaient
à peu de chose près de son âge. Justement, au moment où Mary Bell vint les rejoindre, leur sujet de
conversation était épuisé et il y eut un silence de
quelques instants.

« Mon Dieu ! dit Caroline, sont-ils longs à préparer
leur affaire ! ils devraient bien commencer ; mais,
dites donc, Mary Bell, qu'avez-vous donné à faire à
ces petits ? »

Mary Bell se mit à rire, mais ne répondit pas.

« Le Pic fait un effet magnifique aujourd'hui, dit
Caroline.

— Je voudrais bien être là-haut, dit Arthur, si je
pouvais voler, j'irais tout droit... »

Il se baissa, ramassa une pierre et, la jetant en l'air de toutes ses forces dans la direction du Pic, il ajouta :

« Comme ça.

— Je crois, dit Mary Bell, que le sentier pourrait bien facilement être réparé.

— Mais qui pourrait le faire? demanda Caroline.

— Les garçons, fit Mary.

— Les garçons? répéta Caroline d'un ton de mépris, ils aiment bien trop à s'amuser pour jamais faire un travail comme celui-là, je vous assure.

— Je crois, au contraire, que cela pourrait beaucoup les amuser, si on leur faisait un plan général et qu'on leur distribuât l'ouvrage.

— Mais il n'y a personne pour se charger de cela, dit Caroline.

— Si, vous le feriez très bien, dit Mary.

— Oh non! je ne sais rien combiner, dit Caroline. Et puis, je ne crois pas que, même si je me donnais la peine de tout arranger, les garçons voudraient exécuter le travail. Je vais le leur demander. Dites donc, les garçons!

— Non, non, dit Mary, ne leur demandez pas encore; attendez que vous ayez formé votre plan. D'ailleurs ils sont beaucoup trop occupés du bateau dans ce moment-ci pour écouter quoi que ce soit.

— Mais quelle espèce d'arrangement pourrais-je faire? demanda Caroline.

— Vous pourriez peut-être diviser le sentier en quatre ou cinq parties, et chaque partie serait confiée à deux filles.

— C'est deux garçons que vous voulez dire, reprit Caroline, des filles ne pourraient jamais faire le travail.

— C'est très vrai, dit Mary, mais elles pourraient en être responsables. Ce seraient leurs frères qui feraient l'ouvrage et elles qui leur porteraient à boire pendant qu'ils rempliraient leur tâche.

— Mais quelques-unes d'entre nous n'ont pas de frères, dit Caroline.

— Alors il faudra que celles-là trouvent des cousins ou des amis pour faire leur portion de la corvée.

— C'est un très bon arrangement, dit Caroline.

— Vous pourriez aussi marquer les divisions du sentier par de grosses pierres bien unies sur une face, les garçons n'auront pas de peine à les placer, et alors il faudra inscrire dessus le numéro d'ordre de la division, et les initiales des deux jeunes filles qui en sont chargées.

— Oui, très bien, dit Caroline.

— Seulement, il faudrait tout en haut, reprit Mary, une plus grosse pierre qui fasse monument, et là-dessus on gravera votre nom, parce que c'est vous qui aurez surveillé et dirigé toute l'œuvre.

— Oh non! dit Caroline, je n'aimerais pas à voir mon nom inscrit dans un endroit si public.

— Ce ne sera pas votre nom tout au long, dit Mary, seulement vos initiales; un C. pour Caroline, ou peut-être C. R. Carolina Regina, c'est-à-dire, Caroline la Reine, car vous seriez bien la reine de toute l'entreprise; et puis, notre monument n'a pas besoin d'être dans un endroit très public, nous pourrons très bien le placer au bout du sentier, dans un lieu retiré. »

Caroline commençait à prendre un très grand intérêt à ce projet, et elle mourait d'envie de le soumettre aux jeunes gens, mais Mary Bell lui dit qu'ils

allaient d'un moment à l'autre lancer leur bateau et
qu'il valait mieux attendre le moment du goûter pour
proposer l'affaire. Parker avait préparé une collation
dans un petit bosquet voisin, à laquelle tous ses amis
devaient prendre part après le lancement du navire.

« Ce serait alors, disait Mary, le meilleur moment
pour faire une proposition pareille. »

Presque aussitôt ils entendirent Parker qui criait :
« Arrivez donc, nous sommes tous prêts. »

Le lieu qu'il avait choisi pour faire son opération
était un endroit où l'eau du ruisseau, après avoir
couru quelque temps dans un canal resserré, formait
une espèce de bassin et se déversait ensuite sur la
gauche en plusieurs cascades. Ce fut à ce tournant
qu'il posa les coulisses afin que le bateau, une fois
lancé, remontât aisément, et comme l'eau était en cet
endroit tout à fait calme, il pensait qu'il ne rencon-
trerait aucun obstacle dans sa course et irait fort
loin. Mais pour empêcher qu'il ne vînt toucher contre
le rivage à l'extrémité opposée, et aussi pour terminer le lancement d'une façon tout à fait vraie et
sérieuse, Parker avait fixé à l'avant une ancre qui
serait jetée au moment convenable et qui devait
arrêter la marche du bateau. C'était du moins l'effet
qu'il en espérait.

Le navire étant trop petit pour contenir un vrai
matelot, il fallut nécessairement trouver un moyen
autre que celui généralement en usage pour jeter
l'ancre. Voici ce qu'imagina Parker.

Il posta un de ses camarades sur le bord du ruisseau, à peu près au milieu de l'espace que devait par-
courir l'embarcation. Il y avait là une pierre sur laquelle ce camarade pouvait s'asseoir bien à son aise,

et Parker lui donna à tenir le bout d'un fil noir; l'autre bout du fil était attaché au bateau ou plutôt à un petit morceau de bois sur lequel Parker avait posé l'ancre en travers, ce qui fait qu'en tirant le fil l'ancre devait nécessairement sauter par-dessus le bord. Cette manœuvre devait rester un profond secret pour les jeunes filles, qui ne sauraient jamais par quel moyen l'ancre avait été jetée. Le gamin qui tenait le bout de fil avait ordre de prendre un air tout à fait dégagé et indifférent, comme s'il ne jouait aucun rôle et était simple spectateur.

Quand Parker donnerait l'ordre de jeter l'ancre, il devait tirer doucement le fil en tenant sa main toujours cachée du côté opposé aux spectateurs; puis dès que l'ancre serait détachée, il devait laisser aller le fil qui se perdrait dans l'eau.

La manœuvre réussit admirablement. Les enfants se rangèrent en demi-cercle autour du bateau afin que tout le monde pût voir. La cale de bois qui le retenait fut retirée et il glissa parfaitement sur ses coulisses. Dès que Parker le vit dans l'eau il cria :

« Trois bons houras pour la *Caroline !* »

Les houras furent poussés avec enthousiasme, les garçons crièrent en agitant leurs casquettes, et les filles battirent des mains. Le bateau glissa sur l'eau d'abord rapidement, puis, l'impulsion qu'il avait reçue perdant de sa force, il diminua graduellement de vitesse. Enfin Parker donna l'ordre de jeter l'ancre et tous les spectateurs la virent tomber dans l'eau avec un petit plongeon. Le navire s'arrêta bientôt, puis, reprenant le courant avec un mouvement très gracieux, il flotta un peu plus loin et s'arrêta enfin pour tout de bon au milieu du ruisseau où l'ancre le maintint solidement.

Le lancement était opéré, les enfants se dirigèrent en différents groupes vers le bosquet où l'on avait préparé le goûter. Caroline les engagea à se dépêcher en leur disant :

« Vite, vite, allons goûter, et après cela je vous conterai un plan que j'ai combiné pour réparer la route du Pic. »

XIV

CARLO EST PERDU

Ce fut vers ce temps que Carlo, le chien de Mme Bell, fut perdu, et Lafaine et Mary eurent une foule d'aventures en cherchant à le retrouver.

Joseph, le jeune homme qui travaillait chez Mme Bell, était la personne de toute la maison qui était le plus en contact avec Carlo. Il n'aimait guère les chiens et ne faisait aucune attention à celui-ci, ce qui explique le peu d'influence qu'il avait prise sur lui. Quand Joseph allait quelque part, Carlo était libre de le suivre ou de ne pas le suivre. Cela ne faisait absolument rien à Joseph ; si le chien venait, il ne lui disait rien, et s'il restait, cela lui était également indifférent.

Il faut dire que cela n'aurait rien changé aux choses quand bien même Joseph aurait fait savoir sa volonté à Carlo, car celui-ci n'en aurait certainement

tenu aucune espèce de compte. Carlo avait-il mis dans
ses projets d'accompagner Joseph soit aux champs,
soit au village, les défenses les plus absolues ne l'en
auraient pas empêché; avait-il, au contraire, décidé
qu'il resterait à la maison, toutes les avances et
toutes les caresses du monde ne l'en auraient pas fait
bouger.

Un jour, Joseph devait se rendre en charrette jusqu'à la ville qui était assez éloignée pour qu'il ne fût
pas commode d'y aller et d'en revenir dans la même
journée. Il avait donc arrangé qu'il coucherait à la
ville et qu'il ne reviendrait que le lendemain. Le
jour du départ venu, il se leva et fit ses préparatifs
de grand matin, afin d'être prêt à partir immédiatement après le déjeuner. Carlo décida, de son côté,
qu'il irait aussi; il était clair qu'on méditait une excursion. Il en ignorait le but, mais il voyait que le
cheval et la charrette en faisaient partie, et il était
bien décidé à s'y joindre. Aussi, quand Joseph attacha
son attalage au poteau qui était derrière la maison
et le laissa là pendant qu'il allait déjeuner, Carlo
alla se coucher tout tranquillement sous la voiture.
Joseph pensait à mille autre choses et ne fit aucune
attention au chien.

Après avoir déjeuné et écouté les dernières recom-
mandations de Mme Bell à qui il dit adieu ainsi qu'à
Mary, Joseph détacha le cheval, monta sur le siège
et partit. Il venait de se mettre en route quand il entendit Mary Bell qui criait :

« Carlo! Carlo! ici, Carlo! »

Il se retourna, et vit le chien qui trottait derrière
lui et qui, bien évidemment, était résolu à ne pas
écouter la voix de sa maîtresse.

« A la maison, Carlo ! cria Joseph d'un ton sévère, à la maison ! »

Mais Carlo fit la sourde oreille et continua à suivre la charrette. Joseph, qui était toujours occupé du chien, arrêta son cheval. Carlo s'arrêta immédiatement aussi. Joseph regarda Carlo, qui à son tour le regarda fixement. Alors Joseph se pencha en arrière aussi loin qu'il put et allongea un coup de fouet à l'animal qui ne bougea pas ; il voyait fort bien que le fouet n'était pas assez long pour l'atteindre.

Joseph fit passer son cheval sur un côté de la route et descendit de la charrette afin de chasser Carlo vers la maison. Mais, pendant qu'il exécutait ce mouvement, le chien, toujours à la même distance, s'était assis tranquillement sur le bord de la route. Joseph s'avança vers lui en brandissant son fouet et en criant :

« A la maison ! à la maison, Carlo !

Celui-ci battit en retraite, mais pas plus qu'il ne fallait pour être hors de portée du fouet, et sans cesser un seul moment de regarder Joseph.

Ce dernier se baissa et ramassa plusieurs pierres ; mais Carlo, qui s'y attendait, bondit en arrière assez loin pour échapper aux projectiles. Joseph lui en lança deux ou trois, mais l'autre les évita toujours en se jetant de côté dès qu'il les voyait arriver, et il ne semblait pas plus disposé qu'avant à retourner à la maison.

Le jeune homme ne savait plus que faire. Mary Bell était restée debout sur le pas de la porte et regardait la lutte.

« Dites donc, mademoiselle, cria Joseph, ne pourriez-vous pas venir le faire rentrer ?

— Je peux venir, dit Mary, mais comment pourrai-je le faire rentrer? »

Cette question n'admettait pas de réplique. Joseph réfléchit un moment, puis, se dirigeant vers sa charrette, il marmotta entre ses dents :

« Eh bien! qu'il vienne alors. Il en sera bien puni quand il faudra trotter jusqu'à la ville. »

Il remonta et partit. Carlo le suivait comme auparavant. Joseph n'était pourtant qu'à moitié content que la victoire fût restée au chien, et il pensa tout à coup à un moyen de le faire rentrer à la maison. Il crut qu'en persuadant à l'animal de monter dans la charrette, sous le prétexte de le voiturer, il pourrait faire volte-face et le ramener ainsi chez lui.

Il s'arrêta donc, et, changeant de ton et de manières, il lui fit mille amitiés et l'engagea de son mieux à monter dans la charrette. Mais Carlo, qui soupçonnait un piège, ne voulut pas avancer. Il se tenait toujours à la même distance, regardait Joseph d'un air défiant et se moquait de ses avances. Enfin l'homme abandonna la lutte et Carlo trotta jusqu'à la ville.

Joseph s'acquitta de toutes ses commissions dans la soirée, et le lendemain matin il se mit en route pour revenir. Il avait fait plus d'une demi-lieue quand tout à coup il pensa à Carlo et se retourna ; mais pas de Carlo. Il s'arrêta et attendit quelques minutes, supposant que le chien était resté en arrière et qu'il allait le voir paraître sur le chemin. Il n'en fut rien. Joseph se demanda alors s'il ne ferait pas bien de retourner sur ses pas pour le chercher, mais, après avoir hésité un moment, il se décida à continuer sa route. Il se dit que Carlo reviendrait bien tout seul.

Mais, hélas ! il ne pouvait revenir, car, étant entré dans la chambre où l'on serrait l'avoine, près de l'écurie, dans l'auberge où Joseph s'était arrêté, il s'y était trouvé enfermé par hasard, et il ne pouvait en sortir. Il avait passé la nuit sous la charrette parce qu'il croyait de son devoir de la garder, mais, le matin venu, pendant que Joseph déjeunait, Carlo, qui n'avait rien mangé, était allé faire un tour au dehors dans l'espoir d'attraper un os, ce à quoi il réussit enfin ; il vint reprendre sa place, mais il n'y fut pas plus tôt installé qu'un petit roquet voulut lui disputer son os : alors Carlo, pour éviter une querelle, se leva et emporta son bien sans faire grande attention où il allait, car il ne cherchait qu'un endroit où se réfugier et manger en paix son pauvre déjeuner. Le hasard fit qu'il entrât dans le grenier dont la porte était ouverte, et le hasard fit aussi que l'aubergiste, qui ne savait pas que le chien fût là, fermât la porte en passant.

Quand il eut bien rongé son os, il songea à s'en aller, mais cela lui fut impossible. La porte était fermée et la seule fenêtre qu'il y eût était placée extrêmement haut. Carlo gratta à la porte pendant assez longtemps et poussa des cris plaintifs, mais personne ne l'entendit. Il se décida alors à attendre patiemment que quelqu'un entrât dans le grenier, et il se coucha près de la sortie, les pattes de devant étendues, et le museau appuyé sur ses pattes. Ce fut dans cette posture qu'il se laissa aller à une espèce de sommeil, mais ce n'était qu'un demi-sommeil, car de temps à autre il ouvrait un œil et regardait la porte.

Il était près de midi lorsqu'il fut mis en liberté et Joseph était presque à moitié chemin de la maison. Carlo alla tout de suite à l'endroit où il avait laissé la charrette, mais elle n'y était plus ; il courut ensuite à l'écurie où avait couché le cheval, mais il n'y était pas davantage. Il flaira la cour et toutes les portes de l'auberge dans l'espoir de retrouver les traces de son maître, mais il ne put rien découvrir. Il essaya alors de se rappeler le chemin qu'ils avaient suivi, mais il n'y put réussir ; d'abord parce qu'il faisait nuit quand il était arrivé la veille, et ensuite parce qu'il avait dormi dans la charrette pendant les trois dernières lieues, — il n'avait fait aucune difficulté pour y monter dès qu'il s'était vu assez loin de la maison pour que Joseph ne pût songer à y retourner. Il n'avait donc aucun moyen de savoir le chemin que celui-ci avait pris, et de le rejoindre. Carlo comprit cela tout de suite, et, comme c'était un animal essentiellement philosophe, il résolut de ne s'en plus préoccuper et alla faire une partie de jeu avec un chien de roulier qui venait d'entrer dans la cour.

Ce fut ainsi que Carlo se perdit. Mary Bell et sa mère furent très fâchées, en voyant arriver Joseph, d'apprendre qu'il n'avait pas ramené Carlo et qu'il ne savait même pas ce qu'il était devenu. Mme Bell pensa un moment à le renvoyer à la recherche du chien, mais c'eût été fort incommode et même assez coûteux. Il n'était pas même bien sûr que le moyen réussît, car on ne savait s'il était resté à l'auberge ou s'il s'était égaré sur la route. Enfin Mme Bell se décida à attendre que quelqu'un du village allât à la ville pour le charger de réclamer Carlo et de le lui ramener, si c'était possible.

Deux mois s'écoulèrent avant qu'une semblable occasion se présentât. Enfin un roulier qui connaissait Joseph alla à la ville et on le chargea de la commission. Celui-ci lui fit une description du chien et lui indiqua l'auberge où il s'était arrêté; il lui recommanda aussi de réclamer Carlo à plusieurs cabarets qui se trouvaient sur la route et de le ramener s'il le trouvait.

Le roulier se chargea très volontiers de l'affaire. Sur son chemin, il demanda à plusieurs endroits si on avait vu un chien comme celui qu'il cherchait; personne ne put lui en donner des nouvelles. Mais aussitôt qu'il arriva à l'auberge, il y trouva Carlo très confortablement établi et, en apparence, tout aussi heureux que chez ses anciens maîtres.

Le roulier réclama immédiatement le chien comme appartenant à Mme Bell, et il supposait qu'il lui serait tout de suite remis pour être rendu à cette dame. Mais il s'éleva un obstacle complètement imprévu... L'aubergiste lui dit qu'il voulait être payé des soins et de l'argent que lui avait coûtés le quadrupède; qu'il s'était tout de suite aperçu que c'était un animal de prix et que, s'attendant à chaque instant à le voir réclamer par son maître, il en avait pris le plus grand soin, et qu'il voulait être dédommagé avant de le laisser repartir.

La somme qu'il réclamait était fort peu de chose, mais le roulier n'avait pas été autorisé à rien payer, Mme Bell n'avait pas un instant songé qu'il y aurait de l'argent à donner; il était donc tout à fait pris au dépourvu. Il voulut persuader à l'aubergiste de céder le chien sans avoir reçu l'argent, mais celui-ci s'y refusa positivement et le roulier dut revenir sans la bête.

Quand, à son retour, il conta tout ceci à Mme Bell, elle lui dit qu'il avait parfaitement bien fait de ne pas donner l'argent puisqu'il n'y était pas autorisé ; mais que, si elle avait prévu la demande, elle lui aurait certainement donné la somme nécessaire. Elle trouvait tout naturel que l'aubergiste fût payé de sa peine et de sa dépense et elle ne trouvait pas la demande déraisonnable, mais il lui semblait qu'il aurait dû avoir la générosité de renvoyer le chien et de compter sur la probité et la justice du propriétaire pour le dédommager au lieu de garder la bête comme un otage. Elle dit au roulier de passer chez elle la première fois qu'il retournerait à la ville et qu'elle lui donnerait alors l'argent pour délivrer Carlo et le lui ramener.

Ce ne fut qu'au bout de trois mois que le roulier retourna à la ville. Mme Bell pensait que le chien devait avoir tout à fait oublié ses vieux amis, mais elle tenait toujours beaucoup à le ravoir. Elle donna cinq francs au roulier, pensant que l'aubergiste demanderait plus d'argent cette fois-ci que la dernière, puisqu'il l'avait gardé pendant un temps presque double. Mary acheta dans le village un collier et une longue chaîne pour l'attacher dans la charrette afin qu'il ne s'échappât pas en route. Elle enveloppa aussi dans du papier un gros morceau de viande qui devait être le dîner de l'animal en chemin. Toutes ces précautions prises, Mme Bell et Mary s'attendaient à voir leur chien dès que le roulier serait revenu.

Il reparut au bout de trois jours. Vers la fin du dernier jour, Mary avait pris sa couture et était restée pendant deux heures assise à guetter sur la pierre plate qui formait le pas de la porte. Enfin elle vit

briller sur la route la toile blanche qui couvrait la
charrette ; elle posa son ouvrage et courut à sa rencontre sur la route, mais elle ne vit pas Carlo. Elle
supposa seulement qu'il était enchaîné au fond de
la voiture, mais ensuite elle crut que non et bientôt
elle fut tout à fait confirmée dans ses craintes en
voyant de loin le charretier qui secouait la tête. Mary
Bell sut fort bien alors que, pour une raison ou une
autre, il ne ramenait pas de chien.

Le véhicule s'approcha et quand il fut à la hauteur de Mary Bell, le roulier arrêta ses chevaux.

« Qu'est-il arrivé ? demanda Mary, où est Carlo ?

— L'homme m'a dit qu'il avait attendu quelque
temps, répondit le roulier, et, voyant que votre mère
n'envoyait pas chercher la bête et ne voulant pas la
garder lui-même, il l'avait cédée à un individu qui a
bien voulu payer la dépense.

— Et quel est cet individu ? demanda Mary.

— L'aubergiste n'a pas pu me dire son nom.

— Sait-il au moins où il demeure ?

— Oui, il m'a dit qu'il vivait au Numéro Cinq.

— Au Numéro Cinq ? répéta Mary Bell.

— Oui, c'est un des villages qui se trouvent dans
les montagnes du côté du nord-ouest. Tenez, voilà
l'argent, donnez-le à votre mère et contez-lui l'affaire.
Il ne faut plus penser à retrouver le chien maintenant, puisque nous ne savons même pas le nom de
celui qui l'a acheté. »

Le roulier fit repartir ses chevaux qui paraissaient
épuisés, et laissa Mary Bell sur le bord de la route
avec son argent à la main. Elle poussa un profond
soupir et dit :

« Ah ! mon Dieu, je suis bien fâchée. J'aimais

23

beaucoup Carlo, bien qu'il ne m'écoutât jamais. »

Elle rentra à la maison et raconta à sa mère ce que lui avait dit le roulier. Mme Bell en fut véritablement fâchée, mais elle considéra le chien comme à tout jamais perdu et y pensa le moins possible.

L'affaire aurait été bientôt tout à fait oubliée si, à peu de temps de là, un jour que Lafaine était chez Mme Bell, il ne l'eût remise en question.

Lafaine s'était toujours beaucoup intéressé à Carlo, mais il venait si rarement chez Mme Bell que le chien avait toujours eu l'air de le reconnaître à peine. Il fut donc désolé d'apprendre qu'il était perdu, et plusieurs fois, pendant que Mme Bell faisait des démarches pour le retrouver, il s'était enquis de la manière dont marchait l'opération, et du succès qu'on en pourrait espérer, et quand enfin Mary lui raconta que, d'après le rapport du roulier, le chien était définitivement perdu, Lafaine lui répondit qu'il croyait pouvoir le retrouver.

« Et que ferez-vous pour cela? demanda Mme Bell.

— Oh! je combinerai quelque chose, dit Lafaine. Mais qu'a dit l'aubergiste à propos de l'homme qui a pris ce chien?

— Il a dit, répondit Mary, qu'il ne savait pas le nom de l'homme, mais seulement qu'il demeurait au Numéro Cinq.

— Qu'a-t-il voulu dire par là?

— Il a voulu dire le village Numéro Cinq. Les établissements qui se forment dans les montagnes sont désignés par un numéro jusqu'à ce qu'ils aient assez d'habitants pour avoir un nom.

— Je crois que je pourrais aller au Numéro Cinq et trouver Carlo.

— Cet établissement peut être très grand, dit Mme Bell, il peut avoir une ou deux lieues de long.

— C'est vrai, dit Lafaine, mais si Carlo est là, je saurais bien le découvrir, seulement je voudrais avoir avec moi quelqu'un qu'il connaisse bien, autrement il ne voudra peut-être pas me suivre.

— Vous me feriez plaisir, dit Mme Bell, si un de ces jours, avec Joseph, vous preniez la charrette et tentiez l'aventure. Carlo connaît bien Joseph.

— J'aimerais mieux que Mary vînt, dit Lafaine. Le chien l'aime bien mieux qu'il n'aime Joseph. »

Il y eut un moment de silence. Mary Bell ne savait pas trop ce qu'elle devait répondre.

« Ne pourriez-vous pas venir ? demanda Lafaine. Riquet et Madeleine pourraient bien se joindre à nous pour vous tenir compagnie.

— Je ne sais vraiment pas, dit Mary ; pourrai-je y aller, maman ?

— Y aurait-il place pour vous tous dans la charrette ? dit Mme Bell.

— Oh ! oui, dit Lafaine, je n'aurais qu'à repousser un peu le banc principal sur lequel Mary Bell et les enfants pourront se mettre. Mary s'assiéra au milieu avec Riquet d'un côté et Madeleine de l'autre, et moi je m'arrangerai sur le devant un siège d'où je pourrai conduire.

— Eh bien, oui, dit Mme Bell, je crois qu'en somme, j'aimerais à vous voir tous de la partie.

— Mais dites-moi, jusqu'à quelle somme puis-je aller, en cas qu'il me faille racheter Carlo ?

— Oh ! jusqu'à... et Mme Bell semblait supputer mentalement la valeur qu'elle attachait à Carlo ; oui, je donnerais plutôt quinze francs que de ne pas le ravoir.

— Allez jusqu'à vingt-cinq francs, maman, dit Mary, je vous en prie.

— Eh bien! oui, dit Mme Bell, va pour vingt-cinq francs! ou plutôt, quand vous vous mettrez en route je vous donnerai vingt-cinq francs; là-dessus il faudra que vous payiez vos frais de voyage, mais je ne veux pas que vous soyez absents plus d'un jour, et alors ce que vous n'aurez pas dépensé pour vous, vous pourrez l'employer à racheter le chien.

Ce projet fut mis à exécution, et dans le prochain chapitre je vous dirai ce qui arriva dans cette expédition et quel fut le résultat des efforts de Lafaine pour retrouver Carlo.

XV

CARLO EST RETROUVÉ

Lafaine demanda à Mme Henry la permission d'aller à la recherche de Carlo avec Madeleine et Riquet, et il n'eut pas de peine à l'obtenir. Il fut décidé aussi, qu'au lieu de prendre la charrette de Mme Bell, il prendrait la sienne, ou, pour mieux dire, celle de Mme Henry, parce que tout y était déjà préparé pour changer de place le siège ordinaire et en établir un sur le devant pour le conducteur, comme Lafaine l'avait expliqué à Mme Bell. Il y avait aussi une autre raison pour laquelle il était plus commode que Lafaine prît la charrette de madame Henry, c'était qu'en partant le matin de chez elle il pouvait emmener Ma-

deleine et Riquet, et passer chez madame Bell pour
prendre Mary sur sa route.

Le jour qui avait été fixé pour l'expédition était le
1er septembre.

La veille, Lafaine consacra tout l'après-midi aux
préparatifs du voyage. Il ajusta les sièges dans la
charrette, et mit dans un panier les provisions de
tout genre qui étaient nécessaires pour un campement, car il avait formé le projet de ne pas s'arrêter
à l'auberge, soit en allant, soit en revenant, mais de
faire une halte sur le bord de la route, afin d'écono-
miser le plus d'argent possible pour racheter Carlo.
Il était pourtant décidé à ne pas le payer plus cher
qu'il ne serait absolument nécessaire, car il considérait toujours le chien comme appartenant légalement
à Mme Bell; mais il voulait être à même de payer la
somme qu'on lui demanderait s'il ne pouvait le ravoir
autrement. Lafaine ne s'occupa pas seulement des
provisions nécessaires pour lui et pour ses compagnons, il emporta aussi un petit sac d'avoine pour le
cheval qu'il comptait attacher à un arbre quand on
ferait halte, et qui mangerait tandis que les autres
dîneraient.

Lafaine se leva de très bon matin; dès que le jour
parut il donna au cheval son premier repas, puis il
ouvrit la grande porte de la grange et en tira la charrette. Riquet et Madeleine étaient déjà levés et on
leur préparait leur déjeuner à la cuisine; mais
quand il fut prêt, les enfants étaient si excités à
l'idée du voyage qu'ils purent à peine manger. Le
soleil se montrait juste à l'horizon quand Madeleine
et Riquet entrèrent dans la charrette. Ils étaient si
impatients de partir qu'ils y grimpèrent tout seuls

avant que Lafaine eût même détaché le cheval.

« Allons, Lafaine, nous sommes tout à fait prêts, dit Riquet.

— Je suis prêt aussi, répondit Lafaine ; il ne me manque que la hache de montagne, il faut que j'aille la chercher. »

La hache de montagne était l'outil inséparable de Lafaine. Il avait même arrangé dans la charrette un endroit tout exprès pour l'y mettre. Cette hache était retenue par une espèce de taquet et la lame se logeait très exactement dans une gaine fixée sur l'une des parois du véhicule. Par ce moyen, elle ne risquait pas de s'abîmer en route, ou de cogner les autres choses avoisinantes. Dans les préparatifs que Lafaine avait faits la veille il avait oublié de prendre cette hache, aussi il se disposait à aller la chercher ; mais Riquet, qui était très impatient de partir, cria à Lafaine qui se dirigeait du côté de l'atelier où l'on rangeait les outils :

« Oh ! ça ne fait rien, Lafaine, nous n'aurons pas besoin de hache. »

Lafaine ne répondit pas, et continua de marcher.

« Je trouve que c'est un tort, dit Riquet à Madeleine, de s'attarder pour chercher une hache. »

Madeleine pensait que Lafaine devait mieux savoir que Riquet ce qu'il y avait à faire, mais, ne voulant pas contredire son cousin, elle lui fit remarquer seulement que Lafaine ne serait pas longtemps absent.

Il revint, en effet, au bout de très peu de temps. Il accrocha la hache à sa place, détacha le cheval, et grimpa sur son siège.

« Nous voilà partis, s'écria Riquet.

—.Mais nous avons à nous arrêter encore une fois pour prendre Mary Bell, » dit Madeleine.

En arrivant chez Mme Bell, ils trouvèrent Mary toute prête, et ils ne restèrent qu'un moment devant la porte. Mme Bell donna l'argent à Lafaine, et Mary prit entre les deux enfants sa place. Les voyageurs dirent alors adieu à Mme Bell et se mirent en route.

« Nous voilà pour tout de bon partis ! dit Riquet.

— Oui, dit Madeleine, et tu sais, Mary, que nous avons emporté des provisions. Nous allons camper.

— Nous avons tout ce qui peut nous être nécessaire, ajouta Riquet, et même une chose qui, à mon avis, n'est pas indispensable. Je veux dire une hache.

— Mais nous pourrons fort bien en avoir besoin avant la fin du voyage, dit Lafaine.

— Et pourquoi ? demanda Riquet.

— Mais pour beaucoup de choses, riposta Lafaine ; je pourrais vous citer une demi-douzaine de cas où la hache nous serait très utile.

— Oh ! çà non ! dit Riquet, pas une demi-douzaine. Vous pourriez peut-être en trouver un ou deux, comme, par exemple, pour couper du bois pour faire du feu quand nous camperons.

— En voilà un, dit Lafaine. Et s'il tombait une forte averse pendant que nous sommes dans un chemin au milieu des bois, sans endroit aucun pour nous abriter, nous pourrions bien vouloir couper des branchages pour nous faire une cabane.

— En voilà deux, dit Riquet.

— Un arbre peut être renversé par le vent et couché en travers de la route, dit Lafaine, comment se frayer un chemin sans la hache ?

— Ah ! dit Riquet, je n'avais pas pensé à cela. Mais dans ce cas-là nous pourrions fort bien emprunter une hache à un fermier voisin.

— Et s'il n'y avait de fermier qu'à deux lieues de là ? reprit Lafaine. C'est généralement dans des endroits déserts que l'on trouve des arbres couchés en travers du chemin, et non dans le voisinage des fermes.

— Bon, dit Riquet, ça fait trois.

— Nous pourrions aussi fort bien arriver à un pont en très mauvais état, et alors il me faudrait peut-être couper quelques jeunes arbres pour le réparer.

— Quatre, fit Riquet. Encore deux ; vous avez dit une demi-douzaine.

— Et, dit Lafaine, après avoir réfléchi un moment, si nous voyions le long de la route un bâton d'une forme curieuse, vous voudriez l'avoir pour en faire une canne, et vous me demanderiez de vous le couper avec la hache.

— Non, non, s'écria Riquet, je n'aurai par besoin de cannes, et si j'en avais besoin, je les couperais avec mon couteau. Vous ne devez pas compter cela, Lafaine, vous n'êtes toujours qu'à quatre.

— Cherchons encore, reprit Lafaine. Supposez qu'il arrive quelque accident à notre charrette, je pourrais avoir besoin de la hache pour la réparer, pour faire un brancard, un nouvel essieu ou une cheville de bois pour fourrer quelque part.

— Je ne crois pas que vous puissiez jamais faire un essieu, dit méditativement Riquet ; mais enfin j'admets que cela fait cinq.

— Il n'en manque plus qu'un, nota Mary Bell.

— Il peut se trouver un obstacle insurmontable sur notre chemin, dit Lafaine, et que nous soyons

obligés, pour l'éviter, de faire un détour dans le bois,
je serais alors peut-être forcé de nous frayer un passage en abattant des arbres et des broussailles.

— Oh ! s'écria Riquet, c'est déjà compté cela, c'est
la même chose que de couper l'arbre déraciné.

— Non, dit Lafaine, dans le premier cas, j'aurais
à couper le tronc d'un arbre abattu, et dans le second
ce seraient surtout des arbrisseaux et des broussailles
encore debout que j'aurais à combattre.

— Tout ça, c'est faire la route, dit Riquet, et je
trouve que cela ne doit compter que pour un. Vous
ne trouverez jamais votre sixième.

— En voilà toujours cinq que je trouve, dit Lafaine, et il me semble que tous les obstacles impré-
vus qui pourront arriver doivent compter pour un
et compléter ma demi-douzaine, quand bien même il
me serait impossible de les préciser tout au juste.

— Non, non, insista Riquet, je ne veux accepter
que ce que vous aurez bien spécifié.

— Alors j'abandonne la partie, déclara Lafaine, et
je m'avoue vaincu. »

Lafaine aimait beaucoup, quand il jouait avec des
enfants plus jeunes que lui, à engager ainsi de petites
luttes et à se laisser battre par eux. Bien que Riquet,
comme on vient de le voir, ne voulût jamais accepter
qu'un cas imprévu dût être mis parmi les six occasions où la hache pourrait être utile, il se trouva qu'en
fin de compte, Lafaine avait eu parfaitement raison
d'en admettre la possibilité.

Une occasion se présenta effectivement qui rendait
la hache nécessaire et qui différait entièrement des
cinq cas prévus par Lafaine.

Tout en causant de leur expédition et des divers

24

incidents du voyage, les amis cheminaient à travers un pays très pittoresque et très agréable et qui, à mesure qu'ils avançaient, devenait de plus en plus sauvage. Ils se rapprochaient peu à peu de la région des montagnes, et enfin ils arrivèrent à une grande vallée très fertile, mais très isolée et qui était bordée de chaque côté par des montagnes et des forêts. Une rivière coulait au fond.

La route suivait la rivière, tantôt sur une rive, tantôt sur une autre, au moyen de ponts de bois très raboteux sur lesquels la charrette était cahotée d'une façon effrayante. Lafaine, voyant son cheval essoufflé, pensa que, puisqu'il ne devait pas être loin de midi, il ferait bien de chercher un bon lieu de campement. Ce fut facile à trouver. Il choisit un endroit où un petit ruisseau bien clair dégringolait de la montagne sur un lit de pierres couvertes de mousse.

Près de la route, il y avait une espèce de tertre plat et uni où la charrette pouvait parfaitement rester. Lafaine quitta le chemin et dirigea son attelage vers cet endroit; ensuite il descendit et aida Mary Bell et les enfants à mettre pied à terre.

« Il nous faudra rester ici une heure et demie, dit Lafaine, ainsi vous avez du temps devant vous. Voici le panier de provisions, mettez votre couvert où il vous plaira, et quand il vous plaira, moi, je ne m'occupe que de mon cheval. Si vous avez envie de flâner dans les environs, chacun de votre côté, ou tous les trois ensemble, faites-le; vous pourrez suivre les bords du ruisseau ou vous promener sur la route à droite et à gauche; seulement je vous recommande de ne pas perdre de vue ou le ruisseau ou la route, afin que vous puissiez vous retrouver aisément pour l'heure du départ. Rappelez-vous aussi que nous avons une heure et demie à passer ici, vous en aurez assez, bien avant ce temps-là, mais nous n'y pouvons rien.

— Pourquoi rester une heure et demie, demanda Mary Bell, nous pouvons très bien dîner en une demi-heure?

— C'est à cause du cheval, répliqua Lafaine, il lui faut une heure et demie pour se reposer et pour manger son avoine sans se presser : d'ailleurs, ajouta-t-il, je vais me coucher et faire un somme, et je vous conseille tous d'en faire autant.

— Oh ! » fit Riquet.

L'heure et demie se passa fort agréablement pour nos amis, bien que je ne puisse dire, tout au juste, ce qu'ils firent pendant ce temps. Enfin Lafaine et Riquet attelèrent le cheval à la charrette. Lafaine, en arrivant, l'avait entièrement débarrassé de son harnais, afin qu'il pût se reposer plus complètement. Les enfants remontèrent en voiture et on repartit. Lafaine dit qu'il croyait qu'avant une heure ils seraient au Numéro Cinq.

Quand ils eurent fait encore à peu près une heure de chemin, ils virent un homme qui conduisait un attelage de bœufs venant à leur rencontre. Ces bœufs traînaient un énorme tronc d'arbre dont un bout reposait sur l'essieu de deux grandes roues , et dont l'autre traînait par terre. Quand le conducteur vit la charrette de Lafaine, il se rangea un peu de côté sur le chemin, afin de lui faire place, et, s'appuyant sur l'encolure d'un de ses bœufs, il regarda les voyageurs dans la charrette avec curiosité et étonnement. Quand Lafaine fut arrivé à la hauteur de l'attelage, il arrêta son cheval et demanda à l'étranger s'il y avait encore loin pour arriver au Numéro Cinq.

« Au Numéro Cinq! répéta l'homme, mais vous y êtes, vous y êtes même depuis plus d'une demi-lieue. »

Tout en donnant ce renseignement, il examina la charrette et ceux qu'elle contenait avec un redoublement d'attention. Il regarda d'abord les enfants, puis le cheval, et ensuite le véhicule qu'il passa en revue dans tous ses détails, derrière, devant, de côté.

Il ne pouvait comprendre ce qui avait pu amener de pareilles gens dans un semblable équipage au milieu des montagnes.

« A quelle portion du Numéro Cinq voulez-vous aller? demanda-t-il enfin.

— Je n'en sais trop rien, répondit Lafaine, d'un ton dégagé. Nous ne faisons que nous promener un peu; nous voudrions voir la ville. Où vivent donc les habitants, ou bien n'y a-t-il pas d'habitants?

— Si, si, il y a beaucoup de fermiers, disséminés dans les montagnes.

— Vous ne connaissez pas, par hasard, quelqu'un qui ait un bon chien à vendre, dit Lafaine, je cherche un bon chien.

— Un chien? répéta l'homme de plus en plus étonné.

— Oui, dit Lafaine.

— Quelle espèce de chien vous faut-il?

— Je veux un animal d'un bon caractère, répondit Lafaine, et d'une taille ordinaire.

— Pour en faire un chien de garde? demanda l'homme.

— Non, pas précisément, dit Lafaine, nous le voulons plutôt pour rester dans la maison et pour jouer avec les enfants.

— Il y a un individu qui demeure de l'autre côté d'un étang auquel vous arriverez tout à l'heure qui a un chien de garde de premier choix. Mais je crois qu'il serait trop féroce pour faire votre affaire. On est obligé de le tenir enchaîné toute la journée.

— Cela ne peut pas être Carlo, » dit Mary, tout bas, à Madeleine.

Mais Lafaine, qui ne savait pas jusqu'à quel point Carlo avait pu devenir féroce par l'effet de mauvais traitements, se décida à tirer l'affaire au clair.

« De quelle couleur est-il ?

— Oh ! il est très foncé, répondit l'homme.

— Cet individu l'a-t-il depuis longtemps ?

— Oh ! depuis fort longtemps, il y a au moins cinq ou six ans que je le lui connais.

— Et vous ne savez pas d'autres personnes par ici qui aient un bon chien ? » demanda Lafaine.

L'homme répondit qu'il n'en connaissait pas. Lafaine le remercia de ses renseignements, lui souhaita le bonjour et continua son chemin.

Ils arrivèrent bientôt à l'étang, et juste au delà de la pièce d'eau ils virent une petite ferme d'apparence fort modeste. Au moment où ils arrivaient près de cette maison, les enfants furent effrayés en voyant bondir un énorme chien à l'air très féroce qui était enchaîné à un arbre auprès de la maison. Le bruit que fit sa grosse chaîne quand il s'élança en avant et le son rauque de sa voix étaient vraiment terrifiants.

« Mon Dieu ! s'écria Mary Bell, quel animal effrayant !

— Tu es un peu trop féroce pour nous, mon vieux, dit Lafaine en agitant son fouet du côté du chien, va te recoucher, va !

— Trouves-tu que Mary Bell et moi nous avons
l'air de voleurs ? » cria Riquet au chien.

Et ils reprirent leur chemin.

Lafaine s'arrêta à plusieurs reprises pour causer
avec des gens qui passaient sur la route ou qui tra-
vaillaient dans leurs champs, et il leur demanda
quelques renseignements. On lui parla de plusieurs
chiens, mais aucun ne répondait au signalement de
Carlo. Enfin, un homme, occupé près de sa maison
à réparer un châssis pour son hangar, leur dit qu'il
connaissait un individu demeurant à une demi-lieue
de là, qui avait un chien très intelligent, le plus intelligent de l'endroit.

« C'est Carlo, dit Mary Bell à Madeleine, j'en suis
sûre.

— Ce chien est-il doux et bon ? demanda Lafaine.

— Oh ! il n'est que trop doux, répondit l'homme, ce
n'est pas un bon chien de garde, mais il est bien intelligent. On m'a conté que, quand le père Boby est
dans les champs à faire la moisson, il va lui chercher un seau d'eau à la source voisine. »

Mary Bell poussa le coude de Madeleine, mais ne
souffla mot.

« Oui, reprit le fermier, le chien prend l'anse du
seau dans sa gueule et court à la source, où il remplit
le vase avec de l'eau bien fraîche qu'il rapporte au
père Boby. Au moins, voilà ce qu'on m'a conté, car je
ne l'ai pas vu.

— Et le maître s'appelle le père Boby? dit Riquet.

— Nous l'appelons comme ça, mais son vrai nom
est Masson. »

Le fermier dit aussi à Lafaine, en réponse à plusieurs
questions que celui-ci lui adressa, que le chien était

assez grand et d'une couleur très foncée, et que
M. Masson l'avait rapporté d'un de ses voyages, il y
avait un ou deux mois. Lafaine en conclut que ce devait être Carlo, et, après avoir demandé au fermier
bien exactement où demeurait M. Masson, il le remercia de ses renseignements et reprit son chemin.

La maison du père Boby était une petite cabane
fort grossièrement construite au pied d'une colline et
à peu de distance d'un ruisseau. Lafaine enjoignit
très spécialement à Riquet de ne pas dire un mot et
de ne prendre aucune espèce de part à ce qui pourrait se passer chez M. Masson ; il lui recommanda
aussi de ne faire aucun signe à Carlo si, par hasard,
il se trouvait là. Lafaine ne fit pas la moindre recom-
mandation à Mary Bell ou à Madeleine, car il savait
fort bien qu'elles tiendraient compte de ce qu'il avait
dit à Riquet.

Enfin, au tournant d'une route, ils se trouvèrent
tout à coup en face de l'habitation de M. Masson. Lafaine n'arrêta pas la charrette et dépassa la maison.
Riquet lui demanda s'il ne comptait pas s'arrêter.

« Vous ne devez pas faire de questions, répondit
Lafaine, vous ne devez pas parler. »

Lafaine continua de conduire son attelage jusqu'à
un endroit qui était fort large, et alors il fit tourner le
cheval et revint sur ses pas. Quand il fut arrêté devant la maison, il descendit de voiture ; un homme
d'apparence très brutale avec une barbe et des che-
veux noirs fort mal peignés, et tenant une hache à la
main, sortit d'un hangar adossé à la maison pour voir
qui s'arrêtait devant sa porte.

« Êtes-vous M. Masson ? demanda Lafaine.

— Oui, je m'appelle Masson, répondit l'homme.

— J'ai ouï dire, reprit Lafaine, que vous avez un chien passablement intelligent que vous seriez disposé à vendre; je voudrais le voir et peut-être l'achéterai-je.

— Mais voilà, dit M. Masson d'une voix hésitante, je ne sais trop que dire. C'est tout ce qu'il y a de mieux en fait de chien, et je ne tiens pas à le vendre. En tout cas, je ne le donnerai pas pour moins de vingt-cinq francs. Oui, c'est le meilleur des chiens. « Ici, Jack ! » ajouta-t-il en se tournant du côté du hangar; ici, Jack ! ici.

— Oh ! il s'appelle Jack, murmura Madeleine à demi-voix. C'est un autre chien; moi qui espérais que c'était Carlo.

— Chut ! dit Mary Bell.

— Moi, je l'appelle Jack, dit le père Boby, mais je ne sais pas quel est son vrai nom; il n'y a pas longtemps que je l'ai. »

En ce moment, Jack déboucha tranquillement à l'angle de la maison, et Jack était bien réellement Carlo.

A sa vue, Riquet et Mary Bell eurent bien de la peine à rester en place.

« Oui, dit Lafaine assez haut pour que M. Masson pût l'entendre, bien qu'il fît semblant de se parler à lui-même, oui, c'est bien lui; puis se tournant vers M. Masson :

— Le fait est, monsieur, qu'il y a quelques mois, nous avons perdu un chien à la ville, et d'après ce qu'on m'a dit, j'ai supposé que je le retrouverais chez vous; je ne viens pourtant pas vous l'enlever, mais vous l'acheter. Je vous en donnerai ce que vous l'avez payé, bien que nous ayons le droit, je suppose, de reprendre notre chien dans quelque endroit que nous le trouvions.

— Mais comment puis-je savoir que c'est votre chien? dit M. Masson d'un ton hargneux. Vous le réclamez, mais quelle preuve pouvez-vous me donner?

— Appelez-le, Mary, » dit Lafaine.

Mary fut enchantée de recevoir cet ordre. Elle se ratourna vivement vers Carlo et l'appela.

Dès que Carlo entendit la voix de Mary, il fut comme transformé : il dressa les oreilles, remua la queue et parut très animé. En un instant il courut vers la charrette, sauta dedans et accabla Mary Bell de ses caresses, puis, après avoir fait grand'peur à Madeleine et failli la renverser, il ressauta par terre et se mit à courir tout autour comme un fou.

« Vous pouvez vous remettre en route et monter la côte, dit Lafaine à Mary Bell, je vous rattraperai tout à l'heure. »

Mary, qui tenait depuis longtemps les rênes, fit marcher le cheval.

Dès que Carlo vit la charrette se mettre en mouvement, il prit la route au grandissime galop et disparut bientôt. M. Masson cria : « Jack, Jack ! » de toutes ses forces, Lafaine de son côté appelait « Carlo ! Carlo ! » mais Carlo s'était mis en tête de retourner à son ancienne maison et il courait toujours comme le vent.

Lafaine tira cinquante sous de sa poche et les montra à M. Masson en lui disant qu'il était disposé à donner ce prix-là du chien, mais qu'il ne croyait pas devoir en donner davantage.

« Mon Dieu, dit M. Masson avec un demi-soupir, ce chien vaut vingt-cinq francs pour n'importe qui, mais, puisque vous dites qu'il est à vous, je pense

25

qu'il faut que je vous le laisse. D'ailleurs je crois qu'il ne serait pas aisé de le faire revenir maintenant qu'il s'est mis en tête de regagner son pays.

— Je le crois, en effet, » dit Lafaine.

Celui-ci donna les cinquante sous à M. Masson et l'affaire fut conclue. Puis, ayant tiré de sa poche dix francs :

« Ceci, dit-il, n'est pas pour vous payer le prix d'une chose qui n'était pas à vous, mais pour vous indemniser de la dépense que vous avez faite pour Carlo, et aussi pour reconnaître le mérite de votre bonne foi. »

M. Masson accepta en rougissant, il n'était pas bien sûr de mériter les dix francs de Lafaine.

Celui-ci, avant de partir, lui demanda s'il était vrai que le chien pût aller puiser un seau d'eau à la source.

« Oh ! très bien, dit M. Masson. Une fois il a empêché ma maison de brûler. Il a éteint le feu.

— Et comment cela? demanda Lafaine.

— Eh bien, un jour, il est entré dans la cuisine, et il a trouvé qu'un charbon allumé avait roulé et avait déjà mis le feu au plancher. Carlo se mit d'abord à aboyer et à courir dans la chambre, puis, tout à coup, apercevant un vieux tapis de laine qui se trouvait près de la porte, il le prit entre ses dents et le tira jusque sur l'endroit qui brûlait, et le feu fut étouffé. Nous étions dans les champs, mais en l'entendant hurler nous sommes venus voir et nous l'avons trouvé qui sautait sur le morceau de tapis et qui aboyait à la fumée qui s'en échappait. »

Lafaine s'amusa beaucoup de cette histoire. Il dit adieu à M. Masson et se mit à gravir la côte. Tout en haut il trouva Mary Bell qui l'attendait, et bien au

loin sur la route, il aperçut Carlo comme un point
noir qui guettait la charrette. Dès que Lafaine y fut
remonté, le chien reprit sa course, et bien qu'on
allât bon train et que Lafaine, Mary et Riquet ne ces-
sassent d'appeler Carlo, jamais ils ne purent, pendant
près de trois lieues, faire plus que de le tenir tout
juste en vue.

Nos amis rentrèrent à la maison fort tard ce soir-là
et n'eurent en chemin aucune aventure bien remarquable, si ce n'est que, pendant la halte qu'ils firent
au retour, Riquet voulut fêter le retour de Carlo par
des vivats, et lança sa casquette si haut en l'air qu'elle
se logea à la cime d'un petit arbre fort mince qui
n'avait aucune branche basse et sur lequel, par conséquent, on ne pouvait grimper. Riquet fut bien
obligé d'aller prier Lafaine de venir avec sa hache
abattre le petit arbre; ce qui n'avait pas été prévu et
acheva de donner toute raison à Lafaine.

La petite troupe arriva chez Mme Bell juste avant la
nuit. Lafaine laissa Mary sur la grande marche de
pierre avec les douze francs cinquante centimes qui
revenaient à sa mère et à Carlo; puis il se hâta de
rentrer chez Mme Henry avec Madeleine et Riquet.

XVI

L'INAUGURATION DU SENTIER

Pendant tout le temps qui s'était écoulé depuis le
moment où Carlo avait été perdu jusqu'à celui où
il avait été retrouvé, les jeunes filles et les jeunes

garçons du village avaient beaucoup travaillé à leur
sentier du Pic. Lorsque le projet avait été d'abord
proposé, la besogne devait être terminée en un jour,
mais ce fut impossible. Les petits ouvriers trouvèrent
qu'il y avait beaucoup plus à faire qu'ils ne le sup-
posaient en commençant, ou plutôt, à mesure qu'ils
s'intéressaient davantage à l'ouvrage, ils devinrent
plus ambitieux et entreprirent des améliorations
qu'ils n'avaient jamais pensé réaliser. Plusieurs samedis de suite ils se réunirent par petites bandes,
travaillant chacune à une section de la route et l'ouvrage avança visiblement, bien que fort lentement.
Mais à la longue les ouvriers se lassèrent; le fait est
qu'ils avaient entrepris plus que leur force et leur patience ne leur permettaient et ils se sentaient dé-
couragés. Au moment où Lafaine alla à la recherche
de Carlo avec Mary Bell, Madeleine et Riquet, les travaux du Pic étaient depuis deux ou trois semaines
presque entièrement suspendus, et Mary consulta
Lafaine pour savoir comment il fallait s'y prendre
pour obtenir la reprise des travaux.

« Voici ce qu'il faut faire : il faut annoncer une
grande fête qui devra avoir lieu dès que le sentier
sera fini. Alors vous verrez que les garçons travaille-
ront ferme, pour avoir la fête.

— Je crois que c'est un très bon moyen, dit Mary
Bell, j'en parlerai à Caroline. »

Celle-ci fut tout à fait du même avis, et elle fit
immédiatement savoir la nouvelle aux garçons du
village. L'idée de la fête fut un merveilleux stimulant
et les rendit très désireux de terminer leur ouvrage.
Caroline demanda à quelques-uns des garçons les
plus raisonnables quel jour ils pensaient que l'on

pourrait sans crainte fixer pour la fête. Ils désignèrent
un jour de la semaine suivante, mais quand Riquet
en fut informé, il pria Caroline de remettre la cérémonie jusqu'à la semaine d'après, à cause de son
cousin William qui devait arriver, et qu'il désirait
beaucoup y voir. Caroline y consentit très volontiers,
car elle pensait elle-même qu'il serait agréable
de l'avoir ce jour-là.

Celui-ci était au collège, mais il était, comme on
l'a vu, souvent venu en vacances chez sa tante,
Mme Henry, et il connaissait parfaitement Mary Bell,
Caroline, et presque toute la jeunesse du village.
Bien que fort avancé dans ses classes, il n'avait en-
core que quinze ans.

Il arriva un samedi soir et le jour fixé était le
mardi suivant. Le lundi il alla rendre visite à toutes
ses connaissances du voisinage ; il commença par le
village et revit plusieurs de ses anciens camarades.
Il en trouva quelques-uns à la maison, mais d'autres
étaient dans les magasins ou dans les bureaux où ils
commençaient à être employés. Ensuite il se présenta chez Caroline. Elle habitait une belle maison
blanche au milieu du village. William entra par
une grille et suivit une allée pavée, bordée de
chaque côté par des arbustes admirablement soi-
gnés. Il sonna à la porte, une servante lui ouvrit et
le fit entrer dans un salon très richement meublé.
Il y faisait assez obscur d'abord, mais la servante
donna bientôt du jour en poussant les contrevents.
Il s'assit sur un superbe canapé, et la bonne sortit
du salon en disant qu'elle allait prévenir Mlle Caroline.

Cette dernière n'arriva pas de longtemps, et William

s'amusa à examiner la chambre. Il y avait des choses
neuves et d'autres qu'il se rappelait avoir déjà vues.
Au milieu de la pièce se trouvait une table et sur
cette table une magnifique lampe à globe de cristal
et de beaux livres bien reliés. Il y avait des chaises
et des canapés de bois sculpté, un magnifique piano,
de beaux rideaux, des tableaux et de grandes glaces
Tout y était superbe, mais William avait assez regardé les belles choses longtemps avant que Caroline ne parût.

« Je pense, se dit-il, qu'elle fait une jolie toilette,
mais j'aimerais bien mieux qu'elle vînt tout de
suite. »

Enfin elle arriva, et elle était en effet parfaitement
bien habillée. Caroline était fort belle, et comme elle
avait beaucoup de goût, elle était toujours mise à
son avantage. Elle donna une poignée de main très
amicale à William en entrant, et lui dit qu'elle était
bien contente de le voir.

« J'avais déjà appris, lui dit-elle, que vous deviez
arriver ces jours-ci, et cela m'a fait grand plaisir,
car je voulais vous prier d'assister à une grande fête
qui va avoir lieu demain, pour l'inauguration de notre
nouveau sentier du Pic. »

Le jeune homme l'assura qu'il serait très heureux
d'y aller. Ensuite, ils causèrent quelque temps de la
cérémonie et de la nouvelle route, et William dit à
Caroline qu'il était bien fâché de n'être pas arrivé
à temps pour fournir sa part de travail. Puis il se
leva et prit congé.

Après avoir fait toutes ses autres visites, il suivit,
pour rentrer, le chemin qui passait devant la demeure de Mme Bell, afin de voir Mary un moment.

En traversant la cour, il aperçut Mme Bell assise dans
un grand fauteuil, près de la fenêtre ; mais elle paraissait pâle et malade. Son regard s'anima quand elle vit
que c'était William, et elle l'accueillit très cordiale-
ment.

« Venez me faire une petite visite d'abord, dit-elle,
et ensuite vous irez trouver Mary Bell, qui est au
jardin. »

Il pourra sembler étrange que Mme Bell appelât sa
fille par son nom de famille au lieu de l'appeler Mary,
tout simplement. Elle avait pris cette habitude pour
la distinguer d'une certaine Mary Lescot, qui avait
habité très longtemps chez elle.

William entra donc dans la chambre où était
Mme Bell, et il lui parlait du collège qu'il venait de
quitter, du temps qu'il allait passer chez Mme Henry,
de ses parents qui étaient à New-York, quand tout à
coup Mary rentra du jardin. Elle était très simplement, mais très proprement vêtue ; elle avait un chapeau de paille à grands bords. Sa figure rayonna
de plaisir en voyant son ami William, qui lui donna
la main et lui dit qu'il était bien content de la
revoir.

« J'étais dans le jardin, dit-elle fort timidement,
mais je vous ai aperçu et je suis rentrée.

— Et qu'y faisiez-vous ?

— Oh ! je recueillais des graines pour ma mère, »
dit Mary.

Au bout d'un instant, William sortit avec elle
pour voir les graines qu'elle avait récoltées. C'étaient
des graines de légumes. Tous les ans, Mary les mettait sécher au soleil, et, après les avoir débarrassées
de leurs cosses et de leurs enveloppes, elle les ser-

rait soigneusement dans de petits sacs de papier,
afin de les retrouver au printemps prochain.

« Et sont-elles vraiment bonnes? demanda William en regardant les graines qui étaient rangées sur
un banc dans le jardin.

— Très bonnes et d'espèces très choisies, dit
Mary; ma mère reconnaît que les semences que je
lui recueille ainsi sont toujours une économie pour
elle quand vient le printemps, et qu'elle n'est pas
exposée à avoir des espèces inférieures. »

William aida Mary pendant quelque temps dans
l'arrangement de ses graines, puis tous deux allèrent
à la recherche de Carlo. Mary avait raconté à William
comment le chien avait été perdu, comment elle
elle était allée à sa recherche avec Lafaine, et William avait hâte de le revoir. Tout en cheminant, il
parla de la fête qui devait avoir lieu le lendemain,
et il dit qu'il espérait bien que Mary Bell y serait.
Mary lui répondit qu'elle ne savait pas encore si elle
pourrait s'y rendre, parce que sa mère était souf-
frante.

« Oh! elle vous laissera bien y aller, dit William.

— Si je le lui demandais, je le pense aussi,
répondit Mary; mais je veux attendre jusqu'à ce soir,
et voir comment elle se portera, avant de lui en
rien dire.

— Vous pourriez tout aussi bien lui en parler
maintenant, et lui demander la permission d'y assister, si toutefois elle se sent assez bien quand le moment sera venu.

— Non, je préfère qu'elle n'en sache pas un mot
si elle n'est pas assez bien pour que j'y aille; car si
elle sait qu'il y a une fête, elle croira que j'ai envie

d'y participer, et elle sera chagrinée toute la journée de me voir rester à la maison. »

William ne répondit rien à ceci, mais il pensa que Mary Bell était bonne et discrète. Il lui dit enfin qu'il espérait beaucoup qu'elle pourrait être de la partie, et après avoir causé encore un moment, il la quitta et rentra chez sa tante.

Le lendemain, de fort bonne heure, il envoya Riquet chez Mme Bell, savoir si Mary serait libre ; il recommanda à Riquet de demander cela à Mary tout à fait en particulier. Riquet revint bientôt, en disant que Mme Bell était un peu mieux, mais pas assez bien pour être laissée seule, et que par conséquent Mary ne pourrait pas la quitter. William en fut désolé et Madeleine aussi. Celle-ci déclara qu'elle avait envie de ne pas aller à la fête du tout, mais plutôt d'aller voir Mary Bell et de lui tenir compagnie ainsi qu'à sa mère. Elle se décida pourtant à assister à l'inauguration, car Mme Henry ne trouvait pas à propos qu'elle allât chez Mary un jour que sa mère était malade.

A une heure de l'après-midi, tout le monde se réunit à une certaine barrière d'où partait un sentier traversant un pré et qui menait au Pic. Ce pré, de peu d'étendue, mais très joli et très vert, était bordé d'un côté pas de grands arbres qui formaient la lisière de la forêt. Le sentier serpentait un peu sous ces arbres et se dirigeait ensuite dans un petit ravin, du côté d'un ruisseau. C'était à partir de là que les garçons du village avaient commencé à réparer le sentier du Pic.

Le travail, en cet endroit, avait été de placer de grosses pierres dans le cours d'eau, afin qu'on pût le traverser facilement. Jusque-là il n'y avait eu qu'un gué formé par les vaches, et les enfants avaient toujours eu beaucoup de peine à passer d'un bord à l'autre, se mouillant bien souvent les pieds et couvrant leurs souliers de boue. Maintenant, il y avait à des distances égales trois grosses pierres très solides, dont la surface était parfaitement unie ; une avait été placée au milieu du ruisseau, et les deux autres plus près des bords. Rien n'était plus aisé que de sauter d'une pierre à l'autre ; c'était si facile, que plusieurs petites filles de la bande restèrent en arrière et s'amusèrent à traverser et à retraverser le ruisseau plusieurs fois. Près de là, sur une grosse pierre à moitié enterrée, on avait tracé les lettres S. et L., avec de la peinture noire. Ces lettres n'étaient pas très grandes, mais elles étaient très distinctes, et elles étaient entourées d'un cercle noir. C'étaient les deux initiales de Sarah et de Louise, les deux jeunes filles chargées de cette section de la voie.

A partir du ruisseau, le sentier entrait sous bois en s'élevant doucement. Ici, les petits ouvriers avaient eu à couper des broussailles et à débarrasser la route des vieilles souches, des racines et des pierres qui l'encombraient. Enfin, le chemin sortait du bois et suivait à mi-côte une colline abrupte couverte de fougères et de mousses. Là on voyait une autre pierre marquée de deux A. L'un était pour Anna et l'autre pour Augusta. Il avait fallu beaucoup piocher pour arranger cette section du sentier ; mais on en était venu à bout, et ce fut avec une grande satisfaction que la petite bande passa sur cette portion de la route.

La section suivante traversait un sol couvert de pierres roulantes ; les garçons étaient parvenus à les ranger de façon à en faire un pavé très respectable.

Les amis allaient ainsi d'une section à l'autre, s'arrêtant quelquefois pour constater les embellissements et pour examiner les pierres et les initiales au bord de la route. Enfin, ils arrivèrent au sommet de la colline, passablement fatigués de leur ascension, qui, malgré toutes les améliorations, était encore assez pénible. Ils déposèrent les sacs et les paniers de provisions sur une grande pierre plate, et prirent comme siège les rochers et les bancs de mousse.

L'endroit qu'ils avaient choisi pour leur goûter était de l'autre côté du Pic, un peu au-dessous du sommet, et bien à l'ombre. Près de là, dans un petit ravin solitaire entouré de rochers couverts de mousses et de plantes grimpantes, et couronnés par des arbres verts, on voyait sourdre une source d'eau très fraîche. Tous les enfants se réunirent là, et après avoir passé une demi-heure à déballer les provisions et à mettre leur couvert, ils commencèrent leur festin, pour lequel la promenade leur avait donné un excellent appétit. Comme d'habitude, Caroline était à la tête de tout, et il faut dire qu'elle rendait ses camarades heureux au possible par sa bonne humeur, son enjouement et l'adresse avec laquelle elle dirigeait les arrangements. Elle menait tout le monde et toutes choses à sa guise ; mais c'était avec tant de grâce et de gentillesse que chacun était content d'être mené. Bien que William eût une grande admiration pour Caroline, il regrettait beaucoup que Mary Bell ne fût pas de la partie.

Le goûter fini, Caroline proposa que tous, excepté les petits enfants, allassent faire une expédition le

long des rochers, pour voir une cascade qui était à
quelque distance de là. Les tout jeunes, disait-elle,
demeureraient : c'était trop loin pour eux, et puis ils
ne sauraient grimper sur les rochers ; mais, ajoutait-
elle, ils pouvaient fort bien rester à jouer sur le Pic
jusqu'au retour des autres. Ils étaient six que Caroline considérait comme étant trop petits ; quelques-
uns d'entre eux étaient très satisfaits de cet arrangement, mais il y en avait qui ne s'en contentaient pas du
tout : ils avaient envie d'aller voir la cascade, et surtout il ne leur plaisait pas d'être regardés comme
des gamins.

William se décida à tenir compagnie aux enfants.
Il y avait bien assez de garçons sans lui pour servir
les jeunes filles qui allaient à la cascade, et quant à
Caroline, il pensait qu'on s'était assez occupé d'elle
toute la journée. Elle s'arrangeait toujours pour avoir
plusieurs garçons à ses ordres, et ce jour-là William
avait été presque tout le temps du nombre. En somme,
sans trop savoir pourquoi, le jeune homme préférait
demeurer avec les petits. Caroline en fut un peu
vexée, mais elle n'en laissa rien voir ; William allégua
qu'il n'était peut-être pas très prudent de laisser les
enfants tout seuls au Pic, ce qui n'empêcha pas qu'elle
vît dans sa décision un manque d'égards en quelque
sorte personnel, et qu'elle partît, à la tête de la
bande qui allait à la cascade, avec un air de dignité
offensée.

Ceux qu'on avait laissés au Pic étaient assez fatigués de leur course. Après avoir pendant quelque
temps cherché des fleurs et des mousses dans les
rochers, ils découvrirent un charmant endroit pour
s'asseoir ; ils s'y installèrent très confortablement

X

« C'EST BON » DIT WILLIAM (P. 187.)

puis ils demandèrent à William de venir leur conter une histoire.

« Je le veux bien, dit William en s'asseyant auprès d'eux ; mais quelle espèce d'histoire ?

— Une histoire de New-York, dit une petite fille qui n'était jamais allée à la ville et qui désirait beaucoup en entendre parler.

— C'est bon, dit William, je vous raconterai une excursion que j'ai faite de New-York aux Palissades, en remontant la rivière Hudson. Il faut que vous sachiez que les Palissades sont une chaîne de rochers aussi élevés que le Pic, et tout à fait perpendiculaires, c'est-à-dire que du côté de la rivière ils sont droits comme un mur. Ces rochers s'étendent pendant bien des lieues, et ils sont tellement à pic qu'il serait impossible de les escalader. A l'endroit où commencent ces Palissades, il y a une petite vallée très verte et très riante qui s'enfonce dans l'intérieur du pays ; de là part un sentier qui conduit jusqu'au sommet des Palissades. En face de l'ouverture de cette vallée, on trouve un bac pour traverser la rivière et un excellent endroit pour aborder. C'est ce qu'on appelle le bac des Bœufs.

— Est-ce parce qu'on y fait traverser les bœufs ? demanda une des petites filles qui écoutaient l'histoire.

— Non, dit William, je ne le pense pas ; peut-être l'homme qui a établi le bac s'appelait-il M. des Bœufs ; je l'ignore. Je sais seulement qu'on l'appelle toujours le bac des Bœufs. Comme ce n'est pas loin de New-York, qu'on y arrive très agréablement par la rivière, et qu'une fois là on peut grimper sur les Palissades, c'est une expédition très agréable à faire. Il y a quelque temps, quand j'étais à New-York, on arrangea une partie pour aller au bac des Bœufs, et

j'y fus invité. Le monsieur qui se chargeait de diriger l'expédition se nommait M. Jacques, et il avait
avec lui plusieurs jeunes filles et plusieurs garçons,
tous plus âgés que vous. Je ne les connaissais pas
très bien, ce qui fait que je ne causai pas beaucoup
avec eux. Je m'assis donc, et je les regardai attentivement pour découvrir qui, dans tout ce monde, me
plairait le plus. Je me dis que j'observerais les jeunes
filles, afin de voir quelle serait celle qui m'aurait fait
une bonne femme, si j'avais été d'âge à me marier. »

William était curieux de voir si une idée aussi absurde ne ferait par rire les enfants. Mais non, ils restaient immobiles et semblaient écouter avec une
attention profonde.

« Il y en avait une, reprit William, qui s'appelait
Cornélia. Elle avait une figure toute rayonnante, et
son rire était si joyeux que c'était un vrai plaisir de
l'entendre. Je me dis qu'elle devait être d'une heureuse nature, et je me promis d'observer tout ce
qu'elle ferait. Un vent frais soufflait quand le bateau
à vapeur quitta le quai de New-York, et comme il
était de très bonne heure, le froid était assez vif.
M. Jacques découvrit un coin où il put accrocher son
manteau, de façon à en faire une espèce d'abri. Le
vent était si fort qu'il eut beaucoup de peine à le
fixer ; mais quand il en fut venu à bout, presque
toutes les jeunes filles vinrent se blottir derrière. Cornélia n'était pas du nombre. Il n'y avait pas place
pour tout le monde, et elle s'était établie sur un pliant
dans le meilleur endroit qu'elle avait pu trouver.
Lorsqu'on fut sur le point d'arriver, toutes les fillettes
qui s'étaient abritées derrière le manteau se levèrent
en masse et coururent à l'avant pour voir le débar-

quement. M. Jacques voulut alors détacher son manteau ; mais le vent le lui fouettait dans la figure, et
il ne pouvait trouver les épingles. Cornélia s'en
aperçut et vint à son secours.

— Mais, monsieur William, pourquoi ne l'avez-vous
pas aidée ? questionna une des petites filles.

— C'est bien ce que j'ai fait, répond celui-ci. Je
suis arrivé un moment après Cornélia, et je me suis
dit : Oui, elle ferait une bonne femme. Elle est discrète et elle est reconnaissante.

« Un peu plus tard, après avoir grimpé sur les
Palissades et en être redescendus, nous nous amu-
sions tous dans une petite baie au bord de la rivière.
Deux des garçons étaient occupés à construire une jetée avec des pierres plates. L'un des deux se tenait
de façon à ce que l'eau montât jusque sur ses pieds
et vînt par conséquent mouiller ses bas et ses souliers.
Les petites filles, qui étaient assises sur les rochers
à l'entour, s'intéressaient beaucoup à la construction
de la jetée et semblaient prendre un grand plaisir à
voir le gamin se mouiller les pieds. Cornélia, seule,
en semblait inquiète et contrariée ; je l'entendis qui
se disait à elle-même : « Il ne devrait pas faire cela ;
il va abîmer les souliers neufs que sa mère lui a
achetés hier et par-dessus le marché s'enrhumer. »
Et je me dis : Oui, elle fera une bonne femme. Elle
est discrète, raisonnable, soigneuse et bonne.

« Il fallut enfin quitter le bac des Bœufs et nous
remettre en route. Nous nous étions tous assis sur le
pont du bateau à vapeur, et nous regardions le beau
paysage qui se déroulait devant nous. Le vent était
tout à fait tombé, et nous avions un temps délicieux ;
mais le soleil était chaud, et les jeunes filles sem-

27

blaient avoir grand'peur de se hâler et d'attraper des
taches de rousseur : elles se couvraient la figure très
soigneusement avec leurs voiles. Cornélia tenait à
la main un magnifique bouquet de fleurs sauvages
qu'elle avait cueillies sur le haut des Palissades; elle
détacha son voile de son chapeau et en couvrit les
fleurs, espérant par là les garantir du soleil jusqu'à
son arrivée. Je remarquai cela et je me dis : « Oui,
Cornélia est d'une bonne nature. Elle jouit de la
beauté des objets qui l'entourent et ne pense que peu
à la sienne. »

Tout à coup Madeleine se leva et tapa des mains
en criant :

« Voilà Mary Bell! »

Tous les enfants se retournèrent du côté où regardait Madeleine, et ils virent en effet Mary et une
autre jeune fille qui arrivaient par le sentier. Mme Bell
s'était trouvée subitement beaucoup mieux, et ayant,
par hasard, entendu parler de la fête, elle avait in-
sisté pour que Mary allât rejoindre ses amis au Pic.
La bande de William s'en trouva donc augmentée
d'une façon importante, et il s'amusa infiniment à
causer avec tout le monde, à flâner à droite et à
gauche et à conter des histoires pendant à peu près
une heure, jusqu'à ce que Caroline revînt de la cascade avec sa société. Alors ils redescendirent tous
ensemble.

XVII

LA PROMENADE EN CHARRETTE

Huit jours après la fête du Pic, William combina une belle expédition en voiture. Il se procura deux grandes charrettes couvertes, et avec le secours de Lafaine il arrangea dans chacune trois bancs très confortables. Chacun de ces bancs pouvait tenir trois personnes, ce qui fait que la société devait se composer de dix-huit personnes, et comme on devait être nombreux dans une même charrette, on se promettait de bien rire et de bien s'amuser en chemin.

On se mit en route un après-midi, tout de suite après le déjeuner. Lafaine devait avoir la charge d'une des charrettes et William de l'autre. La journée était magnifique, le ciel pur, l'air frais. La campagne était très belle aussi, bien qu'elle fût revêtue de sa sombre robe d'automne. Les amis prirent un chemin qui suivait la rivière et qui les fit passer dans une vallée sauvage et pittoresque présentant les aspects les plus variés. C'étaient quelquefois de grands rochers à pic qui bordaient la route d'un côté, tandis que de l'autre la rivière coulait comme un torrent sur son lit pierreux. Puis, tout à coup, on entrait sous un bois sombre et solitaire, où l'on n'entendait que le chant varié des oiseaux sur la cime des grands arbres. Un peu plus loin, on quittait le bois aussi soudainement qu'on y était arrivé, et l'on se trouvait au milieu de champs fertiles et de vergers où les

arbres étaient chargés de pommes rouges ou dorées.
Chaque fois que, dans un de ces vergers, les enfants
en apercevaient un dont les pommes paraissaient
particulièrement douces et fraîches, ils descendaient
de charrette et en cueillaient. Les fermiers leur en
laissaient toujours prendre autant qu'ils en voulaient.

La promenade se fit ainsi très agréablement, et les
enfants s'amusèrent beaucoup jusqu'au moment où,
arrivés au terme de leur course, ils voulurent rentrer. Alors ils se trouvèrent en présence d'une difficulté d'un genre assez bizarre. Ils n'étaient en réalité qu'à une demi-lieue de la maison, ce qui n'empêchait pas qu'il leur était impossible de rentrer sans
faire trois ou quatre lieues. Et voici comment : après
avoir remonté la rivière pendant à peu près deux
lieues, ils l'avaient traversée au moyen d'un pont, et
l'avaient redescendue du côté opposé, jusqu'au moment où ils s'étaient trouvés presque en face de l'endroit d'où ils étaient partis. La rivière leur barrait le
chemin, et le pont le plus rapproché était celui sur
lequel ils avaient déjà passé ; ils ne pouvaient donc
rentrer sans refaire la même route. Il y avait, outre le
pont, un bac sur la rivière, mais il se trouvait beaucoup
plus bas ; et ce qu'il y avait de mieux à faire était
sans contredit de retourner par le même chemin.

Le but de l'expédition avait été de grimper sur une
haute montagne des environs, et d'où l'on avait une
vue très étendue. La petite troupe avait gravi la montagne, en était redescendue après avoir bien admiré
le paysage, et s'était remise en route pour rentrer
à la maison.

Lafaine et sa voiture étaient en avant. Il avait été

convenu que les deux charrettes devaient se tenir à une certaine distance l'une de l'autre, afin que celle qui serait derrière ne fût pas incommodée par la poussière de celle qui se trouverait devant. Lafaine et sa bande avaient tellement d'avance que ceux qui étaient dans le second véhicule ne les apercevaient que de loin en loin sur la route. La charrette de William était menée par Parker, qui, bien entendu, était assis sur le premier banc. A ses côtés étaient Caroline et Augusta. Mary Bell et Madeleine étaient sur le deuxième banc, et William sur le dernier. Les rideaux étaient relevés, et tout le monde voyait également bien.

En passant devant une ferme, Caroline dit qu'elle avait soif, et elle pria Parker de s'arrêter un moment, afin qu'ils pussent avoir un peu d'eau.

« William ira nous en chercher, dit-elle; c'est lui qui peut descendre le plus facilement.

— Oh! oui, dit celui-ci, je peux descendre le plus aisément du monde. »

En disant ces mots et avant que Parker eût tout à fait arrêté les chevaux, il descendit par une petite portière de côté qui se trouvait entre le deuxième et le troisième banc, et se dirigea vers la ferme, qui était à quelque distance. Il frappa à la porte, et une petite fille vint lui ouvrir. William lui demanda si elle serait assez bonne pour lui donner une cruche d'eau. Elle répondit avec empressement qu'elle irait en chercher et elle rentra dans la maison en laissant le jeune homme à la porte.

Celui-ci se retourna vers la charrette, qui était restée sur la route. C'était trop loin pour qu'il pût se

faire entendre, mais il agita son mouchoir pour indiquer à ses compagnons que l'eau ne tarderait pas à
arriver. Il resta ainsi quelque temps à attendre;
enfin il se demanda ce que la petite fille pouvait faire
dans l'intérieur.

Celle-ci avait trouvé que le seau d'eau où elle comptait puiser avait séjourné trop longtemps dans la
maison, et ne voulant donner que de l'eau parfaitement fraîche à un étranger aussi comme il faut que
William, elle s'était décidée à aller en chercher à la
source. Voilà ce qui causait le retard.

Pendant ce temps Madeleine vit une fleur sur le
bord de la route, et elle pria Mary Bell de la laisser
descendre pour la cueillir.

« Non, non, petite, dit Caroline, reste en place.
William va revenir, et alors il faudra nous remettre
en route tout de suite.

— Oh! laissez-la descendre, dit Parker. Quand
William aura apporté l'eau et que nous l'aurons bue,
il faudra encore qu'il reporte la cruche à la maison;
il y a donc bien le temps.

— Et bien, soit, dit Mary Bell, et je descendrai
avec elle pour l'aider à remonter. »

Mary et Madeleine descendirent donc ensemble.
Madeleine sauta bien doucement, et elle posait
le pied à terre quand elle vit poindre William
avec un pot d'eau dans une main et un verre dans
l'autre.

Madeleine aperçut plusieurs fleurs s'épanouis-
sant dans l'herbe, et elle resta à les cueillir jusqu'à
ce que tout le monde eût bu à tour de rôle. William offrit de l'eau à Mary Bell, et quand elle eut
bu, il rapporta à la maison le pot et le verre. Made-

leine n'avait pas soif : elle était trop occupée de ses fleurs.

« Allons, fit Mary Bell, il faut remonter.

— Oui, un moment, dit Madeleine , voilà encore une fleur dont j'ai bien envie.

— Elle va nous faire attendre, vous verrez; je le savais, » dit Caroline. Puis tout à coup, comme si une idée brillante lui traversait le cerveau, elle ajouta :

« Partons, Parker, et laissons-les un peu. »

Parker fouetta les chevaux. Caroline se retourna pour voir ce que Mary Bell et Madeleine penseraient de leur fuite. Elle remarqua que celle-ci semblait un peu effrayée, mais que Mary Bell était restée sur le bord de la route et avait l'air tout à fait à son aise.

Voyant que Mary montrait si peu d'inquiétude, Caroline pria Parker de continuer.

« Allons de l'avant de façon au moins à lui faire un peu peur, » dit-elle.

Elle venait aussi d'apercevoir William qui revenait de la ferme, et elle pensa qu'il serait charmant de les faire enrager un peu tous les deux. Elle agissait ainsi sans grande malice, et elle avait l'intention seulement de faire une plaisanterie innocente ; je ne dirai pourtant pas qu'il ne s'y mêlât un peu de jalousie et de dépit. Elle ne pouvait s'empêcher de croire que William préférait la société de Mary Bell à la sienne, et elle ne lui avait pas complètement pardonné de n'avoir pas voulu l'accompagner à la cascade le jour de la fête du Pic. Quand, à son retour, elle avait trouvé que Mary Bell, en son absence, était venue se joindre à la société de William, elle avait soupçonné que l'arrivée de celle-ci avait été convenue à l'avance. Elle se trompait pourtant. Une demi-heure avant son départ, Mary n'avait aucune idée qu'elle irait à la fête, et William ne l'attendait nullement. Leur rencontre avait été tout à fait accidentelle.

Ces choses avaient laissé chez Caroline un sentiment de mécontentement et de dépit qui la rendait très disposée à amuser un peu ses camarades aux dépens de Mary Bell.

« Ne vous arrêtez pas, dit-elle à Parker, voyons ce qu'ils feront. »

Mary commençait à être un peu tourmentée quand William vint la rejoindre sur la route.

« Ils s'en vont, dit-elle.

— Ne craignez rien, répondit William ; ils n'iront pas bien loin, je pense. »

Puis, pour prouver à Caroline et à ses amis qu'il n'était guère effrayé d'être laissé en arrière, il se mit à examiner le bouquet de Madeleine d'un air tout à fait dégagé.

« Quelles jolies fleurs ! dit-il.

— Oui, répondit Madeleine, mais ils s'en vont toujours. Courons un peu.

— Non, non, dit le jeune homme, marchons tout à notre aise. Ils s'arrêteront bientôt. »

Et il marcha sans se presser à la suite de la charrette, tout en causant avec Mary Bell. Les chevaux n'allaient pas très vite non plus. La société se retournait en riant vers les piétons et leur faisait des salutations moqueuses.

William ôta son chapeau et leur répondit par des saluts très polis.

« Nous ferons mieux de courir, dit Mary Bell ; c'est à quoi ils veulent nous obliger ; ils ne nous laisseront jamais remonter sans cela.

XI

« FOUETTEZ! » DIT CAROLINE (P. 197.)

— Eh bien, courons, si vous le voulez, William.

— Ils arrivent, Parker! crièrent les enfants qui étaient au fond de la charrette. Fouettez donc! Ils arrivent, et ils vont nous rattraper.

— Oui, fouettez, dit Caroline, ou ils vont nous rejoindre. »

Parker fouetta les chevaux, qui prirent le trot et qui eurent bientôt laissé loin derrière eux Mary Bell et William.

« Vous voyez qu'il est inutile de courir, dit celui-ci. Marchons doucement; quand ils en auront assez, ils s'arrêteront.

— J'espère que la promenade vous est agréable ! » cria Caroline en se retournant dans la charrette.

Cette interpellation fut suivie d'éclats de rire immodérés. William agita son mouchoir en réponse aux vœux aimables de Caroline, et continua à se promener tranquillement à côté de Mary Bell.

« Elle se moque de nous, dit Madeleine : elle nous le paiera.

— Ils se promènent tous les deux vraiment comme s'ils y trouvaient du plaisir, dit Caroline; mais avant que nous les laissions remonter ils auront changé d'avis, n'est-ce pas, Parker?

— Oui, pour sûr, répondit Parker.

— Fouettez, dit Caroline, faisons-les courir encore un peu. »

Parker fouetta les chevaux qui trottèrent assez longtemps.

William et ses deux compagnes étaient enfin bien loin en arrière.

« Je crois vraiment, dit William, que nous allons

être obligés d'abandonner la partie. Asseyons-nous
sur cette pierre et réfléchissons à ce qu'il faut faire. »

Il y avait sur le bord de la route une grande pierre,
et tous les trois allèrent s'y asseoir. Mary Bell et
Madeleine commençaient à avoir l'air fatigué et inquiet.

Dès qu'ils furent assis, Mary Bell dit :

« Voilà qu'ils se sont arrêtés. Ils vont nous laisser
remonter maintenant. Allons les trouver. »

Ils se levèrent et marchèrent vivement vers la
charrette. Mais aussitôt que Caroline et Parker les
aperçurent, ils fouettèrent les chevaux et repartirent
plus vite que jamais. Les trois piétons ralentirent
leur marche, car ils savaient fort bien qu'il ne fallait
pas songer à rattraper les chevaux en courant après,
et ils tinrent de nouveau, conseil.

« Ils se sont assez moqués de nous, déclara William. Voilà un quart de lieue que nous faisons ; c'est
suffisant pour n'importe quelle plaisanterie. Je crois
que ce que nous avons de mieux à faire, c'est de ne
plus les poursuivre.

— Mais alors comment rentrer ? demanda Mary
Bell. Nous sommes, je suis sûre, à plus de trois lieues
de la maison.

— Oui, par la route il y a trois lieues, dit William,
mais nous pourrions ne pas prendre ce chemin.
Trouvons un moyen pour traverser la rivière, et
alors nous ne serons plus qu'à une demi-lieue de la
maison, en ligne droite.

— Mais nous ne pouvons pas traverser la rivière,
dit Mary Bell.

— Oh ! dit William, je m'arrangerai pour vous la
faire traverser ; et si je n'y puis réussir, je prendrai

chez un fermier une voiture, et je vous mènerai jusqu'au bac. »

Mary Bell ne savait trop que répondre.

« Il y a encore un moyen, reprit William après un moment de silence. Je crois très possible que Caroline et Parker vous laissent remonter avec Madeleine, si moi je restais en arrière. Que préférez-vous ? Rentrer dans la charrette sans moi, ou rester avec moi et revenir à la maison par un autre chemin ? »

Mary Bell hésitait. Au bout d'un instant, elle dit à William que, si elle avait pu choisir, elle aurait préféré rester avec lui, mais qu'elle croyait, qu'à cause de Madeleine surtout, il valait mieux qu'elles pussent rentrer dans le véhicule si les autres y consentaient.

« C'est bon, dit William. Essayons. »

Il tira son mouchoir de sa poche, et l'attachant par un bout à sa canne, il l'agita en l'air pour faire savoir à ceux qui étaient dans la charrette qu'il avait des communications à leur faire. Ensuite, il donna ce drapeau à Madeleine, en lui disant de continuer son chemin, tandis qu'il resterait immobile sur la route avec Mary Bell ; il espérait par là faire comprendre à Caroline que Madeleine avait quelque chose à lui dire. William donna bien clairement son message à la jeune fille, et lui recommanda d'aller le porter à ceux qui étaient en avant, si toutefois ils s'arrêtaient.

« Qu'est-ce que c'est que ça ? dit Caroline. Un signal de paix, si je ne me trompe. Je savais bien que nous les ferions céder. Arrêtez ! Parker, et voyons ce qu'ils ont à nous dire. »

Parker arrêta les chevaux, et Madeleine finit par rejoindre la voiture. Dès qu'elle fut assez près pour se faire entendre, elle dit :

« William veut savoir si vous êtes disposés à laisser remonter Mary Bell et moi, il dit qu'il restera en arrière et que vous pourrez le faire marcher trois fois autant que vous comptiez nous faire marcher tous ensemble, et que ça reviendra au même. »

Cette proposition amusa fort Caroline et ses camarades. Toute l'affaire n'était pour eux qu'un jeu, et, comme il arrive presque toujours à ceux qui s'amusent aux dépens des autres, ils ne se doutaient nullement de l'inquiétude et du chagrin qu'ils infligeaient à leurs victimes. Ils tinrent conseil un instant, et firent répondre à William qu'ils consentaient à prendre Madeleine, mais pas Mary Bell. Madeleine revint donc vers William avec le drapeau, et lui répéta la réponse de Caroline.

« Alors, dit William, tu peux ou rentrer en charrette, ou venir avec nous ; ce sera comme tu voudras.

— Reste avec nous, dit Mary Bell.

— Eh bien ! oui, je reste, » dit Madeleine.

William remit son mouchoir dans sa poche, et, prenant Madeleine par la main, il se mit à marcher lentement à côté de Mary Bell. Il voulait par là indiquer à ceux qui étaient en avant qu'il n'acceptait pas leur offre de prendre Madeleine.

« Maintenant, dit William, après avoir marché encore pendant un peu de temps, s'ils ne s'arrêtent pas avant le premier tournant de la route, je compte faire volte-face et marcher dans le sens opposé.

— Je le veux bien, dit Mary Bell. Seulement, ajouta-t-elle après un moment de silence, je suis sûre

que, dès qu'ils ne nous verront plus, ils vont s'arrêter
et se demander ce que nous sommes devenus.

— Oui, et ils le méritent bien, dit William.

— Mais, dit Mary Bell; ils n'oseront jamais rentrer en nous laissant ici, à trois lieues de la maison.
Que feront-ils?

— Je n'en sais rien, répondit William. Qu'il se
tirent de l'embarras où ils se sont mis comme ils le
pourront ; pour l'heure, le nôtre nous suffit. Je ne
puis admettre que trois pauvres piétons abandonnés
à trois lieues de chez eux doivent beaucoup s'inquiéter de ceux qui les ont délaissés, et qui ont une voiture et une bonne paire de chevaux pour rentrer à la
maison. »

La charrette était sur le point de disparaître à un
tournant de la route. Dès que William l'eut complètement perdue de vue, il rebroussa chemin avec
Mary Bell et Madeleine.

Mary commençait à être très tourmentée. Elle sentait fort bien que William allait avoir l'ennui de les
tirer de leur mauvaise position, et que toute la responsabilité retomberait sur lui. Elle trouvait fort
raisonnable que ce fût lui qui décidât ce qu'il y avait
à faire. C'était pourtant un peu à contre-cœur qu'elle
abandonnait tout espoir de reprendre sa place.
Elle se décida donc à demander bien timidement à
William s'il ne consentirait pas à continuer un peu
plus loin.

« Vous savez, Mary Bell, répliqua William, qu'il
m'est fort désagréable d'avoir à vous refuser quelque
chose, mais je pense que dans le cas présent il vaut
mieux que j'agisse contre votre gré, car alors vous
serez dégagée de toute responsabilité. Vous direz à

votre mère que vous avez suivi la charrette tant que
je vous l'ai permis, que vous vouliez continuer plus
longtemps, mais que je n'ai pas voulu y consentir. Si
donc quelqu'un est à blâmer, ce sera moi. »

Mary Bell sentit la justesse de ces raisons, et elle
se résigna à son sort qui dépendait complètement de
l'habileté et de l'énergie de William. Elle commença
même à trouver un certain charme à n'avoir plus
qu'à se laisser conduire. Ce fut donc d'un cœur léger
qu'elle suivit le jeune homme, ne sachant pas, ne
cherchant pas à savoir ce que celui-ci allait faire.

XVIII

CARLO BATELIER

Pour être juste, il faut dire qu'en abandonnant
ainsi Mary Bell et William et en les obligeant à marcher derrière la charrette si longtemps, Caroline ne
se doutait pas de tout l'ennui qu'elle leur causait.
Il y a mille raisons qui font que dans un cas de ce
genre les deux parties intéressées voient les choses
sous des jours tout différents, et que l'une ne peut
comprendre les sentiments de l'autre. Par exemple,
il y avait certainement chez William et Mary Bell un
sentiment d'inquiétude et d'indécision que Caroline
ne partageait point et dont, par conséquent, elle ne
tenait aucun compte.

Elle sentait qu'elle pouvait d'un moment à l'autre
mettre fin à l'affaire, et à chaque instant elle se disait
qu'elle arrêterait la voiture ; aussi, bien qu'elle ne

l'arrêtât pas, l'idée qu'elle pouvait le faire lui donnait une tranquillité d'esprit qui contrastait singulièrement avec le doute et l'inquiétude que devait éprouver Mary Bell, elle qui ne savait ni quand, ni comment finirait cette tracasserie.

En outre, le chemin paraissait bien plus court à Caroline et à ses amis en voiture, qu'à William, à Mary et à Madeleine, chez qui la fatigue physique était encore augmentée par l'inquiétude et la contrariété. Si Caroline avait eu une idée nette du degré d'ennui qu'elle leur infligeait, elle se fût arrêtée bien plus tôt. Mais tout, jusqu'à l'air calme et dégagé sous lequel William et Mary Bell cachaient leur déplaisir, contribua à tromper Caroline, et elle continua si bien, que la patience du jeune homme se lassa et qu'il se refusa, comme nous l'avons dit, à la suivre plus long-temps.

Il arriva que l'entêtement de Caroline à continuer s'épuisa presque en même temps que la patience de William. Dès que la charrette eut passé le tournant de la route et qu'on eut perdu de vue les trois délaissés, Caroline pria Parker d'arrêter un peu et d'attendre qu'ils reparussent sur la route.

« Oh! mon Dieu, ajouta-t-elle, nous ferons peut-être bien de nous arrêter pour tout de bon, et de les laisser remonter. Il ne faut pas les faire marcher trop loin. »

Parker arrêta donc la voiture. Caroline et ses amis se mirent alors à causer, tout en guettant William et ses deux compagnes.

Ils restèrent ainsi quelque temps la tête retournée quand Parker dit enfin :

« Mais pourquoi ne viennent-ils pas?

29

— Je ne sais pas, dit Caroline. Peut-être ont-ils
été fatigués et se sont-ils assis sur la route? Ils vien-
dront dans un moment. »

Et ils attendirent encore, mais personne ne parut.

« Descendez donc, Parker, dit Caroline, et courez
jusqu'au tournant de la route, voir ce qui leur arrive. »

Parker descendit et alla jusqu'à la courbe du chemin, où il resta à regarder pendant une minute ou
deux, puis il revint vers la charrette sans se presser,
et quand il fut tout près :

« Je ne les vois pas du tout, dit-il.

— Ils se sont cachés quelque part dans les broussailles, afin de nous faire peur, dit Caroline. Mais ils
se trompent. Nous allons nous arrêter un peu ici et
s'ils ne viennent pas, nous partirons sans eux. »

Caroline et sa société attendirent une dizaine de
minutes, mais en vain.

« Comme c'est ennuyeux! s'écria Caroline. Voilà
qu'il est quatre heures, nous devrions retourner. J'ai
vraiment envie de continuer et de ne plus m'occuper
d'eux.

— Mais comment feront-ils pour rentrer à la maison? demanda Parker.

— Je n'en sais rien, et ça m'est bien égal, dit
Caroline. Ils n'avaient qu'à ne pas nous faire attendre.
Mais, ajouta-t-elle après un moment, si vous retour-
niez en arrière, John, et si vous les appeliez, peut-
être répondraient-ils?

— Eh bien, retournons plutôt tous ensemble, conseilla Parker.

— Oui, cela vaut mieux, » dit Caroline.

Parker continua sa route jusqu'à ce qu'il fût arrivé
à un endroit fort large où il pût faire tourner sa char-

rette. Puis, ils revinrent lentement sur leurs pas,
et tous les enfants regardèrent attentivement dans
les bois qui bordaient la route en criant à tour de
rôle :

« Wil...liam ! Wil...liam ! » ou bien, « Ma...ry
Bell ! Ma...ry Bell ! »

Mais l'écho seul leur répondit.

Ce fut maintenant à leur tour d'être sérieusement
inquiets. Il se faisait tard, et comme il ne leur restait
que le temps nécessaire pour rentrer à la maison
avant la nuit, il était réellement imprudent de tarder
plus longtemps. Mais, d'un autre côté, l'idée de
laisser William, Mary Bell, et surtout une enfant
comme Madeleine dans un endroit solitaire, à trois
lieues de la maison, leur semblait vraiment affreuse.
Ils en vinrent même à se dire que leurs camarades
absents avaient peut-être pris un chemin détourné et
s'étaient perdus dans les bois. Bref, ils se sentirent
cruellement tourmentés et ne surent vraiment que
faire. Il fut enfin décidé qu'ils ne pouvaient rester
davantage où ils étaient, et Caroline proposa de se
hâter tant qu'ils pourraient vers la maison dans l'espoir de rattraper l'autre charrette, de conter l'histoire
à Lafaine et de lui demander conseil, car c'était toujours à la sagesse de Lafaine que les enfants avaient
recours dans les occasions particulièrement difficiles.
Cet avis reçut l'approbation générale ; Parker fit donc
tourner ses chevaux et ils repartirent vivement vers
la maison.

En attendant, William, Mary Bell et Madeleine se
promenaient fort agréablement sur la route le long
de la rivière, l'après-midi était vraiment charmant.
Le chemin qu'ils suivaient laissa bientôt le bois pour

côtoyer le ruisseau ; d'un côté, par conséquent, on avait la vue de l'eau et, de l'autre côté, de magnifiques prairies bordées au loin par la lisière d'un bois. Cet endroit était très sauvage et très solitaire, mais ravissant. Mary et Madeleine ne pensaient plus du tout à remonter dans la charrette ; elles étaient parfaitement sûres que William trouverait moyen de les ramener à la maison, et elles jouirent beaucoup de leur promenade, causant tout le temps entre elles et avec leur ami. Madeleine s'arrêta souvent pour regarder les poissons qu'elle voyait fort bien de la berge, car le ruisseau, toujours clair, paraissait doublement limpide ce jour-là, à cause des rayons du soleil qui se reflétaient sur le sable jaune au fond de l'eau. Elle cueillit aussi de nouvelles fleurs qu'elle ajouta à son bouquet, et une fois elle descendit jusqu'au bord de la berge pour ramasser une grosse pierre plate qu'elle aperçut et qui devait faire, à ce qu'elle disait, un magnifique « chauffe-mains ». Par chauffe-mains elle entendait une grosse pierre ronde et unie que sa bonne mettait au feu, qu'elle enveloppait de flanelle et qu'elle posait ensuite sur ses genoux pour s'y chauffer les mains quand elle allait en hiver faire une promenade en traîneau.

La rivière, à cet endroit, avait un cours régulier et paisible ; elle n'était pas large, mais elle était assez profonde. Sur la colline au loin, on apercevait plusieurs fermes que Mary Bell reconnut pour n'être pas éloignées de la maison de Mme Henry.

« Si seulement, disait-elle, nous étions sur l'autre rive du ruisseau, nous serions à la maison dans un quart d'heure. Mais, ajouta-t-elle, je ne vois pas comment nous pourrons jamais traverser l'eau ?

— Oh ! ce ne sera pas difficile, dit William, je sais
très bien ce que je vais faire : je vous ferai traverser
en bateau.

— En bateau ? fit Mary Bell, mais, où en prendrez-
vous un ?

— Je prendrai le nôtre, » dit William.

William voulait dire celui de Mme Henry. Il y avait
un ruisseau qui se jetait dans la rivière près de la
maison de Mme Henry où demeuraient Madeleine et
Riquet ; l'embarcadère de ce ruisseau formait un
excellent petit port où il y avait un bateau et un hangar. Le long de la rivière, à cet endroit, la plage était
charmante et c'était là que Riquet et Madeleine avaient
dans le temps allumé du feu pour faire cuire leur
sucre d'érable. Sur cette plage, à l'embouchure du
ruisseau, se trouvait un petit promontoire avec une
grande pierre plate qu'on appelait la pierre du Mai.
Cette pierre formait un magnifique débarcadère pour
l'embarcation qu'on laissait souvent à cet endroit,
attachée à un poteau très solide que Lafaine avait
établi à cet effet. C'était elle que William comptait
prendre.

« Mais notre bateau est de l'autre côté de la rivière, dit Madeleine.

— Je le sais, répondit William, aussi vais-je aller
le chercher.

— Et comment traverserez-vous ? demanda Mary
Bell.

— A la nage, répliqua William.

— A la nage ! fit Mary Bell un peu effrayée.

— Oui, dit William, je pourrai très facilement le
faire en ôtant ma veste et mes souliers. Je vous éta-
blirai, vous et Madeleine, quelque part sur un bon

siège, et je descendrai la berge jusqu'à ce que je
rencontre un bout de vieille planche. Alors j'ôterai
ma casquette, mes souliers et ma veste, j'en ferai un
paquet et je le mettrai sur la planche, puis je tra-
verserai la rivière en nageant, en la poussant devant
moi. Quand j'aurai gagné le bord, je remettrai mes
effets et j'irai à la maison où je les changerai pour
en prendre de secs. Après quoi, je reviendrai vous
chercher en bateau pour vous conduire sur l'autre
rive.

— Quelle bonne idée! » dit Madeleine.

Mary Bell ne dit rien, car, au fond, elle appréhen-
dait de voir William traverser à la nage une rivière
aussi profonde.

Après avoir marché quelques minutes de plus, nos
amis arrivèrent à un endroit d'où on apercevait parfaitement la maison de Mme Henry, l'embouchure du
ruisseau et même la grande pierre qui servait de débarcadère.

« Voilà le bateau! » s'écria Madeleine en battant
des mains.

« Asseyez-vous ici, sur ces rochers, dit William,
tandis que moi je vais à la recherche de mon bout
de planche, et tout à l'heure vous me verrez partir
du rivage en nageant et en poussant mes effets devant moi. Mais il faut, ajouta-t-il, que vous me gar-
diez ma montre, car l'eau ne l'arrangerait pas. »

William remit donc sa montre à Mary Bell, et lui
passa la chaîne autour du cou. C'était une jolie petite montre en or. Mary la regarda attentivement un
moment, puis elle la serra soigneusement dans sa
ceinture. Elle n'avait jamais eu une montre entre les
mains, et cette preuve de confiance la flatta infini-

ment. William retira aussi de sa poche son porte-crayon
et le lui remit. Madeleine voulut à son tour avoir
quelque chose à garder, et le jeune homme, lui donna
son portefeuille, des clefs et quelques petites pièces
de monnaie. Madeleine mit l'argent et les clefs dans
sa poche, mais elle garda le portefeuille à la main.

« Qu'est-ce que c'est que ce petit garçon? s'écria
tout à coup Madeleine. Il a un chien avec lui qui res-
semble bien à Carlo. Oui, je crois que c'est Carlo, et
si c'est lui, le garçon doit être Thomas. C'est le fils d'un
de nos voisins, et le chien va souvent jouer avec lui.

— Il pourrait bien nous amener le bateau? dit
William.

— Oh non! dit Mary Bell, il n'est pas assez grand
pour cela. C'est un tout petit bonhomme, pas plus
grand que Madeleine, et ce ne serait pas du tout prudent de le lui confier. »

Après un moment de doute elle ajouta :

« J'aimerais mieux me fier à Carlo, il pourrait
peut-être bien nous l'amener lui-même. »

William s'amusa fort de cette idée et il crut que
Mary plaisantait.

« Si Carlo savait seulement que je suis ici, et que
j'ai besoin du bateau pour rentrer, je suis sûre que,
si Thomas lui mettait la corde entre les dents, il na-
gerait en le tirant après lui. Il est extrêmement fort. »

Mary Bell se tint debout sur le rocher, et comme
elle avait vu que l'enfant les avait aperçus et semblait
les regarder, elle cria très fort :

« Tho...mas! »

Une voix très éloignée répondit :

« Holà!

— Est-ce vous, Thomas? » cria Mary Bell.

La voix répondit par un « oui » très prolongé, mais assez fort.

« Faut-il que j'essaie de faire venir Carlo? dit Mary à William.

— Oui, essayez, répondit William, mais je ne crois pas que vous réussissiez. »

Mary Bell appela alors le chien à plusieurs reprises, de ce ton qu'elle prenait quand elle voulait le faire obéir, mais qui, le plus souvent, il faut le dire, restait sans résultat. Cette fois, pourtant, il en fut tout autrement. Le fait est que Carlo avait un profond mépris pour les jeux de toutes sortes, et il savait fort bien quand les enfants ne l'appelaient que par caprice. Mais quand, au contraire, il s'agissait d'un cas sérieux où il pouvait rendre un véritable service, il en sentait parfaitement l'importance, et toute son énergie se réveillait. Donc, aussitôt qu'il entendit la voix de Mary et qu'il se vit séparé d'elle par la rivière, il comprit qu'il ne pouvait être question de jouer. Il semblait fou, il regardait de l'autre côté de l'eau, il aboyait, il courait tantôt à droite, tantôt à gauche sur le bord de la grande pierre, puis, il regardait Mary Bell fixement et semblait sur le point de se jeter à l'eau.

Mary Bell cria alors à Thomas :

« Détachez le bateau, Thomas, et mettez le bout de la corde entre les dents de Carlo. »

L'enfant obéit, tout en appelant continuellement le chien, de façon à le retenir jusqu'à ce que la corde fût prête. Il paraissait très inquiet et très excité; il courait d'abord au bateau où était Thomas, puis à la pierre du Mai d'où il regardait fixement Mary Bell. Il allait continuellement d'un endroit à l'autre et ne

XII

WILLIAM ÉTAIT LA TOUT PRÈS POUR SAISIR LA CORDE (P. 211.)

cessait d'aboyer. Enfin, Thomas réussit à détacher le
bateau et il l'amena jusqu'à la grande pierre, puis il
présenta au chien le bout de la corde et lui dit :

« Prends ça, Carlo, » tout en lui montrant l'eau en
même temps.

L'animal sembla comprendre aussitôt; il saisit la
corde entre les dents et sauta dans l'eau. Mary Bell
l'encourageait de la voix, tandis que Madeleine battait
des mains en criant avec bonheur :

« Ah! le bon Carlo! Il vient! il vient avec le bateau! »

Bien que le chien fît tous ses efforts pour traverser
en ligne droite, le courant commençait à l'entraîner.
Mary Bell, William et Madeleine se mirent à marcher
dans le sens de l'eau de façon à être toujours en
face du nageur pour l'encourager et pour empêcher
aussi qu'il ne dépensât inutilement sa force en faisant de vains efforts pour les rejoindre.

Il n'avançait que lentement, mais enfin il toucha le
bord. William était là, tout prêt à saisir la corde;
Carlo la lui remit, puis, escaladant la berge, il courut vers Mary Bell et, se tenant droit en face d'elle,
il se secoua si violemment qu'il l'éclaboussa de la tête
aux pieds.

« Mais, Carlo! s'écria Mary en reculant, quel drôle
de chien tu fais! Qui pourrait croire que tu as assez
d'esprit pour amener un bateau, et que tu n'en as pas
assez pour savoir qu'il ne faut pas venir te secouer
sur moi? »

On s'imagine aisément le reste de l'histoire. Les
enfants traversèrent la rivière avec Carlo à l'avant du
bateau. Dès qu'ils eurent abordé sur la rive opposée,
Mary Bell demanda à Thomas comment il se trouvait
là. Il répondit qu'il était venu à la rencontre des char-

rettes avec l'espoir de monter dans l'une et de rentrer
avec Mary; et il ne s'attendait vraiment pas, ajouta-
t-il, à la voir revenir en bateau. Il lui fallut renoncer
à toute idée de promenade, puisque Mary rentrait à
pied. William l'accompagna jusqu'à sa porte, où elle
lui rendit sa montre et son porte-crayon.

Ce soir-là, un peu après le coucher du soleil, Madeleine attendait l'arrivée des deux voitures, tout en
se balançant sur la barrière du jardin. On se rappelle
que nous avons laissé Caroline fort tourmentée et décidée à rattraper Lafaine au plus tôt afin de le consulter. Mais Lafaine avait tellement d'avance que ce
ne fut pas chose aisée. Parker faisait trotter ses che
vaux tant qu'ils pouvaient, mais il était arrivé au
pont, c'est-à-dire à moitié chemin de la maison, sans.
avoir encore aperçu ses camarades. Enfin, il les découvrit au loin. Dès que Parker fut suffisamment près
pour se faire entendre, il pria Lafaine de s'arrêter, et
Caroline, sans attendre de l'avoir rejoint, lui cria
qu'ils avaient perdu des amis en route.

« Eh! comment cela, donc? demanda Lafaine.

— Ils se sont égarés, répondit Caroline. Nous les
avons attendus tant que nous avons pu, puis nous
nous sommes enfin mis en route sans eux.

— Mais comment ont-ils fait pour s'égarer? demanda Lafaine.

— Le vrai de l'histoire, avoua Caroline, c'est que
nous avons commencé par nous enfuir.

— Ha! ha! voilà l'affaire.

— Et que devons-nous faire?

— Qui avez-vous perdu? »

Il y avait tant de monde dans la charrette qu'il ne
pouvait savoir quels étaient les absents.

« Mais d'abord William, dit Caroline...

— Oh! M. William était du nombre? dit Lafaine.

— Oui, répondit Caroline.

— C'est bon, dit Lafaine, alors continuons notre chemin, et ne nous en occupons pas.

— Que voulez-vous dire?

— Je veux dire, reprit Lafaine, qu'il n'est pas de si mauvaise position où vous puissiez placer M. William dont il ne se tirera beaucoup mieux que vous ou moi; le dernier attrapé, ce ne sera jamais lui. »

En disant ces mots, Lafaine fit repartir ses chevaux.

Quand les charrettes arrivèrent près de la maison de Mme Henry, Lafaine prit une bifurcation de la rôute afin de ramener les enfants qui se trouvaient avec lui chacun chez soi.

L'autre véhicule devait rentrer tout droit chez Mme Henry. Caroline se sentait fort inquiète et fort malheureuse, bien qu'elle gardât un peu l'espoir d'avoir des nouvelles de ses amis en arrivant à la maison.

Madeleine les aperçut de loin.

« Maintenant, dit-elle, c'est à mon tour de me moquer d'eux. »

Aussi, dès que la voiture se fut suffisamment rapprochée, mais avant que Caroline pût voir qui se balançait sur la porte, Madeleine lui cria en contrefaisant sa voix :

« J'espère, messieurs et mesdames, que la promenade vous a été agréable.

— Mais, Madeleine, s'écria Caroline, comment es-tu rentrée? Et William, et Mary Bell, sont-ils revenus aussi?

— Oui, dit Madeleine, il y a longtemps.

— Oh! que je suis contente! s'écria Caroline, mais comment avez-vous fait?

— Devinez, » dit Madeleine d'un ton qui indiquait clairement qu'elle n'avait aucune intention de le dire.

Le lendemain, de bonne heure, un messager arriva chez Mme Bell avec une lettre pour Mary; quand celle-ci l'ouvrit, elle vit qu'elle était de Caroline. Voici ce qu'elle contenait :

    « Ma chère Mary Bell,

    « Je suis si honteuse de vous avoir laissée hier que je ne sais que dire ou que faire. C'était bien ingrat envers William, qui s'était donné tant de peine pour arranger la partie et pour nous procurer les chevaux et les charrettes. C'était surtout bien mal de profiter du moment où il était allé me chercher de l'eau! Je ne peux pas lui écrire, et je suis trop honteuse pour lui en parler, mais je voudrais bien que vous lui disiez combien je suis fâchée de ce que j'ai fait.

    « Votre amie,

             « CAROLINE. »

Mary Bell envoya la lettre même à William, qui, lorsqu'il l'eut regardée, la mit soigneusement dans son portefeuille en disant :

« Eh bien, après tout, Caroline n'est pas une méchante fille, elle sait reconnaître ses torts. C'est égal, elle serait meilleure encore si elle n'en avait jamais. »

XIX

L'ÉCOLE DE DESSIN

Pendant un temps, Mary Bell eut une petite école de dessin. Elle se composait de six élèves qui se réunissaient une fois par semaine dans sa chambre. Je vais vous raconter comment cette école fut d'abord fondée.

Un jour que Lafaine travaillait au jardin chez Mme Henry, Riquet et Madeleine jouaient ensemble au maître d'école dans la cour.

Riquet avait été le maître, et Madeleine l'élève. Mais le jeu ne marcha pas très bien, en grande partie, je crois, parce que Riquet obligea sa compagne à rester un peu trop longtemps assise sur une certaine pierre, comme punition, pour avoir désobéi à je ne sais quelle règle de la pension. Il oublia, comme le font souvent les enfants en pareil cas, que, bien que ce fût amusant pour lui de mettre Madeleine en pénitence, cela ne l'était pas tout à fait autant pour elle d'y rester. Bientôt celle-ci en eut assez, et, voyant que Riquet ne l'appelait pas, elle quitta sa place d'elle-même, en disant qu'elle ne voulait plus jouer à ce jeu, et qu'elle allait trouver Lafaine dans le jardin. Les deux enfants y allèrent ensemble; Madeleine avait encore sous le bras l'ardoise dont elle s'était servie pour jouer au maître d'école.

Lafaine était occupé à arranger une petite allée; il

coupait les bords du gazon et ratissait les mauvaises herbes. Cette allée conduisait à un petit ruisseau qui coulait au fond du jardin. Il y avait, parmi les arbustes, tout près de l'endroit où travaillait Lafaine, une grande pierre unie qui servait de banc aux enfants. Madeleine s'y assit.

Ses yeux se portèrent, par hasard, sur un petit dessin qu'elle avait fait sur son ardoise comme leçon quand elle jouait avec Riquet, et elle se dit qu'elle irait le montrer à Lafaine, et lui demander si ce n'était pas trop mal fait.

Elle se dirigea donc vers Lafaine, et, lui tendant l'ardoise, elle lui dit :

« Regardez, Lafaine. »

Lafaine regarda le dessin, mais sans cesser son ratissage, il répliqua :

« Oui, je vois; est-ce vous qui avez fait cela?

— Oui, répondit Madeleine, à l'école de Riquet je l'ai fait toute seule.

— Tous les élèves ne peuvent pas en dire autant des dessins qu'ils montrent, dit Lafaine en travaillant toujours.

— Et que pensez-vous que cela représente? demanda Madeleine, qui voulait avoir de Lafaine un jugement moins vague à propos de son croquis.

— Des pincettes? fit Lafaine d'un ton dubitatif.

— Non, dit la petite, qui regarda en même temps son dessin pour voir si cela ressemblait à des pincettes. Non, reprit-elle après l'avoir contemplé un moment, non, ce n'est pas ça. Regardez encore. »

Lafaine suspendit son ouvrage, regarda de nouveau, et dit toujours avec le même air de doute :

« Une enseigne de cabaret entre deux poteaux?

XIII

IL FIT UNE ESQUISSE TRÈS SIMPLE. (P. 217.)

— Non, fit Madeleine, ce n'est pas ça.

— Une table ronde avec deux pieds, dit Lafaine d'un ton satisfait, et comme s'il croyait avoir deviné juste cette fois.

— Non, dit Madeleine, rien de semblable.

— Alors je ne peux pas deviner, dit Lafaine avec découragement.

— C'est un homme! s'écria Madeleine. Voilà sa tête, et voilà ses jambes, ajouta-t-elle en montrant les différentes parties de son dessin. Seulement, j'ai oublié ses yeux, son nez et sa bouche. Et Madeleine se rassit sur sa piere et se mit en devoir de doter son bonhomme de ces traits si essentiels.

— C'est sa figure entière que j'avais oubliée, dit-elle.

— Vous avez oublié mieux que cela, dit Lafaine.

— Eh! quoi donc?

— Son corps. »

Madeleine regarda son dessin, et elle vit que Lafaine avait raison. Elle avait entièrement oublié le corps, et les jambes partaient de la tête.

« Tiens, c'est vrai, dit-elle. Mais, Lafaine, ajouta-t-elle en regardant son œuvre d'un air triste, vous devriez bien me dessiner un bon homme, alors je verrais comment c'est fait. »

Lafaine y consentit, et, prenant l'ardoise, il fit en un instant une esquisse très simple représentant deux gamins : l'un poursuivait l'autre pour ravoir sa casquette que le ravisseur avait perchée sur le haut d'un grand bâton.

Ce dessin était exécuté en peu de traits et avec une grande hardiesse, mais il avait infiniment de mouvement et d'expression.

Madeleine en fut si enchantée, qu'elle courut tout
de suite le montrer à Riquet.

Lafaine dessinait fort bien. Il avait appris, nous
l'avons déjà dit, en France, avant qu'il ne vînt en Amérique.

Au bout d'un instant Riquet et Madeleine arrivèrent retrouver Lafaine avec leur ardoise. Ils venaient lui demander de leur enseigner à dessiner.

« Oh! non, dit Lafaine, il n'y a pas moyen. Mais je
vais vous dire ce que je peux faire.

— Quoi? fit Riquet.

— Je peux vous montrer comment le gamin a rat-
trapé sa casquette.

— Ah! bon! » s'écrièrent les deux enfants avec
satisfaction.

Lafaine prit donc l'ardoise et fit de l'autre côté un
nouveau dessin représentant le couvre-chef retrouvé.
Le gamin qui l'avait emporté était tombé à plat par
terre; le bâton était nécessairement tombé avec lui,
et on voyait le possesseur de la casquette au moment
de la ramasser. Il riait de tout son cœur, tandis que
le camarade, qui était étendu par terre, avait une expression des plus pitoyables et des plus comiques.

Quand le dessin fut fini, Lafaine le donna à Riquet
et reprit son ouvrage. Les enfants s'en amusèrent
très longtemps. Enfin, ils déposèrent l'ardoise sur
un banc et vinrent demander à Lafaine pourquoi il
ne voulait pas leur enseigner à dessiner.

« Oh! pour cela il nous manque deux choses, dit
Lafaine.

— Et lesquelles? demanda Riquet

— Il me manque à moi le temps, et à vous la patience, » répondit Lafaine.

Là-dessus Madeleine et Riquet assurèrent à Lafaine qu'ils avaient beaucoup de patience, ou du moins qu'ils en auraient beaucoup si seulement il voulait leur enseigner à dessiner. Lafaine répondit qu'il n'entreprendrait rien de pareil.

« Mais, dit-il, il y a Mary Bell pour vous apprendre; elle a le temps. Il faut vous arranger une demi-douzaine ensemble pour aller chez elle tous les samedis dans l'après-midi.

— Eh bien, opina Riquet, faisons cela, Madeleine.

— Oui, ce serait une bonne chose, reprit Lafaine, si Mary Bell voulait y consentir. Je pourrais aussi l'aider de quelque manière.

— Et comment? dit Riquet.

— Je pourrais d'abord tailler les crayons; et puis, les jours de pluie, je pourrais faire une tournée avec la charrette et mener tous les élèves à la classe.

— C'est cela, dit Madeleine, et revenir nous reprendre quand la leçon serait finie, n'est-ce pas?

— Oui, certainement, dit Lafaine. Et puis, je pourrais peut-être aussi vous préparer des modèles. Tenez, je m'engage à vous en faire pour la dixième leçon.

— Pourquoi pas pour la première? demanda Riquet.

— Non, je préfère m'engager pour la dixième, dit Lafaine, de cette façon, il y a tout à parier que je n'aurai pas à les faire du tout.

— Et pourquoi? dit Madeleine.

— Parce que je ne pense pas que vous persévériez jusqu'à la dixième leçon. Je crois que vous en prendrez deux ou trois, et que vous en aurez assez. »

Riquet et Madeleine voulurent de nouveau convaincre Lafaine qu'ils auraient bien assez de persévérance pour dessiner pendant dix leçons, et même

davantage s'il le fallait. Lafaine leur dit qu'il s'enga-
gerait à faire pour la dixième leçon, si jamais elle
arrivait, autant de modèles qu'il y aurait d'élèves, et
qu'il consentirait aussi à écrire un règlement pour la
classe si Mary Bell le désirait.

— Oh! non! affirma Riquet, Mary Bell voudra faire
son règlement elle-même.

— Très bien, répondit Lafaine, ce sera comme elle
l'entendra. »

Madeleine et Riquet rentrèrent tout de suite à la
maison expliquer le projet à Mme Henry. Celle-ci n'y fit
aucune objection, elle trouva, au contraire, que c'était
un très bon arrangement, si Mary Bell voulait bien y
consentir. Dans l'après-midi, les deux enfants allèrent
chez Mary lui faire la proposition. Elle en rit, tout
d'abord beaucoup, et dit qu'elle ne pouvait pas être
professeur, qu'elle ne savait pas assez dessiner pour
enseigner aux autres.

A la vérité, Mary savait dessiner très gentiment.
Elle avait commencé à apprendre dans le temps avec
une certaine Mary Lescot. Mary Lescot était une jeune
fille qui avait demeuré chez Mme Bell alors que Mary
était toute petite; elle avait par la suite épousé
un jeune fermier et elle était allée habiter à une
demi-lieue de chez Mme Bell. C'était chez Mary
Lescot que Mary avait d'abord commencé à dessiner,
et, bien qu'elle n'en eût reçu que peu de leçons,
elle avait continué avec tant de soin et d'attention
que, toute seule, elle avait fait des progrès remar-
quables. La patience et la persévérance, unies à la
raison et à un certain goût, font aussi de très bons
maîtres.

Bien que Mary Bell fût très tentée de tenir la classe

que lui proposait Lafaine, elle était si défiante d'elle-même qu'elle n'aurait jamais accepté, si Riquet, en racontant la conversation qu'il avait eue avec Lafaine, ne lui eût dit que celui-ci s'engageait à écrire de certaines règles qui pourraient être utiles à la classe.

« Bien, dit Mary Bell, quand elle eut entendu cela; si Lafaine se charge de faire les règles, moi j'accepterai peut-être la direction de la classe.

— Mais, répondit Riquet, je l'ai prévenu que vous aimeriez à faire vos règles vous-même.

— Non, non, répliqua Mary, j'aime infiniment mieux que ce soit lui. Il faudra que Madeleine et toi vous trouviez des élèves. »

Madeleine et Riquet rentrèrent aussitôt à la maison et contèrent à Lafaine que l'affaire était arrangée, que Mary Bell désirait beaucoup qu'il rédigeât les règles, et que c'étaient eux qui devaient trouver les élèves.

« C'est bon, dit Lafaine; je vous écrirai cela sur un bout de papier ce soir, et je vous le donnerai demain. »

Quand Lafaine avait fait cette promesse, il avait la ferme intention de la remplir, mais quand vint le soir, il s'aperçut qu'il lui serait très difficile d'écrire tout ce qu'il avait à dire, et le lendemain il annonça à Riquet qu'il avait pensé à un bien meilleur moyen : c'était d'inviter Mary Bell à venir prendre le thé avec eux cet après-midi. Le thé fini, ils viendraient avec elle dans le jardin où, lui, Lafaine, serait à travailler et alors il pourrait bien mieux lui dire de vive voix tout ce qu'il voudrait. Il expliquerait tout bien plus clairement, disait-il, en paroles que par écrit.

Ce projet parut très raisonnable à Riquet et à Ma-

deleine, et il fut immédiatement adopté. Mary Bell
vint donc prendre le thé chez Mme Henry et, ensuite,
elle alla trouver Lafaine dans le jardin, avec Riquet
et Madeleine. La conversation suivante s'engagea :

« D'abord, dit Lafaine, si j'étais vous, je n'aurais
que six élèves dans ma classe. Plus nombreux que
cela, ils ne pourraient plus vous voir dessiner tous
ensemble, et il est très important qu'ils puissent vous
voir.

— Oui, je crois que ce sera assez de six, dit Mary
Bell.

— Quand ils se réuniront pour la première fois,
continua Lafaine, il faudra que vous sacrifiiez une
demi-heure pour leur faire six modèles qui devront
être de petits paysages très faciles. Vous en ferez aisément six en une demi-heure, car il faut qu'ils soient
extrêmement simples. Il sera bon que vous parliez
beaucoup à vos élèves pendant que vous dessinez, que
vous leur expliquiez tout ce que vous faites et les raisons pour lesquelles vous faites ainsi, de manière à
les aider autant que possible dans leur propre travail.
Ensuite, donnez à tous des morceaux de papier d'égale
dimension, des crayons et tout ce qui est nécessaire,
puis établissez-les devant la table. Il est très important qu'ils soient assis suffisamment haut pour que
leurs bras soient à la fois libres et convenablement
appuyés. Sans cela ils ne pourront pas bien travailler.

— Il faudra alors que j'aie des coussins pour les
petits, dit Mary Bell.

— Oui, répondit Lafaine, ou de gros livres, ou bien
encore pourrez-vous trouver quelque table basse dans
la maison. Quand ils seront tout prêts à commencer,

ajouta Lafaine, prévenez-les qu'ils n'auront qu'un morceau de papier par leçon, qu'ils doivent, par conséquent, en faire bon usage, et que leur ouvrage, une fois terminé, devra vous appartenir.

— A moi ? dit Mary Bell.

— Oui, à vous, répéta Lafaine. Vous devez réclamer tous les dessins qui auront été faits dans la classe comme vous appartenant. Et ne manquez pas de dire aux élèves que vous allez les coller tous dans un gros livre, afin de pouvoir les regarder jusqu'à la fin de vos jours.

— Mais, non, se récria Madeleine, qui assistait à cette conversation, nous aurons envie de garder nos dessins pour nous-mêmes.

— Quant à cela, dit Lafaine, Mary Bell fera ce que bon lui semblera. Je lui conseille, à la dernière leçon, de permettre à ses élèves de faire un croquis pour eux-mêmes, mais de les prévenir que tous ceux faits jusque-là lui appartiennent. Elle pourra leur en faire cadeau par la suite, mais ils seront beaucoup plus soigneux et feront beaucoup plus de progrès s'ils savent que leur maîtresse peut en disposer quand bon lui semble. Puis, ajouta-t-il en s'adressant à Mary Bell, avant que les enfants commencent à dessiner, prévenez-les qu'ils doivent travailler une heure entière sans ouvrir la bouche, à moins que vous ne leur parliez ; dans ce cas, ils pourront répondre, mais autrement, pas un mot.

— Il ne faut pas même hasarder de questions ? demanda Madeleine.

— Non, pas la moindre question, dit Lafaine. Personne ne saura jamais dessiner qui ne sait pas travailler attentivement et seul, sans avoir quelqu'un

32

sur son dos pour l'aider et l'encourager. Il faut savoir
agir avec indépendance, et mieux vaut commencer
ainsi dès le début. Mais, vous, Mary Bell, vous pourrez leur parler quand vous leur verrez faire quelque
chose de mal, surtout pendant les premières leçons.
Car plus tôt vous pourrez les laisser travailler seuls,
mieux ce sera. Vos six modèles dureront pendant six
classes, c'est-à-dire pendant six semaines, puisque
vous n'aurez qu'une leçon par semaine.

— Mais comment cela ? dit Mary Bell ; il doit y avoir
six élèves, il faudra donc six modèles dès le premier
jour.

— C'est vrai, dit Lafaine, mais en les faisant tous
changer de modèles entre eux, à la seconde leçon, ils
se trouveront tous en avoir de nouveaux ; vous ferez
de même pendant six jours, et jusque-là, par conséquent, vous n'aurez pas besoin d'en faire d'autres.
Au bout de six jours, il arrivera que chaque élève
de la classe aura copié les six modèles ; mais pendant ce temps-là, en dessinant une demi-heure au
commencement de chaque leçon, vous aurez pu en
faire une nouvelle série de six, un peu plus avancée
que l'autre, car vous aurez eu une demi-heure à con-
sacrer à chaque dessin. Vos élèves voudront certainement entamer la seconde série avant d'avoir fini
la première, mais il faudra vous y opposer. Il ne faut
leur donner aussi qu'un modèle par leçon et exiger
qu'ils le copient avec soin et de leur mieux. La première série durera donc six semaines, et la seconde
de même, ce qui fera en tout douze semaines, et ce
sera suffisant.

— Ce projet me semble parfait, déclara Mary Bell.

— Et très facile à exécuter, ajouta Lafaine. Si vous

y tenez rigoureusement, vous aurez une classe où il se fera beaucoup de progrès.

— Je ne pense pas réussir si bien, dit Mary Bell, mais j'essaierai toujours. »

Mary réussit admirablement. Elle rencontra pourtant beaucoup de difficultés qu'elle n'avait pas du tout prévues. Mais, comme elle était très persévérante et très ferme, tout en étant bonne et douce au possible, elle surmonta tous les obstacles, et sa classe marcha de la manière la plus agréable. Les leçons continuèrent pendant douze semaines. Les enfants, ayant été prévenus que tous les dessins qu'ils feraient appartiendraient à Mary Bell, qui pourrait en disposer à la fin des leçons comme bon lui semblerait, s'appliquèrent de tout leur cœur. Elle se décida pourtant, en fin de compte, à les rendre à ceux qui les avaient faits. Elle les numérota donc, et, les mettant avec soin dans des enveloppes, elle les donna aux élèves pour les montrer à leurs parents. Ceux-ci furent on ne peut plus contents et surpris des progrès que leurs enfants avaient faits.

A peu près quinze jours plus tard, Mary Bell reçut des parents de ses élèves une preuve de la valeur qu'ils attachaient à ses leçons, preuve à laquelle elle fut très sensible. On était au mois de décembre, il faisait un temps froid mais calme, et Mary était allée faire une petite promenade avant le dîner. En rentrant elle monta serrer son chapeau et son châle et elle trouva sa mère assise auprès du feu. Mme Bell lui demanda si elle avait pris son paquet.

« Quel paquet? » dit Mary.

Sa mère lui répondit qu'il y avait un paquet à son adresse que Riquet avait déposé au salon.

« Qu'est-ce que c'est? demanda Mary Bell.

— Je ne sais pas, répondit sa mère. Riquet n'a fait qu'entrer et laisser cet objet pour toi, puis il est reparti aussitôt.

— Comment est-il gros, demanda Mary.

— Pas très gros, dit Mme Bell, il m'a paru dur, mais pas très lourd.

— Je vais voir ce que c'est, » dit Mary.

Elle descendit en toute hâte chercher son paquet. En l'ouvrant, elle reconnut que c'était quelque chose qui était enveloppé dans plusieurs papiers. Quand elle eut ôté le dernier qui était du papier de soie, elle vit une charmante petite timbale en argent d'une jolie forme et ornée de dessins et de guillochages fort élégants. Mary Bell examina ces dessins et elle en fut très étonnée et très charmée ; car en haut de la timbale il y avait une guirlande de fleurs qui l'entourait complètement, excepté à un endroit où l'on avait gravé « Mary Bell » en lettres ornées. Au-dessous il y avait six petits paysages que Mary reconnut pour être les six premiers modèles qu'elle avait faits pour les enfants de sa classe : seulement, étant fort bien gravés, ils faisaient un superbe effet. Un peu au-dessous des paysages deux autres guirlandes entouraient la timbale, et la dernière était suspendue de façon à former six festons dans lesquels étaient inscrits en lettres très délicates les noms des élèves de Mary Bell. Ces noms étaient : Frédéric, Riquet, Augusta, Emma, Lucie et Madeleine.

Dans la timbale se trouvait un petit bout de papier sur lequel était écrit : « Offert par les parents des élèves de Mary Bell à leur aimable professeur. »

Mary fut enchantée de son cadeau, mais elle dit à sa mère qu'elle trouvait que Lafaine le méritait mieux qu'elle.

« Et pourquoi ? dit Mme Bell.

— Mais parce que c'est lui qui a eu la première idée de former la classe, c'est lui qui m'a dit comment il fallait m'y prendre, et qui a tout arrangé.

— Je trouve alors, dit Mme Bell, que tu devrais aller lui faire voir ta timbale afin qu'il sache au moins quel joli présent il t'a fait avoir. »

Trois jours après, Mary Bell alla montrer son cadeau à Lafaine, qui en fut fort enchanté, pour deux raisons. Il était content que Mary eût reçu un si joli souvenir, et plus content encore qu'elle fût venue le lui faire voir. Mais où il fut tout à fait ravi, c'est quand Mary Bell, ayant tiré de sa poche une jolie bourse au crochet, qu'elle avait faite exprès pour lui, la lui donna en témoignage de reconnaissance pour ses bons conseils.

XX

JACQUOT

Madeleine et son cousin Riquet, qui jouaient ensemble presque toute la journée, couchaient la nuit dans deux petites chambres contiguës qui donnaient dans la même pièce. Ces petites chambres avaient chacune une alcôve fermée par des rideaux. En ouvrant la porte le matin les enfants pouvaient causer, car les rideaux n'étouffaient pas le son de leurs voix, et ils auraient pu le faire aussi le soir, si Mme Henry ne le leur avait pas défendu.

Un matin, Madeleine, qui venait de se réveiller, écoutait chanter les oiseaux dans la cour, tout en regrettant que la fenêtre ne fût pas ouverte afin de les mieux entendre, lorsque tout à coup Riquet lui cria :

« Madeleine, es-tu éveillée ?

— Oui, répondit-elle, et toi ?

— Oui, moi aussi, dit Riquet ; comme il fait froid ce matin ! »

En effet, la matinée était fraîche, sinon froide, ce qui est assez extraordinaire au mois de juin. En Franconie les hivers sont toujours rigoureux, et les étés ne sont jamais très chauds. Madeleine et Riquet s'habillèrent et descendirent au salon, espérant s'y chauffer, mais il n'y avait pas de feu.

« Oh ! que je suis donc désappointé ! s'écria Riquet ; mais chut ! j'entends quelque chose qui ronfle.

— Oui, dit Madeleine, c'est le four, car on va cuire le pain aujourd'hui. »

Ce four était adossé au mur du salon, d'où on pouvait entendre ronfler le feu ; on y arrivait par une petite pièce appelée le fournil, qui communiquait avec la cuisine. Les enfants se rendirent tout de suite au fournil pour se chauffer.

« Je suis bien aise qu'il fasse frais aujourd'hui, dit Riquet, parce qu'alors ma mère me permettra peut-être d'aller voir Mary Lescot. Tu aimerais bien venir avec moi, n'est-ce pas ?

— Oui, beaucoup, répondit Madeleine. Où demeure-t-elle ? »

Mary Lescot, nous l'avons dit, habitait à près d'une

lieue de chez Mme Henry. Le chemin qui menait chez
elle était très solitaire, et comme pour aller la voir
il fallait faire une longue promenade, Mme Henry n'y
autorisait les enfants que lorsque la journée était bien
belle et pas trop chaude.

A déjeuner Riquet demanda à sa mère si ce ne
serait pas un bon jour pour faire une visite à Mary
Lescot. Mme Henry lui dit que oui, parce que Lafaine,
qui avait affaire au moulin, pourrait les mener en
charrette jusque-là. De plus, elle ajouta qu'ils auraient à lui rapporter de chez Mary Lescot plusieurs
choses dont elle avait besoin.

Madeleine et Riquet furent enchantés de faire une
partie du chemin en charrette. Après le déjeuner ils
s'habillèrent, puis ils s'assirent sur les marches de
l'escalier, attendant le retour de Lafaine, qui était
occupé dans la grange à préparer sa voiture.

Madeleine demeura tranquillement assise, mais son
cousin s'amusa à remonter tout le long de la rampe
de l'escalier, tantôt dessus comme s'il eût été sur un
cheval, tantôt dessous en s'aidant des pieds et des
mains.

« Je t'en prie, ne fais pas cela, dit Madeleine,
c'est très sot. Tu pourrais tomber et te faire mal.

— Non, ce n'est pas sot, répondit Riquet; il est
très bon que j'apprenne la gymnastique. » En disant
ces mots, il recommença son jeu.

Dans ce moment-là, Lafaine traversa la cour et se
dirigea vers la maison où il venait chercher son fouet.

« Lafaine, cria Madeleine, dites donc à Riquet de
ne pas faire d'imprudence.

— Est-ce que c'est mal de ma part d'apprendre à
grimper? » demanda Riquet, et, pour voir Lafaine en

lui parlant, il fut obligé de mettre sa tête sous son bras et de se contourner d'une façon tout à fait inusitée. Il était évident qu'ainsi à cheval sur la rampe, il courait grand risque de tomber, car son équilibre n'était pas des plus parfaits.

« N'est-ce pas qu'il a tort? » dit Madeleine.

Lafaine le regarda un moment, puis, entrant dans le vestibule, il dit :

« Pas trop, pour un étourdi. J'en ai connu qui faisaient des choses bien plus sottes que ça.

— Qu'est-ce qu'ils faisaient? demanda Riquet.

— Eh bien! j'ai connu un petit garçon qui mit son nez dans l'entrebâillement d'une porte qu'il ferma ensuite de toute sa force. C'était bien sot, mais guère plus, après tout, que ce que vous faites, car si la rampe était plus élevée vous pourriez vous estropier. »

Puis Lafaine, après avoir dit cela, s'en alla.

Riquet fut saisi d'un fou rire en entendant cette histoire absurde du nez pris dans une porte, et il tomba du haut de sa rampe; heureusement il ne se fit pas grand mal. Il revint s'asseoir, un peu meurtri et très confus auprès de Madeleine et quelques minutes après, lorsque Lafaine parut, ils allèrent avec lui à la grange.

Les sacs de grain étaient déjà dans la charrette lorsque Lafaine aida les enfants à y monter. Il leur céda tout le banc, afin qu'ils eussent bien de la place et qu'ils pussent voir le pays. Quant à lui, il s'était fabriqué une espèce de siège avec une planche qu'il fixait par devant, et il s'asseyait dessus pour conduire, lorsque le véhicule se trouvait chargé. C'est ce qu'il fit ce jour-là, et ils ne tardèrent pas à partir.

Lorsqu'ils eurent été quelque temps en route, Ma-

XIV

SON COUSIN S'AMUSA A REMONTER LE LONG DE LA RAMPE

(P. 229.)

33

deleine et Riquet, ayant épuisé toutes les exclamations de joie qu'une promenade en voiture ne manquait jamais d'exciter chez eux, demandèrent à Lafaine de leur raconter une histoire. Or, Lafaine avait,
on le sait, beaucoup d'imagination et il était toujours
prêt à raconter. Il inventait ses contes à mesure
qu'il les disait, et ils étaient souvent très extrava-
gants; tout y était bizarre, les personnages autant
que les incidents, et malgré cela, Madeleine et Riquet les aimaient beaucoup. A vrai dire, Lafaine
s'était aperçu que plus ses inventions étaient extra-
ordinaires, plus on les écoutait avec plaisir. Il ne s'as-
treignait donc pas à raconter des choses vraies ou
même probables, mais il donnait libre cours à son
imagination. Jamais il ne demandait le temps de réfléchir un peu, il disait ce qui lui passait par la tête
dans le moment. Souvent sa première phrase était
terminée avant qu'il eût la moindre idée de ce qu'il
allait dire ensuite.

Ce jour-là, il commença ainsi :

« Il y avait, une fois, une petite fille de trois ans,
qui avait une grosse chatte noire comme du jais,
dont le poil était doux et luisant comme de la soie.

« Cette chatte était une mauvaise bête qui était
très fine, fine à un point incroyable. Elle se promenait doucement dans la maison où elle faisait en ca-
chette toutes sortes de méchancetés. C'est pour cela
qu'on lui avait donné le nom de Finette. Il y avait
des gens qui prétendaient qu'elle s'appelait ainsi
parce qu'elle venait de Finlande. Mais ce n'était pas
à cause de cela. Elle s'appelait Finette parce qu'elle
était très fine. »

Lafaine se prononça sur l'étymologie du nom de

cette chatte d'un air si grave que les enfants l'écou-
tèrent avec beaucoup d'attention.

« Comment s'appelait la petite fille? demanda Madeleine.

— La petite fille? répéta Lafaine. Oh! elle s'appelait Isabelle.

— C'est bon, dit Madeleine, continuez.

— Un jour, reprit Lafaine, que Finette se promenait dans la maison cherchant quelque méchanceté
à faire, elle arriva dans le salon, où il n'y avait
personne. Elle regarda autour d'elle et elle vit sur
une table la corbeille à ouvrage de la mère d'Isabelle.
Elle se dit aussitôt que cette corbeille lui serait une
bien bonne couchette pour dormir, si elle parvenait
à la pousser sous une grande horloge adossée au
mur dans un coin de la chambre.

« Elle sauta donc sur une chaise et de là sur la
table, puis elle poussa la corbeille avec ses pattes et
la fit tomber par terre. Aussitôt, le tricot, les aiguilles
les pelotes de laine et les bobines roulèrent de tous
côtés, à la grande joie de Finette, qui avait bien envie de jouer avec tout cela. Cependant, sautant au
bas de la table, elle traîna la corbeille jusque sous
l'horloge, puis elle se tapit dedans, bien à son aise,
dans la forme d'un demi-cercle, de façon à remplir
l'intérieur, et elle s'endormit.

« La petite Isabelle ne tarda pas à aller au salon
et, apercevant les pelotes de laine et les bobines à
terre, elle se mit à les faire rouler sur le parquet. Sa
mère, qui arriva ensuite, et qui la surprit dans ce jeu,
crut que c'était elle qui avait par malice jeté à terre
la corbeille. La petite fille pouvait à peine parler,
aussi lorsqu'on l'accusa, elle ne put que dire : « Non !

non! » et sa mère, ne la croyant pas, la mit en pénitence, debout dans un coin de la chambre. Finette
se pencha alors un peu hors de son panier pour la
regarder.

— Mais vous nous avez dit que Finette s'était endormie, remarqua Riquet.

— Oui, répondit Lafaine, elle s'était endormie,
mais elle se réveilla lorsque la mère d'Isabelle entra
dans le salon. »

Ici Lafaine s'arrêta un moment pour réfléchir à ce
qu'il dirait ensuite. Tout à coup, il leur montra du
doigt un petit garçon qui était assis au bord de la
route sur une pierre.

« Je crois vraiment que c'est Jacquot, » dit-il.

Lorsque la charrette s'approcha de l'enfant, celui-ci
gémissait en tenant sa jambe. Lafaine lui ayant demandé ce qu'il avait, il répondit qu'il s'était foulé le
pied.

Lafaine arrêta le cheval et, donnant les rênes à Riquet, il descendit pour aller voir Jacquot. Riquet
passa immédiatement les rênes à Madeleine et descendit aussi.

« As-tu bien mal? demanda Lafaine au petit.

— Oh! oui, gémit lamentablement celui-ci, j'ai bien
mal! »

Lafaine mena le cheval près d'un petit arbre pour
qu'il restât bien tranquille, et faisant descendre Madeleine afin qu'elle ne fût pas en danger si la bête
venait à prendre peur, il retourna auprès de Jacquot.

« Voilà ce qui est arrivé, dit celui-ci : j'allais au
moulin et j'étais sur le cheval lorsqu'il s'est mis à se
cabrer. Il a fini par me jeter par terre, et je me suis

foulé le pied. Oh! mon Dieu, qu"est-ce que je vais faire?

—- Où est le cheval? lui demanda Lafaine.

— Il est là, quelque part. Il a continué son chemin, je crois, et les sacs qui sont tombés! Oh! la! la! oh! mon Dieu! »

Riquet courut au milieu de la route et regarda autour de lui. Il vit à quelque distance le cheval en train de brouter tranquillement de l'herbe, et les deux sacs par terre, non loin l'un de l'autre.

Ce que Jacquot avait dit n'était pas la stricte vérité. Ce garçon habitait le village et il était très étourdi et très turbulent.

Quelques semaines avant cet accident, des saltimbanques qui passaient dans le pays y avaient établi un cirque, et Jacquot, ayant regardé par une des fentes de la palissade qui l'entourait, les avait vus galoper dans l'arène debout sur leurs chevaux. Il fut immédiatement possédé du désir de les imiter, et la première fois qu'il eut occasion de monter le cheval de son père, il essaya de faire comme eux. Celui-ci, qui le vit, se fâcha, et lui défendit sévèrement de jamais recommencer. Il lui déclara formellement que, s'il lui désobéissait sur ce point, il le fouetterait jusqu'au sang. Jacquot garda le silence, mais, quoiqu'il sût que son père était homme à tenir sa promesse, il se promit qu'il monterait encore debout sur le cheval dès qu'il le pourrait sans être aperçu de lui.

Lorsque le père de Jacquot mit les deux sacs de grain sur la bête, et dit à son fils d'aller les conduire au moulin, le jeune garçon crut l'occasion favorable. Il avait remarqué que les écuyers du cirque, au lieu de selles, avaient des espèces de coussinets très plats

sur lesquels il était plus facile de se tenir. Il ne
songea pas à se mettre debout sur le poil nu du
cheval, car il pensa que ce serait impossible. Mais
lorsque son père eut posé les sacs de grain sur le dos
de l'animal, il remarqua avec joie qu'ils formaient un
espace plat encore plus grand que les coussinets des
écuyers du cirque. Il se dit donc que, dès qu'il serait
un peu loin du village, il monterait tout debout sur
les sacs, à l'instar de ces messieurs.

Dès qu'il eut dépassé la maison où demeurait Riquet, et qui était la dernière du village, il regarda
derrière lui pour être sûr que son père ne le suivait
pas, et il se mit d'abord à genoux et ensuite debout;
puis il rassembla doucement les rênes et fit un peu
marcher le cheval. Il fut surpris et charmé de se sentir
à l'aise sur la large surface des sacs. A mesure qu'il
s'accoutuma à sa position, il devint plus hardi; bientôt il se mit à danser, à ce qu'il crut, mais il ne faisait probablement que des mouvements grotesques et
maladroits. A tout moment il regardait derrière lui
avec un mélange de crainte et de satisfaction, pour
s'assurer que son père ne pouvait pas le voir. Enfin,
enivré par ses premiers succès, il entreprit de faire
trotter le cheval; mais celui-ci commençait à s'inquiéter, car le poids du cavalier se trouvait concentré
sur une portion inusitée de son dos et pesait fort
inégalement sur lui; les rênes aussi, au lieu d'être
en arrière comme elles le sont toujours lorsque le
cavalier est convenablement assis, se trouvaient élevées en l'air presque perpendiculairement. Il se mit
donc à trotter de plus en plus vite; Jacquot crut prudent de modérer un peu cette ardeur, mais il s'aperçut bientôt que, monté comme il l'était, les rênes ne

pouvaient servir à retenir le cheval. En tirant dessus
il ne parvenait qu'à lui faire lever la tête, ce qui aug-
menta encore l'impatience de la bête. Jacquot essaya
alors de se rasseoir et c'est ainsi qu'il tomba sur la
terre battue de la route et se foula le pied. Le cheval, se sentant libre, fit quelques cabrioles qui le dé-
barrassèrent de ses deux sacs, puis, comme il était,
au fond, d'assez bonne composition, il s'arrêta et se
mit à brouter l'herbe du chemin, sans que le malheur qui était arrivé à l'infortuné et coupable Jacquot le tourmentât le moins du monde.

Quant à celui-ci, c'était bien plutôt la peur et le
sentiment d'avoir été coupable que la douleur de sa
chute qui le rendaient si malheureux ; il lui était impossible cependant de se servir de son pied foulé.

« Ton aventure est désagréable, dit Lafaine, mais
ne te tourmente pas trop, Jacquot, un homme peut
se casser la jambe et n'en pas moins danser bien des
rigaudons dans sa vie. Tu guériras, et un de ces jours
tu riras de ta chute ; viens dans ma charrette, je vais
te ramener chez toi.

— Mais j'ai peur de rentrer à la maison, répondit
Jacquot.

— De qui as-tu peur ? lui demanda Lafaine.

— De mon père, dit Jacquot.

— Oh ! il ne faut pas avoir peur puisque la bête
n'a rien, reprit Lafaine, et quant à ton blé, je le
porterai au moulin avec le mien. Le mal n'est grand
d'aucun côté. Allons, laisse-moi te mettre dans la
charrette.

— Oui, dit Riquet, et je vais ramener l'animal. »

Pendant que Lafaine s'occupait de placer Jacquot
dans la voiture, Riquet courait vers le cheval ; en

XV

LA FERME EST DEVENUE LE BUT DES PROMENADES. (P. 238.)

entendant des pas, celui-ci crut d'abord qu'on cherchait à le rattraper et parut disposé à prendre le galop, mais, en voyant que c'était un enfant qui venait,
il se remit à brouter. Lorsque Riquet fut près de lui,
il cessa de courir et se mit à marcher doucement en
étendant la main comme pour saisir la bride en
disant :

« Ho! hé! Coco! ho! hé! Coco! »

Le cheval leva la tête, la secoua en regardant
Riquet, fit quelques pas et continua à tondre l'herbe.
Il semblait savoir que sans beaucoup de résistance il
parviendrait bien à empêcher le petit garçon de le
prendre.

« Ho! hé! la Grise! Ho! hé! la Grise! » dit Riquet en s'approchant de nouveau; mais le cheval
secoua la tête et fit quelques pas comme avant. Évidemment il ne répondait pas plus au nom de la Grise
qu'à celui de Coco.

« Jacquot, cria Riquet en se retournant, Jacquot,
comment s'appelle ta bête? »

Jacquot ne répondit pas, il était bien trop occupé
à geindre en montant dans la charrette.

Lafaine rappela Riquet et lui dit de tenir son cheval pendant qu'il irait rattraper celui de Jacquot.
Voici comment il s'y prit : il ouvrit un des sacs et il
offrit un peu de grain à l'animal afin de le décider à
se laisser approcher d'assez près pour mettre la main
sur la bride ; quand il eut par ce moyen réussi à le
saisir, il l'attacha derrière la charrette dans laquelle
il mit les deux sacs de grain. Il laissa Madeleine et Riquet se rendre à pied auprès de Mary Lescot et il ra-
mena Jacquot chez lui. Les enfants furent privés de
leur course en voiture et aussi de la fin de l'histoire de

Finette, si toutefois on peut être privé de quelque
chose qui n'a jamais existé, car, lorsqu'elle fut in-
terrompue par Jacquot, Lafaine avait déjà raconté
tout ce qu'il en savait. Il n'avait pas même songé à
ce qu'il dirait ensuite.

UN DERNIER MOT

Les vacances étaient sans doute arrivées à leur fin,
toujours est-il que le journal qui contenait ces aimables récits s'interrompt ici dans le manuscrit qui
nous a été remis.

Nous serions bien embarrassé d'aller plus loin, et
de dire ce que devinrent tous nos petits personnages,
si nous n'avions appris de l'un d'entre eux, que nous
avons rencontré par grand hasard il n'y a pas longtemps : 1° qu'ils devinrent tous grands ; 2° qu'ils sont
tous heureux, parce que tous sont restés honnêtes et
bons et devenus laborieux. — Voulez-vous des détails, êtes-vous curieux ? j'ai de quoi, en peu de mots,
vous satisfaire. Je suis certain que Lafaine vous a
beaucoup intéressé. Ce brave et aimable garçon, si
gai, si original et si sensé, si supérieur par toutes ses
qualités à la condition dans laquelle vous l'avez
connu, ne pouvait manquer de réussir. Il est marié,
à la tête d'une des plus belles fermes du pays; il a
des enfants qui ne s'ennuient jamais, je n'ai pas besoin de vous le dire, et qui montrent déjà qu'ils
seront industrieux et propres à tout comme leur père.
Sa ferme est devenue le lieu de repos, le but des
promenades de tous nos petits amis, dont aucun,

devenu homme, n'a été ingrat pour Lafaine. Madeleine est Mme Riquet. Riquet est un parfait gentleman. Madeleine, par sa douce influence, a corrigé les quelques défauts de son caractère. Riquet est à la tête de la grande industrie de son pays, et il la représente au congrès. Ce qui vous étonnera, c'est que la charmante Mary Bell est aujourd'hui madame Parker. — Mais rassurez-vous, à côté de Mary Bell tout le monde fût devenu bon, et Parker est le meilleur des maris. Il se souvient qu'étant jeune garçon il n'était pas parfait, et son âge mûr fait oublier les imperfections de l'enfant et du jeune homme. Il n'a plus qu'un orgueil, mais, cette fois, il est bien placé, c'est d'avoir trouvé dans Mary Bell la plus charmante et la meilleure des femmes.

Le cousin William ne s'est pas marié ; absorbé dans la science, il s'y est livré tout entier, et a rendu de grands services à sa patrie par de belles et nobles découvertes.

Les autres ont tous, chacun pour leur part, le sort qui leur convient ; on peut donc être tranquille en ce qui les concerne.

FIN

TABLE

Paris. — Typ. Chamerot et Renouard, 19, rue des Saints-Pères. — 52723.

www.ingramcontent.com/pod-product-compliance
Lightning Source LLC
Chambersburg PA
CBHW071823020726
47502CB00004B/1213